Seelenrausch
Elke Bergsma

Elke Bergsma

Seelenrausch

Impressum
Copyright: © 2016 Elke Bergsma, www.elke-bergsma.de
Am alten Handelshafen 1, 26789 Leer
Lektorat: Hagen Schied, www.lektorat-buchwaerts.de
Korrektorat & Satz: Corinna Rindlisbacher, www.ebokks.de
Cover: Susanne Elsen, www.mohnrot.com
unter Verwendung von Fotos von © rghenry / fotolia.com
Druck: Libri Plureos GmbH, Friedensallee 273, 22763 Hamburg

ISBN: 978-3-7693-5316-7

Verlag: BoD · Books on Demand GmbH, Überseering 33,
22297 Hamburg, bod@bod.de

1

Es gehörte zur Normalität, dass hier in gewissen Abständen ein Leichenwagen vorfuhr. In einem Seniorenheim starben Menschen, das ließ sich nicht verhindern. Und doch versuchte nahezu jeder, diese Tatsache so lange es eben ging zu verdrängen.

Zumal, wenn es um die eigene Person ging.

Schon häufig hatte Daniel sich gefragt, wie es ihm selbst wohl ergehen würde, wenn er eines fernen Tages dieses Alter erreichte. Wie würde es sich anfühlen, sich eingestehen zu müssen, seinen Alltag nicht mehr ohne fremde Hilfe bewältigen zu können? Oder würde er womöglich nicht einmal mehr in der Lage sein, selbst über sein Leben zu bestimmen, da längst andere darüber befunden hatten? Womöglich seine Kinder? Oder seine Enkel?

Wie auch immer. Bis dahin dürfte noch einige Zeit vergehen. Er war erst dreiundzwanzig Jahre alt. Sein Umzug in ein Seniorenheim schien ihm ebenso weit entfernt wie eine Antwort auf die Frage nach einer privaten Altersvorsorge.

Als Altenpfleger im zweiten Berufsjahr reichte sein Einkommen gerade mal so zum Überleben. Sonderausgaben waren nicht drin. *Ein Skandal ist das*, rief seine Mutter regelmäßig aus, wenn die Sprache auf die Entlohnung seiner Arbeit kam. *Wärst du so ein Finanzheini, könnste dir die Taschen vollmachen und würdest noch Millionen hinterhergeschmissen kriegen, wenn du Mist baust. Dafür aber, dass du alte Menschen pflegst, kriegste höchstens noch einen Tritt in den Hintern. Ein Skandal ist das!*

Ja, das war es wohl. Ein handfester Skandal sogar.

Seufzend ließ sich Daniel auf einen abgerundeten Stein sinken, der zur Einfassung eines Blumenbeetes gehörte. Er nestelte eine Tüte Lakritze aus der Hosentasche und schob sich eine der kleinen, wie Leuchttürme geformten Süßigkeiten in den Mund. Langsam schweifte sein Blick über den kleinen Park, der sich vor dem Haupteingang der Seniorenresidenz bis hin zur Straße erstreckte. Alles war so frühlingsfrisch, die Luft, der Geruch der blühenden Bäume, die Farben der Krokusse und Osterglocken in den akkurat angelegten Beeten. Erst kurz zuvor hatte der Morgennebel den warmen, wenn auch noch blassen Sonnenstrahlen Platz gemacht. Sie tauchten den Park in sanfte Pastelltöne, und Daniel hätte sich nicht gewundert, wenn im nächsten Moment der Osterhase durchs kurzgeschnittene Gras gehoppelt wäre.

Nur der Leichenwagen, dessen tiefes Schwarz die Harmonie des Bildes auf rücksichtslose Weise zerstörte, wollte so gar nicht in die beinahe schon kitschig wirkende Stimmung passen.

Erst wenige der ihm anvertrauten Senioren hatten bereits den Weg nach draußen gefunden und es sich – eingehüllt in Wolldecken – in einer Sitzgruppe bequem gemacht. Eine der älteren Damen mit Namen Jurine Tamminga streckte ihr Gesicht mit geschlossenen Augen der Frühlingssonne entgegen. Wie alle Bewohner des Heims war wohl auch sie froh, dass die dunklen und grauen Tage des nicht enden wollenden Winters nun endlich der sanften Wärme des Frühlings gewichen waren. Dennoch vermochte sie der aufkeimenden warmen Jahreszeit kein Lächeln zu schenken.

Der Tod ihrer Freundin lastete schwer auf ihr. Natürlich hatte sich das plötzliche Ableben von Waltraud Habers an diesem Morgen in Windeseile herumgesprochen. Im Frühstücksraum hatte betretenes Schweigen geherrscht. Alle waren sichtlich angestrengt damit beschäftigt, sich auf ihr Müsli zu konzentrieren. Sie saßen da wie Schüler, die um jeden Preis verhindern wollten, dass der Lehrer auf sie aufmerksam wurde. Nur, dass es sich in ihrem Fall wohl eher um Gevatter Tod handelte, vor dem sie die Augen niederschlugen.

Ja, dachte Daniel, es war weiß Gott nicht einfach, ein Leben zu führen, dessen allgegenwärtiger Begleiter das Sterben war. Dennoch wollte er keinen anderen Job haben. Er liebte den Umgang mit den betagten Menschen. Er liebte die Geschichten, die sie ihm aus ihrem Leben erzählten. Und er liebte ihre Gelassenheit, ihre Klugheit, ihr Gespür dafür, was richtig und was falsch war.

Blieb nur die Frage, warum die Menschen ausgerechnet dann gehen mussten, wenn ihr Erfahrungsschatz am größten und damit für die Nachkommen am wertvollsten war.

Andererseits: Wer fragte schon noch danach, was diese Menschen erlebt hatten? Wer wollte wirklich von ihnen lernen, wer hörte ihnen zu?

Nach ein paar Jahren in Berlin hatte Daniel vor rund sechs Monaten in diesem Seniorenheim in Hinte angefangen und auch hier die Erfahrung machen müssen, dass es die Angehörigen zumeist als Pflichtübung empfanden, wenn sie ihre betagten Verwandten am Wochenende oder an Feiertagen besuchten. Es gab nur wenige, denen es wirklich Freude zu bereiten schien, sich regelmäßig hier einzufinden.

Es gab sogar ein paar Senioren, um deren Wohlbefinden sich anscheinend nie jemand Gedanken machte. Sie bekamen keinen Besuch, nicht mal an Weihnachten, obwohl sie zum Teil über eine zahlreiche Kinder- und Enkelschar verfügten.

Wie sehr Daniel es hasste, wenn am Samstag die Anrufe kamen, in denen der angekündigte Besuch – mit welchen fadenscheinigen Begründungen auch immer – wieder um eine Woche verschoben wurde. Nur, um dann abermals abgesagt zu werden. *Die Arbeit, der Haushalt, die Kinder, der Garten ... Sie verstehen.*

Nein. Er verstand nicht. Und das sagte er ihnen auch. Genauso gut aber könnte er sich mit einer Parkuhr unterhalten. Denn die hätte gewiss nicht weniger emotional reagiert als so manch vermeintlich gestresster Angehörige, dem er seine Meinung geigte.

„Möchtest du gar nicht dabei sein, wenn sie eingesargt wird?", hörte er die Stimme seiner Kollegin Swantje in seine Gedanken hinein sagen. Er blickte auf. „Doch", sagte er, „aber noch ist es ja nicht soweit. Ich weiß auch gar nicht ..." Daniel führte diesen Satz nicht zu Ende, sondern sah zu dem Leichenwagen hinüber, aus dem zwei in schwarze Anzüge gekleidete Männer ausstiegen und sich erstmal eine Zigarette ansteckten. Sie hatten es offenbar nicht eilig.

Er warf einen Blick auf seine Armbanduhr. „Halb zehn in Deutschland", murmelte er. „Sie machen wohl erst noch Frühstückspause", fügte er dann lauter hinzu.

„Ja", nickte Swantje und deutete auf die beiden Bestatter, die es sich jetzt auf einer der im Park verstreut stehenden Holzbänke bequem gemacht hatten. „Bei diesem herrlichen Wetter ist es sicherlich angenehmer, als sich den ganzen Tag in einem muffigen Raum mit dem Zurechtmachen von Leichen zu beschäftigen." Sie neigte sich zu Daniel hinab und sagte in deutlich gesenkter Lautstärke: „Findest du es nicht auch seltsam, dass Frau Habers so plötzlich stirbt? Sie war doch eigentlich gesund."

„Frau Habers ist nicht die erste, die plötzlich stirbt", antwortete Daniel ausweichend. Er nahm sich einen weiteren Lakritz-Leuchtturm und bot seiner Kollegin auch einen an.

„Danke." Swantje nahm sich einen aus der Tüte und lutschte für eine Weile schweigend darauf herum. „Genau das meine ich ja", kam sie dann auf ihre Frage zurück, „ich habe noch nie in einem Heim gearbeitet, in dem es so viele plötzliche Todesfälle gab wie hier." Sie deutete auf einen jungen Mann, der am anderen Ende des Parks einen Mann im Rollstuhl spazieren fuhr. „Andy ist übrigens der gleichen Meinung."

„Andy?" Daniel hob fragend die Brauen. „Er kann es doch gar nicht beurteilen, schließlich ist er erst seit ein paar Monaten dabei." Er konnte seinen Kollegen, der hier im Seniorenheim seine vom Gericht aufgebrummten Sozialstunden ableistete, gut leiden, auch wenn er ihm manchmal etwas unheimlich war. Es hieß, Andy habe nicht nur mehrmals gegen das Betäubungsmittelgesetz verstoßen, sondern sei auch wegen wiederholter Körperverletzungsdelikte verurteilt worden. Daniel war es egal. Im Umgang mit den betagten Menschen zeigte sich Andy als umgänglicher Zeitgenosse, und das war alles, was für ihn zählte.

Er zog mit seinen Schuhen ein paar missglückte Kreise in den Schotterboden, bevor er vorsichtig fragte: „Du glaubst also, dass hier nicht alles mit rechten Dingen zugeht?"

Swantje presste die Lippen aufeinander und vergewisserte sich, dass niemand in Hörweite war. Sie setzte sich neben Daniel und raunte: „Mir scheint, der Doktor macht hier genauso weiter wie in Berlin. Er verabreicht den Heimbewohnern Medikamente, die noch nicht zugelassen sind, ohne dass sie etwas davon ahnen. Dass man ihn damals nicht verurteilt hat, ist wirklich eine Schande."

„Das ist es wohl", nickte Daniel.

„Ich habe mal versucht, eine Systematik zu finden", sagte Swantje und strich sich eine Haarsträhne aus der Stirn.

„Was für eine Systematik?"

„Eine Systematik der Todesfälle des letzten Jahres."

„Mit welchem Ergebnis?", fragte Daniel, obwohl er die Fakten kannte. Um genau zu sein, kannte er sie sogar besser als ihm lieb war. Aber das konnte er seiner Kollegin nicht sagen.

„Es gab neun Todesfälle im vergangenen Jahr. Fünf Verstorbene waren nachweislich krank oder sehr alt. Bei den restlichen vier Fällen, inklusive Frau Habers, liegt die Todesursache nicht so klar auf der Hand."

„Das kann passieren."

„Sicher. Das habe ich zunächst auch gedacht."

„Und dann?"

„Dann habe ich meine Systematik ein wenig verfeinert und festgestellt, dass die vier plötzlich Verstorbenen keinen Besuch bekamen. Niemand kümmerte sich um sie. So wie bei Frau Habers. Außerdem starben sie alle in den letzten sechs Monaten."

Daniel senkte den Kopf, als Swantje ihn nun erwartungsvoll ansah. Er wusste nicht, was er darauf antworten sollte. Seine Kollegin hatte recht. Auch ihm war dieser Zusammenhang zwischen Alleinsein und Tod nicht entgangen, schließlich stand er in engem Kontakt mit den Bewohnern des Heims. Natürlich konnten diese alten und einsamen Menschen einfach nur des Lebens überdrüssig gewesen sein, ihre Augen geschlossen und sich aus der Welt, die ihnen nichts mehr zu bieten hatte, verabschiedet haben. Wer sollte es ihnen verdenken?

Aber er wusste es besser. Schließlich war er aus genau diesem Grund hier. Allein, seine Nachforschungen gestalteten sich schwieriger als angenommen. Es war wie verhext. Jedes Mal, wenn er glaubte, ein Stück näher am Ziel zu sein, kam auch prompt der nächste Rückschlag. Es war, als gäbe es in dieser Sache nur Fakten auf Zeit, die ihm nach und nach wieder durch die Finger glitten und sich seinem Zugriff entzogen.

Hinzu kam, dass er sich verfolgt fühlte. Ja, seit er in Berlin maßgeblich dazu beigetragen hatte, einen Ring aus kriminellen Ärzten und Pharmaunternehmen auffliegen zu lassen, hatte er das Gefühl, beschattet zu werden. Ständig lümmelten irgendwelche ominösen Gestalten vor seiner Wohnung herum, und wenn er unterwegs war, konnte er sich des Eindrucks nicht erwehren, dass ihm unablässig jemand auf den Fersen blieb.

Leider war es bisher bei diesem Gefühl geblieben, Beweise für diese Theorie hatte er keine. Womöglich hatte er auch nur eine Paranoia entwickelt, was bei dem Stress der letzten zwei Jahre kein Wunder wäre.

Wie auch immer, auf keinen Fall wollte er Swantje mit in diese Sache hineinziehen. Dass Dr. Roelfes in Berlin in Verdacht geraten war, hatte sich natürlich herumgesprochen, zumal der Fall damals durch alle Medien ging. Das erklärte auch die Skepsis, die Swantje und auch die anderen Kollegen dem Arzt gegenüber an den Tag legten. Seiner Meinung nach durchaus zu Recht. Nur unterlagen sie einer völligen Fehleinschätzung, wenn sie glaubten, ihn mit ein wenig Aktenstudium ans Messer liefern zu können. Am besten hielten sie sich aus der Sache ganz raus.

„Waltraud Habers war nicht unglücklich", hörte er Swantje sagen.

„Was?" Daniel schreckte aus seinen Gedanken hoch.

„Waltraud Habers. Sie war nicht unglücklich", wiederholte seine Kollegin.

„Ja." Daniel versuchte, sich wieder aufs Gespräch zu konzentrieren, und sah seine Kollegin mit schmalen Augen an. „Sie war nicht unglücklich. Sie war die Mensch-ärgere-Dich-nicht-Königin." Er versuchte ein schiefes Grinsen, das jedoch gründlich misslang. Erst am gestrigen Abend hatte die nun tote Frau mit ihren Freundinnen ein wahres Mensch-ärgere-Dich-nicht-Fest gefeiert. Es war ein Spiel, bei dem ihr so schnell niemand etwas vormachte. Und sie hatte ihre Siege genossen, als ginge mit ihnen ein Millionengewinn einher. Ja, Waltraud Habers war eine stets fröhliche und gutgelaunte Dame gewesen, die ihr Leben in vollen Zügen genoss – auch wenn ihre zwei Kinder es nicht für nötig befanden, sie ab und zu mal zu besuchen.

„Sie war ein so lebenslustiger Mensch." Swantjes trauriger Blick folgte den beiden Bestattern, die nun, einen Zinksarg tragend, auf die Eingangstür zuliefen. „Anscheinend wollen sie sie gleich wegbringen. Gibt es denn keine Trauerfeier?", fragte sie erschüttert.

„Dr. Roelfes sagte heute Morgen, die Angehörigen hätten darauf bestanden, dass sie umgehend in der Kapelle Tholenswehr in Emden aufgebahrt werde. Sie selber kämen erst zur Beerdigung, da sie im Job unabkömmlich seien."

„Niederträchtiges Pack", sagte Swantje mit tränenschwerer Stimme.

„Ja", nickte Daniel kaum merklich, „das hat sie nicht verdient. Das hat kein Mensch verdient."

Für eine ganze Weile saßen Daniel und Swantje einfach nur schweigend da und lutschten ihre Lakritze. Es dauerte nicht lange, bis der Sarg mit Waltraud Habers zur Tür herausgetragen wurde und im Leichenwagen verschwand.

Daniel nahm sich vor, nach Dienstschluss nach Tholenswehr zu fahren und in aller Stille von der alten Frau Abschied zu nehmen.

„Wo bringen sie Waltraud denn hin?"

Daniel blickte auf und sah in das besorgte Gesicht Jurine Tammingas. Ihre Augen waren gerötet, ihre Nase geschwollen, trotz der warmen Sonnenstrahlen zitterte sie. Offensichtlich hatte sie geweint. Waltraud und sie hatten sich im Heim angefreundet und viel miteinander unternommen. Es musste schwer sein, völlig unvorbereitet die beste Freundin zu verlieren.

Swantje war aufgestanden und hatte ihren Arm um die alte Frau gelegt. „Die Angehörigen möchten, dass sie in Tholenswehr aufgebahrt wird. Dem Wunsch müssen wir uns beugen. Leider", fügte sie flüsternd hinzu.

„Aber sie war gar nicht krank", stellte Jurine Tamminga fest. „Ich verstehe nicht, warum sie einfach so gestorben ist. Gestern ging es ihr doch noch so gut. Wir wollten heute zusammen nach Emden ins Café fahren und es uns mal wieder richtig gutgehen lassen. Und jetzt das. Ich verstehe das nicht." Sie machte eine unbestimmte Geste und ließ resigniert die Schultern sinken. Sie stand da wie ein einziges Häufchen Elend.

„Gottes Wege sind unergründlich", ließ sich die tiefe Stimme des Pastors vernehmen, der soeben an ihnen vorbeilief.

„Ihr Gott kann mich mal!", schluchzte Jurine und funkelte ihn zornig an. „Wo ist er denn, wenn man ihn mal braucht? Warum versteckt er sich vor uns?"

„Es hat ihm gefallen, unsere Schwester Waltraud zu sich zu rufen. Ihr geht es nun gut", antwortete der in einen schwarzen Anzug gekleidete Pastor ruhig.

„Einen Scheißdreck geht es ihr!", fauchte Jurine aufgebracht. „Sie ist tot. Tot, verstehen Sie!? Nun erzählen Sie hier mal nicht so einen salbungsvollen Müll, den Ihnen sowieso keiner abnimmt! Es geht ihr gut! Pah! Gehen Sie mir bloß aus den Augen!"

Ja, dachte Daniel und verkniff sich ein Grinsen, auch das ist Jurine. Wenn man sie reizt, dann wird sie zum Tier. Der

14

Pastor sollte eigentlich wissen, dass sie nichts mehr hasst als religiöses Getue.

„Dem haben Sie es aber gegeben", sagte Swantje anerkennend, als der Pastor sich nun umdrehte und sichtlich beleidigt dem Heim zustrebte.

„Ich werde dafür sorgen, dass Waltraud ein anständiges Begräbnis bekommt." Jurine schob entschlossen das Kinn vor. Von ihrer Trauer war von einem Moment auf den anderen nichts mehr zu spüren. Vielmehr wirkte sie nun kampfeslustig. „Und wenn es das Letzte ist, was ich tue."

„Ihre Kinder werden auf ihren Vorstellungen für die Trauerfeier bestehen", gab Daniel zu bedenken.

„Ihre Kinder können mich mal!", konterte Jurine. „Was wissen die denn schon von ihrer Mutter? Haben sich jahrelang nicht bei ihr blicken lassen. Wie oft hat Waltraud gesagt, dass sie eine Beerdigung will, auf der gelacht und musiziert wird. Diesen Wunsch werde ich ihr erfüllen."

„Die Kinder werden wenigstens den Schein wahren wollen, gute Kinder gewesen zu sein. Sie werden sich nicht nachsagen lassen, ihre Mutter ohne genügend Andacht ins Jenseits entlassen zu haben", startete Daniel einen neuen Versuch, auch wenn er wusste, dass es vergebliche Liebesmüh war. Jurine würde alles dafür tun, ihren Willen durchzusetzen. Und das war auch gut so. Wenn es nach ihm ginge, würde man Waltrauds Kinder sowieso gänzlich von der Beerdigung ausschließen. Leider aber hatte er es nicht zu entscheiden.

„Ich muss dann mal wieder an die Arbeit", murmelte er, nickte den beiden Frauen kurz zu und ging ins Heim zurück.

„Hier sind sie." Am Abend wedelte Swantje Daniel mit einem Haufen Aktendeckel vor der Nase herum.

„Hier sind wer?", fragte er und schob die Pappordner mit einer unwilligen Handbewegung beiseite. Er war hundemüde.

Der Besuch in der Kapelle war ihm nahegegangen. Rund eine Stunde hatte er neben dem Leichnam von Waltraud Habers gesessen und sich alles, was seine Kollegin und Jurine Tamminga am Vormittag gesagt hatten, nochmals durch den Kopf gehen lassen. Doch war er zu keinem Ergebnis gekommen, wie es nun weitergehen sollte. Die Hinweise darauf, dass es bei dem Tod von vier alten Menschen womöglich nicht mit rechten Dingen zugegangen war, waren viel zu vage, als dass man den dafür Verantwortlichen einen Strick daraus hätte drehen können. Leider.

„Ich habe mir mal die Akten geholt", erklärte Swantje. Als Daniel sie fragend ansah, fügte sie erläuternd hinzu: „Die Akten der unerwarteten Todesfälle, Waltraud Habers inklusive."

Daniel versuchte krampfhaft, ein Gähnen zu unterdrücken. Swantje und er schoben an diesem Tag eine Doppelschicht, da die Hälfte des Personals mal wieder erkrankt war. Bei den Arbeitsbedingungen, die hier herrschten, fühlten sich viele überfordert, was zwangsläufig mit einem höheren Krankenstand einherging. Die Chefs nannten es gemeinhin Blaumachen.

„Was hast du herausgefunden?", fragte er und ließ sich auf einen Stuhl sinken. Sie hielten sich bei einer Tasse Kaffee im Personalraum auf, nachdem sich die Senioren im Anschluss an das Abendessen in ihre Zimmer zurückgezogen hatten.

„Nichts. Sieht alles sauber aus."

„Wie spannend." Daniel zog eine Grimasse und nahm einen kräftigen Schluck Kaffee.

„Trotzdem stimmt da was nicht", ließ Swantje nicht locker.

„Das schließt du woraus?"

„Ist so ein Gefühl."

„Das ist nicht viel", stellte Daniel fest. „Und was hast du jetzt vor? Willst du hier die Miss Marple geben?"

„Ich gehe zur Polizei."

„Bitte?" Daniel glaubte, nicht recht gehört zu haben. Das hatte ihm gerade noch gefehlt. Sobald die Ermittler hier herumschnüffelten, würde seine eigene Strategie gehörig durcheinandergewürfelt. Er stellte seine Tasse so vorsichtig auf dem Tisch ab, als würde sie die kleinste Erschütterung zur Explosion bringen. „Sagtest du, du gehst zur Polizei?"

„Yepp."

„Hä? Womit denn?", versuchte Daniel sofort, sie von diesem Plan abzubringen. „Ich meine, du hast nichts, aber auch rein gar nichts in der Hand. Was willst du denen denn sagen? Hallo, mein Name ist Swantje, ich möchte ein paar Morde melden, weiß aber nicht genau warum?" Er lehnte sich im Stuhl zurück und gähnte herzhaft. „Du verrennst dich da in was, Swantje. Kann es sein, dass du zu viele Krimis liest?"

„Dann müssen wir eben Beweise sammeln. Beweise gegen Dr. Roelfes. Das kann doch nicht so schwer sein, verdammt, schließlich arbeiten wir hier mit ihm!", ließ Swantje sich nicht beirren.

Mist. Das war genau das, was Daniel verhindern wollte. Swantje hatte keine Ahnung, mit wem sie sich da anlegte. Er musste ihr diesen Blödsinn ausreden, eben weil er wusste, dass sie auf der richtigen Spur war.

„Hallo?", meldete sich eine Stimme in seine Gedanken hinein.

Ruckartig drehte er sich zur halb offenen Tür.

„Frau Tamminga", sagte Daniel mit leicht zittriger Stimme, „was machen Sie denn hier?" Er strich sich über die Kehle, die sich plötzlich anfühlte, als hätte sich ein Frosch in ihr eingenistet.

„Ach, ich kann nicht schlafen. Die Gedanken kreisen und kreisen und kreisen …" Jurine Tamminga trat noch ein paar Schritte näher und ließ sich dann schwer auf einen Stuhl fallen. „Ich wollte Sie nicht belauschen", sagte sie entschuldigend und drückte Zeige- und Mittelfinger gegen die Schläfen. „Eigentlich wollte ich Sie bitten, mir etwas gegen diese furchtbaren Kopfschmerzen zu geben. Es tut mir leid, wenn ich Sie erschreckt habe."

„Kein Ding", murmelte Daniel mehr zu sich selbst und stand auf, um eine Schachtel Schmerztabletten aus dem Medikamentenschrank zu nehmen. Er legte sie auf den Tisch und füllte ein Glas mit Wasser, um es der alten Dame gleich darauf in die Hand zu drücken.

„Und", sagte Jurine Tamminga, als sie wenig später ihre Tablette mit einem großen Schluck Wasser hinuntergespült hatte, „wie gehen wir gegen den Doc vor?"

2

Es war Ostersonntag. Jurine Tamminga stand auf ihren Stock gestützt am Fenster ihres Zimmers und blickte hinaus. Eigentlich wäre sie um diese Uhrzeit mit Waltraud im Park gewesen und hätte nach Schokoladen- und bunt bemalten Hühnereiern gesucht, so wie sie es in den Jahren zuvor immer getan hatte. Die Sonne strahlte warm vom blauen Himmel – das perfekte Wetter also.

Jurine erinnerte sich noch gut an den Spaß, den Waltraud und sie gehabt hatten, wenn sie im Vorfeld der Osterfeiertage ein paar hartgekochte Eier bemalt, diese gegenseitig unter den Büschen im Park versteckt, unter viel Gelächter gesucht und dann am Nachmittag des Ostersonntags in der Nähe des Campener Leuchtturms vom Deich hatten rollen lassen. Sie fühlten sich in ihre Kindheit zurückversetzt, wenn sie sich unter die zahlreich am Deich versammelten Familien mischten und mit ihnen um die Wette am traditionellen *Eiertrüllen* teilnahmen. Waltraud war auch hier kaum zu schlagen gewesen, aus irgendeinem unerfindlichen Grund rollten ihre Eier immer am weitesten von allen – und waren dabei zumeist unbeschadet geblieben.

Wenn sie am späten Nachmittag wieder nach Hause fuhren, hatte Waltraud immer doppelt so viele Eier dabei, als sie mitgenommen hatte, denn es war Brauch, dass die Verlierer des *Eiertrüllens* ihre Eier an die Gewinner abgaben. Im Heim angekommen, verteilte Waltraud ihre Errungenschaften an diejenigen Mitbewohner, die an dem Spaß aus welchem Grund auch immer nicht hatten teilnehmen können.

Im letzten Jahr aber war sie noch einen Schritt weiter gegangen. Auf dem Parkgelände des Seniorenheims gab es einen kleinen, grasbewachsenen Erdhügel, und Waltraud gab keine Ruhe, bis nicht auch der letzte Bewohner aus seinem Bett kroch und sich am *Eiertrüllen* im Park beteiligte. Unter großem Gejohle rollten die Eier die Erhebung hinunter und wurden von ihren Eigentümern dabei angefeuert, als wären sie im Wettkampf stehende Sportler. Es war ein wahres Fest. Selten hatten sie so sehr gelacht wie an diesem Tag, und alle hatten sich darauf gefreut, es in diesem Jahr zu wiederholen.

Doch daraus wurde ja nun nichts.

Jurine trat vom Fenster weg und setzte sich in ihren Sessel. Nach wie vor konnte sie es kaum glauben, dass Waltraud nicht mehr bei ihnen war. Immer wieder wanderte ihr Blick zur Zimmertür, in der Erwartung, dass ihre Freundin sie im nächsten Moment mit dem ihr eigenen Schwung aufreißen und sie zu einer Unternehmung auffordern würde.

Aber alles blieb still. Totenstill. So, wie es sich in einem Haus geziemte, in dem erst Stunden zuvor ein Mensch sein Leben ausgehaucht hatte.

Mit einem Schaudern dachte Jurine an die letzte Nacht. Niemals im Leben hätte sie es gewagt, ihren Verdacht, dass

Waltraud keines natürlichen Todes gestorben sei, auch nur auszusprechen. Dann aber hatte sie vor dem Personalraum gestanden und mit angehört, wie Daniel und Swantje sich genau darüber unterhielten. Also litt sie doch nicht unter einer altersbedingten Paranoia. In diesem Heim stimmte tatsächlich irgendetwas nicht, seit Dr. Christian Roelfes hier seinen Dienst tat.

Aber hatte Waltraud wirklich für heimliche Medikamententests herhalten müssen, wie es Swantje befürchtete? Und was wäre, wenn diese Medikamentengaben gar System hatten und regelmäßig bei jenen Heimbewohnern angewandt wurden, um die sich kein Angehöriger scherte? Oder vielleicht sogar bei allen?

Wenn es so war, dann hatten sie es hier mit bösen, bösen Leuten zu tun, die die Einsamkeit alter Menschen nicht nur ausnutzten, sondern sich aller Wahrscheinlichkeit nach auch noch daran bereicherten. Denn warum sonst sollten sie sich auf ein so riskantes Unterfangen einlassen?

Oder war es am Ende gar nicht so riskant, wie es auf den ersten Blick schien? Schließlich galt es gemeinhin als unverdächtig, wenn ein betagter Mensch eines Morgens leblos in seinem Bett lag.

Das Alter tötet. Es gab keinen Grund, dieses Naturgesetz zu hinterfragen.

Ganz wohl war Jurine nicht bei dem Gedanken, dass sich Swantje dazu entschlossen hatte, der Sache auf den Grund zu gehen. Was, wenn ihr etwas zustieß? Sie war noch so jung, hatte ihr ganzes Leben noch vor sich. Sollte sie sich wirklich für eine alte Frau wie Waltraud, die den Zenit ihres Erdendaseins mit zweiundachtzig Jahren schon längst überschritten hatte, in Gefahr begeben, damit ihr Gerechtigkeit widerfuhr?

War es nicht eigentlich ihre, Jurines Aufgabe, sie von ihren Spekulationen und Verdächtigungen abzuhalten?

Seufzend dachte Jurine an ihre Enkelkinder, die ungefähr im Alter von Daniel, Swantje und Andy waren. Nie im Leben würde sie wollen, dass sie sich in solch eine Gefahr begaben.

Vielleicht hätte sie Swantje in ihrem Vorhaben, zur Polizei zu gehen und ihren Verdacht zu äußern, ermuntern sollen, anstatt ihr gut zuzureden, zunächst einmal ein wenig herumzuschnüffeln. Seltsamerweise war Daniel sehr bemüht gewesen, die Polizei aus dem Spiel zu lassen, als das Thema darauf kam. Jurine fragte sich, warum.

Na ja, wie dem auch sei. Sie musste Swantje von eigenen Nachforschungen abhalten. Unbedingt.

Leider hatten Daniel und Swantje nach ihrer Doppelschicht frei und würden erst am nächsten Morgen wieder zum Dienst erscheinen. Swantje hatte ihr zwar mal ihre Handynummer gegeben; für alle Fälle, wie sie ihr augenzwinkernd gesagt hatte. Aber natürlich würde sie sie nicht an ihrem wohlverdienten freien Tag stören. Die jungen Leute waren mit diesem harten und unterbezahlten Job schon gefordert genug. Da sollten sie sich nicht auch noch an ihren freien Tagen um die Schrullen einer alten Frau kümmern müssen.

Jurine drehte ihren Kopf, als sie klackernde Schuhe auf dem Gang vor ihrem Zimmer hörte. Agata. Bestimmt würde die polnische Pflegerin ihr gleich die Medikamente bringen, die sie – angeblich – zum Überleben brauchte.

Jurine wurde ganz schlecht bei dem Gedanken, dass unter den bunten Pillen womöglich auch jene waren, die jüngst ihre Freundin aus dem Leben hatten scheiden lassen.

Nicht zum ersten Mal ging ihr auf, dass sie eigentlich keinerlei Ahnung hatte, was man ihr tagtäglich verabreichte. Es war erschreckend, was sie alles mit sich machen ließ, ohne es auch nur ansatzweise zu hinterfragen. Doch hätte sie überhaupt eine Chance, sich gegen ihre Ärzte zur Wehr zu setzen? Verstanden diese es denn nicht ganz vorzüglich, ihr Angst vor einem langen Siechtum oder gar dem Tod zu machen, wenn sie sich weigerte, dieses oder jenes Medikament zu nehmen, oder wenn sie eine medizinische Behandlung rundweg ablehnte? Selten hatte sie bei ihren Ärzten das Gefühl gehabt, dass deren Interesse tatsächlich dem Wohl ihrer Patienten galt. Vielmehr wirkten die angeblichen Götter in Weiß auf sie wie im Schafspelz auftretende Wölfe, die ihrerseits letztlich nichts anderes waren, als willfährige Handlanger der Pharmaindustrie.

Es klopfte an der Tür.

„Herein!" Jurine hatte sich so in ihre trüben Gedanken hineingesteigert, dass sie nun auf die Tür starrte, als würde im nächsten Moment jemand hereinkommen, der sie zur Schlachtbank führen wollte.

„Na, Tantchen, wie sieht's aus?", hörte sie eine Stimme, die so gar nichts von dem osteuropäischen Akzent hatte, mit dem Agata sie sonst immer begrüßte. Außerdem passte der fröhliche Ton nicht zu der Pflegerin, die eher der muffelige Typ war und es als Zumutung zu empfinden schien, in einem deutschen Seniorenheim ihren Dienst verrichten zu müssen.

Jurine hatte bereits den Ärmel ihrer Bluse hochgezogen, damit Agata ihren Blutdruck messen konnte. Die Pflegerin hasste Verzögerungen und gab es ihren Schützlingen auch unumwunden zu verstehen. Vielleicht, dachte Jurine, trägt sie diese klackernden Schuhe ja nur, damit alle schon vorgewarnt sind, wenn sie sich ihnen nähert.

„Tantchen? Hallo? Alles in Ordnung mit dir?"

Jurine brauchte einen Moment, bis sie wieder in der Realität angekommen war und ihren Irrtum bemerkte. Vor ihr stand nicht Agata, sondern ihre Nichte Sophie. Schnell zog sie ihren Ärmel wieder herunter. „Sophie, wo kommst denn du her? Mit dir habe ich heute ja gar nicht gerechnet!", rief sie erstaunt aus.

„Ich kann auch wieder gehen", erwiderte ihre Nichte und zwinkerte ihrer Tante dabei zu.

„Nein. Nein, nein, so hatte ich es doch nicht gemeint. Ich wundere mich nur. Aber natürlich freue ich mich sehr, dass du da bist", fügte Jurine rasch hinzu und meinte es auch so.

Sophie drückte ihrer Tante einen Kuss auf die faltige Wange, dann zog sie einen Stuhl heran und setzte sich. Ihr Gesichtsausdruck wurde ernst. „Ich habe von Waltrauds Tod erfahren", sagte sie vorsichtig. „Und da dachte ich, ich gucke mal, wie es dir geht. Was für ein furchtbarer Schock!"

„Ja." Jurine spürte, dass ihre Augen feucht wurden. „Es kam so ... so plötzlich. Damit konnte doch wirklich keiner rechnen." Sie deutete mit ihren arthritischen Fingern zum Fenster hinaus. „Eigentlich wären wir jetzt beim Eiertrüllen, weißt du?" Sie griff nach einer Packung Papiertaschentücher, zog sich eines heraus und ließ ihren Tränen freien Lauf. Die ganze Zeit hatte sie versucht, sich zusammenzureißen. Sie wollte sich vor all den fremden Menschen hier keine Blöße geben. Beim Anblick ihrer Nichte aber, die sie nun sowohl besorgt als auch mitfühlend musterte und nach ihrer knochigen Hand griff, gingen die Emotionen, die sich seit Waltrauds Tod in ihr angestaut hatten, mit ihr durch. Diesmal schämte sie sich ihrer Tränen jedoch nicht. Vor Sophie brauchte sie sich nicht zu verstecken, und das tat gut.

„Ich hole uns mal eine Kanne Tee und ein Stück Kuchen", verkündete Sophie, nachdem sie die Hand ihrer Tante für eine Weile schweigend gedrückt hatte. „Ich habe draußen auf dem Gang welchen stehen sehen. Er scheint für alle zu sein. Eine kleine Stärkung wird dir guttun."

Jurine schluchzte unterdrückt auf und nickte. „Das ist lieb von dir, danke."

Als Sophie zur Tür hinaus verschwunden war, ließ sich Jurine in ihrem Sessel zurücksinken und schloss die Augen. Sie fühlte sich plötzlich unendlich müde. Gleichzeitig aber war sie so aufgedreht, dass an Schlaf nicht zu denken war. Sie hasste diesen Zustand, raubte er ihr doch die Fähigkeit, ihren eigentlich noch so wachen Verstand gewinnbringend einzusetzen.

Sophie war gekommen. Ob es ein Wink des Schicksals war, dass ausgerechnet sie an diesem Tag den Weg zu ihr fand? Hatte sie ihr nicht erst bei ihrem letzten Besuch vor rund zwei Wochen erzählt, dass sie mit Simon über die Osterfeiertage verreisen würde? Oder brachte sie da etwas durcheinander?

Sophie war die Tochter ihrer jüngeren Schwester. Sie war in Bremen aufgewachsen und hatte dort auch gearbeitet. Im vergangenen Herbst aber hatte sie den Entschluss gefasst, sich an die Polizeiinspektion in Leer versetzen zu lassen, weil sie sich, wie sie selbst sagte, Hals über Kopf in Ostfriesland verliebt habe.

Seither besuchte sie ihre alte Tante im Heim mehrmals im Monat. Sie war ein gutes Kind.

Jurine rutschte unruhig in ihrem Sessel hin und her. Ob sie Sophie von Swantjes Verdacht erzählen sollte? Schließlich arbeitete Sophie bei der Mordkommission, und wenn Waltraud tatsächlich ermordet worden war …

„So, Tantchen, hier kommt eine wahre Pracht von Ostertorte", sagte Sophie über das ganze Gesicht strahlend, als sie mit einem Tablett in den Händen wieder hereinspaziert kam. Sie platzierte es auf dem Tisch und hieb sich dann selbst mit einem kurzen Klaps auf die Hüften. „Ich dachte, wir machen heute mal was für Bauch, Beine, Po", sagte sie mit einem neckischen Grinsen. „Dafür ist eine Sahnetorte genau das Richtige."

„Ach, du mit deinem durchtrainierten Körper kannst das doch vertragen", erwiderte Jurine und richtete sich erwartungsvoll in ihrem Sessel auf. Trotz – oder gerade wegen – ihres Kummers verspürte sie plötzlich einen wahren Heißhunger auf etwas Fettig-Süßes. Solch eine Torte kam da genau richtig. Und wie niedlich sie garniert war, mit den kleinen Karotten, Ostereiern und Blümchen aus Marzipan. Da hatte sich jemand richtig Mühe gegeben.

„Und du bist dir sicher, dass die Torte für uns bestimmt

war?", fragte Jurine mit einem prüfenden Blick auf ihre Nichte.

„Ja", nickte Sophie, während sie Tee einschenkte und damit die Kluntjes in den Tassen zum Knistern brachte. „Ich habe extra gefragt. Ein edler Spender aus dem Verwandtenkreis der Bewohnerschaft ließ sie heute Morgen hier anliefern und hat durch den Konditor ausrichten lassen, sie sei für alle bestimmt, die sich heute hier aufhalten. Es ist ein Riesending. Dreistöckig. Ein wahres Kunstwerk."

„Sie ist köstlich", bemerkte Jurine, nachdem sie einen ersten Happen probiert hatte. Sie blickte auf und rieb sich mit dem Taschentuch über die tränenfeuchten Augen. „Ich danke dir, Sophie, dass du gekommen bist. Ein wenig Ablenkung tut gut. Aber wolltest du nicht mit Simon über Ostern wegfahren? Du hast das doch hoffentlich nicht wegen mir abgesagt!?"

Sophies Gesicht umwölkte sich, und sie ließ ihre Gabel, die sie gerade zum Mund hatte führen wollen, wieder sinken. „Nein." Sie schüttelte den Kopf. „Es war ... Wir haben gestritten. Simon ist dann alleine los."

„So." Jurine sah sie prüfend an, dann sagte sie vorsichtig: „Ihr streitet öfter in letzter Zeit, oder?"

„Ja", seufzte Sophie und nippte an ihrem Tee. „Es ist ... Ich bin schuld. Es ist meine verdammte Eifersucht, weißt du? Aber was soll ich denn tun? Es steckt nun mal in mir drin, ich ... ach was!" Sie machte eine wegwerfende Geste. „Ist ja auch egal. Ich bin froh, dass ich nicht mitgefahren bin, so kann ich dir in deinem Kummer wenigstens ein bisschen beistehen. Das mit Simon biege ich schon wieder hin."

„Natürlich wirst du das. Ihr seid ein so schönes Paar."

„Ja." Sophie räusperte sich. Sie wollte über dieses Thema anscheinend nicht weiter reden. „Und es gibt keinen Hinweis darauf, woran Waltraud gestorben ist?", fragte sie schnell.

Jurine rührte ein wenig in ihrem Tee herum, in dem sich der Kluntje längst aufgelöst hatte. Dann tat sie einen tiefen Atemzug und sagte leise: „Hier geht das Gerücht, dass sie ermordet wurde."

Sophie brauchte einen Moment, bis sie die Tragweite dieser Antwort begriffen hatte. Sie hob die Brauen. „Ermordet?", fragte sie. „Wer setzt denn bloß so ein Gerücht in die Welt? Das kann doch nur ein schlechter Scherz sein. Wer, um alles in der Welt, sollte die gutmütige Waltraud denn ermorden? Und warum?"

Jurine tupfte sich den Mund mit einer Papierserviette ab, bevor sie antwortete: „Es … Nun, es gab hier in den letzten Monaten eine ganze Reihe plötzlicher Todesfälle, für die es keine Erklärung gibt."

Sophie legte ihre Hand auf die ihrer Tante und sah sie beschwörend an. „Sorry, Tantchen, aber alte Menschen sterben nun mal. Auch wenn der Tod der besten Freundin schwer zu akzeptieren ist. Ich verstehe, dass du nach Gründen suchst, weil es so unbegreiflich ist. Aber deswegen einfach einen Mord zu unterstellen … puh!" Sophie stieß geräuschvoll die Luft aus und strich sich eine Haarsträhne hinters Ohr. „Das ist harter Tobak."

„Ja. Ja, sicher. Wahrscheinlich hast du recht. Aber dennoch … Mein Nachbar Franz Lüpkes zum Beispiel ist unlängst verstorben. Kurz zuvor hatte er mir gegenüber den Verdacht geäußert, man wolle ihn vergiften." Jurine kniff die Lippen zusammen, dann sagte sie gepresst: „Ich habe Angst, Sophie."

Noch bevor ihre Nichte etwas erwidern konnte, war ein kurzes, heftiges Klopfen an der Tür zu hören. Keine Sekunde später stand Pflegerin Agata bereits mitten im Zimmer. „Müssen Sie Medikamente nemmen", sagte die vielleicht dreißigjährige, spindeldürre und geschmacklos geschminkte Frau mit einem hart klingenden osteuropäischen Akzent, ohne Sophie auch nur eines Blickes zu würdigen. „Sie schibben Ärmel hoch, damit ich chann Blutdruck messen."

„Geht es auch eine Spur freundlicher?" Sophie funkelte Agata wütend an, bevor sie sich an Jurine wandte: „Redet sie immer so mit dir, Tantchen?"

Jurine zuckte nur mit den Schultern, während sie am Ärmel ihrer Bluse herumzupfte.

„Ich hier nur machen meine Abbeit", erwiderte stattdessen Agata schlecht gelaunt und mit sehr kehligem *ch*.

„Dann würde ich Ihnen raten, Ihre Arbeit ein wenig freundlicher zu verrichten", entgegnete Sophie mit gefährlich süßer Stimme, „ansonsten werden Sie sich schon bald nach einem neuen Job umsehen müssen."

Agata lachte hämisch auf, während sie Jurine die Manschette des Blutdruckmessgerätes wenig behutsam um den Arm legte und Luft hineinpumpte. „Kein Mensch mich wird feuern, nur weil Sie saggen. Chier sowieso zu wennich Personal. Wocher soll kommen andere Pfleggerin, wenn ich gehen?"

Sophie kochte innerlich. Sie wusste, dass die Frau recht hatte. Wie überall im Pflegebereich herrschte auch in diesem Haus akuter Personalmangel. Da würde es sich der

Arbeitgeber dreimal überlegen, ob er einer Mitarbeiterin kündigte, nur weil sie sich der Klientel gegenüber im Ton vergriff. Auch wenn es ihr schwerfiel, verkniff sie sich eine weitere Bemerkung und widmete sich solange schweigend ihrem Kuchen, bis die Pflegerin wieder gegangen war.

„Ist sie nur frech oder wird sie auch körperlich grob?", fragte Sophie, nachdem die Tür mit einem Scheppern ins Schloss gefallen war. Erst vor Kurzem hatte sie im Fernsehen eine Reportage über die Zustände in deutschen Alten- und Pflegeheimen gesehen und war entsetzt gewesen. Sie hoffte, dass es im Heim ihrer Tante lediglich bei verbaler Unfreundlichkeit blieb, auch wenn das schon schwer genug zu ertragen war.

„Agata tut keinem etwas", erwiderte Jurine und schob sich ein Stück Kuchen in den Mund. „Sie ist häufig gereizt und motzt entsprechend herum. Ich höre dann einfach weg. Wenn man nicht auf sie reagiert, ist sie am schnellsten wieder verschwunden. So halten es hier alle."

„Ganz reizend", erwiderte Sophie gallig, beschloss dann aber, nicht weiter auf das Thema einzugehen. Stattdessen besann sie sich auf das, was sie zuvor besprochen hatten, und warf ihrer Tante einen besorgten Blick zu. „Wovor genau hast du Angst, Tantchen?", wollte sie wissen. „Und was genau sind das für Gerüchte, die hier im Umlauf sind?" Als Kriminaloberkommissarin hatte sie gelernt, selbst scheinbar nur dahingeworfene Bemerkungen nicht zu ignorieren. Auch für menschliche Gemütszustände hatte sie im Laufe der Zeit Antennen entwickelt. Und diese sagten ihr, dass ihre Tante nicht nur einfach so daherredete, weil es vielleicht andere taten, sondern dass sie tatsächlich etwas bedrückte, das über die normale Trauer um ihre Freundin hinausging.

„Weißt du", antwortete Jurine nach einem Blick auf die Medikamentendose, die Agata neben sie auf den Tisch gestellt hatte und in der nach Tageszeiten sortiert sechs verschiedenfarbige Tabletten und Kapseln lagen, „hier gibt es eine junge Pflegekraft. Sie heißt Swantje. Ein liebes Ding. Sie vermutet, dass hier im Heim illegale Medikamentenversuche stattfinden."

„Illegale Medikamentenversuche?", rief Sophie ein wenig zu laut aus. „Hier, in diesem Seniorenheim?" Sie runzelte die Stirn und sah ihre Tante eindringlich an. „Gibt es dafür Beweise?"

„Nein", schüttelte Jurine den Kopf, „noch nicht."

„Noch nicht?"

Jurine rutschte unbehaglich in ihrem Sessel hin und her. „Es müsste vielleicht mal jemand überprüfen, ob an der Sache etwas dran ist", sagte sie ausweichend.

„Ich hoffe doch, dass dieser Jemand nicht hier im Hause zu finden ist." Sophie sah die alte Frau alarmiert an.

„Nein, natürlich nicht", beeilte sich Jurine zu sagen und senkte den Kopf.

„Darf ich fragen, was genau diese Swantje darüber wissen will?", hakte Sophie nach.

„Ach, Kind", seufzte Jurine, „das müsstest du sie schon selber fragen. Ich war ja nicht dabei."

„Hm." Sophie schob ihren Teller beiseite und zog ihr Smartphone hervor. „Kannst du mir die Namen derjenigen nennen, die hier im Heim eines plötzlichen Todes gestorben sind?"

„Du willst ermitteln?", fragte Jurine hoffnungsvoll.

„Nein. Solange es keinen konkreten Verdacht gibt, sondern lediglich im Flurfunk irgendwelche Gerüchte verbreitet werden, kann die Polizei nicht tätig werden. Außerdem wäre ich hier in Hinte sowieso nicht zuständig. Ich müsste, wenn es denn Hinweise auf ein Verbrechen gäbe, alles an meine Kollegen weiterleiten."

„Und warum willst du dann die Namen haben, wenn ihr sowieso nichts tun könnt?"

„Man kann nie wissen, wofür es gut ist", antwortete Sophie kryptisch.

„Na gut." Jurine überlegte einen Moment. „Also, die erste Tote hieß Gertrud Meier. Sie starb im Oktober, glaube ich. Im Dezember dann Geeske Habbena und im Januar Franz Lüpkes. Und nun Waltraud Habers."

Sophie tippte die Namen in ihr Smartphone, bevor sie sagte: „Gibt es irgendwelche Gemeinsamkeiten zwischen diesen Menschen, außer dass sie alt waren?"

„Sie hatten alle keine Angehörigen, oder, besser gesagt, sie hatten niemanden, der sich um sie kümmerte. Kinder hatten sie schon, aber eben nur so nichtsnutzige."

„Aha. Und gibt es irgendwelche weiteren Anhaltspunkte?"

„Nein. Zumindest nicht, dass ich wüsste." Sie zögerte kurz, bevor sie hinzufügte: „Nur, dass alles erst begann, als Dr. Roelfes hier der zuständige Arzt wurde."

„Dr. Roelfes?"

„Ja."

„Aha. Und du meinst, er habe den Patienten diese Medikamente verabreicht?"

„Aber das weiß ich doch nicht. Es … fällt eben auf."

„Das ist nicht viel, um einen solch weitreichenden Verdacht zu äußern."

„Nein. Viel ist das nicht. Aber trotzdem kann ja was dran sein."

„Mir scheint eher, dass Swantje eine blühende Fantasie hat."

„Kann auch sein. Muss aber nicht."

„Gut. Ich werde mal über die Sache nachdenken, wenn es dich beruhigt." Sophie stand auf und griff nach ihrer Strickjacke, die sie über die Stuhllehne gehängt hatte. Sie ging um den Tisch herum und drückte ihrer Tante einen Kuss auf die faltige Wange. „Mach dir bitte keine Sorgen, Tantchen. Falls irgendetwas vorfällt, was dich verunsichert, dann ruf mich einfach an, okay?"

Jurine nickte und erhob sich nun ebenfalls aus ihrem Sessel. „Schön, dass du hier warst", sagte sie mit einem Lächeln. „Und grüß Simon lieb von mir."

Sophie zog eine Grimasse, die sie jedoch vor ihrer Tante verbarg. „Das mache ich." Sie lächelte Jurine noch einmal zu, dann zog sie die Tür hinter sich ins Schloss.

Als sie den Gang hinunterlief, fiel ihr die beinahe gespenstische Stille auf, die an diesem Tag im Heim herrschte. Sie konnte sich nicht erinnern, es jemals so ruhig erlebt zu haben. Die Trauer hatte sich wie ein schweres Tuch über das Seniorenheim gelegt, in dem normalerweise ein für eine solche Einrichtung eher unübliches wuseliges Treiben herrschte.

Fast wäre Sophie erschrocken zusammengezuckt, als die Stille plötzlich durch das klackernde Geräusch sich entfernender Schritte unterbrochen wurde. Das muss

Agata sein, dachte sie. Mit einer gewissen Verwunderung hatte sie schon in Tantchens Zimmer registriert, dass die Pflegerin anstelle der sonst in ihrem Berufsstand üblichen Gesundheitslatschen hochhackige Pumps trug. Überhaupt schien die junge Pflegerin aus irgendeinem Grund nicht in dieses Heim zu passen, auch wenn Sophie nicht hätte sagen können, was genau sie zu dieser Ansicht verleitete. Komische Kauze gab es hier ihrer Meinung nach genügend, aber bei Agata hatte sie das Gefühl …

Sophie kam nicht dazu, diesen Gedanken zu Ende zu führen, denn gerade, als sie die geräumige und sonnendurchflutete Lobby erreichte und dem Ausgang zustrebte, wurde die Stille durch einen gellenden Schrei zerrissen, der ihr das Blut in den Adern gefrieren ließ.

3

„Geht es wieder?" Sebastian Hasenkrug sah seine Lebens-
gefährtin Tonja besorgt an, als sie sich auf bloßen Füßen
und nur in ein Longshirt gekleidet näherte und ihm
einen Kuss auf die Stirn hauchte. Seit sie an diesem
Morgen erwacht war, flitzte sie ständig zwischen Schlafzimmer und Bad hin und her. Es gab Tage, an denen
ihr die nun schon seit Wochen andauernde Übelkeit mehr zu schaffen machte als an anderen. Und
dieser Ostersonntag gehörte eindeutig zu der Kategorie
Schwanger-sein-ist-nicht-nur-lustig.

„Ja, so langsam wird es besser", nickte sie und setzte
sich neben ihn auf einen Stuhl. „Wie lieb", sagte sie mit
einem Lächeln und ließ ihren Blick über den österlich ge-
schmückten Küchentisch schweifen. „Du hast ja sogar ein
paar Blumen hereingeholt."

„Ich dachte, wenn du mangels Außentoilette schon
nicht rausgehst, muss ich den Frühling eben hereinholen",
lächelte Hasenkrug zurück. „Und wo wir jetzt schon einen
so schön angelegten Garten haben …" Er ließ den Rest
des Satzes in der Luft hängen und griff nach einem der
Croissants, die er an diesem Morgen frisch aus der Bäckerei
geholt hatte. Er lobte sich und Tonja jeden Tag aufs Neue
für die Entscheidung, ihre zwei getrennten Wohnungen

aufgegeben und sich gemeinsam ein Haus am Stadtrand von Emden gesucht zu haben.

Mit dem Gedanken zusammenzuziehen hatten sie schon gespielt, bevor sie wussten, dass Tonja schwanger war. Dann aber hatten sie nicht mehr lange gezögert. Der Zufall wollte es, dass sie nach nur kurzer Suche ein wahres Kleinod gefunden hatten, das von seinem Besitzer aus beruflichen Gründen Hals über Kopf aufgegeben und verkauft werden musste. Es handelte sich um ein im typischen Friesenstil gehaltenes Backsteinhäuschen, das Anfang des vergangenen Jahrhunderts erbaut und zwischenzeitlich kernsaniert worden war. Hinter dem Häuschen erstreckte sich ein naturbelassener und dennoch liebevoll gepflegter Garten, dessen ganzer Charme dem Betrachter erst jetzt im Frühjahr offenbar wurde. Hunderte Narzissen, Krokusse, Tulpen und Hyazinthen blühten um die Wette, und ihr im Sonnenschein so farbenfroher Anblick zauberte selbst der von heftiger Übelkeit geplagten Tonja regelmäßig ein Lächeln auf das Gesicht.

„Ich glaube, ich probiere mal ein bisschen von dem Rührei", sagte Tonja zu Hasenkrugs Freude. Zunächst füllte sie sich nur einen kleinen Klecks auf den Teller; nachdem die ersten Happen jedoch einen wahren Heißhunger in ihr auslösten, zog sie gleich die ganze Schüssel zu sich heran und schaufelte sich einen Löffel nach dem anderen in den Mund. „Oh, sorry", murmelte sie, als sie schließlich bemerkte, dass sie ihrem Lebensgefährten nichts übriggelassen hatte. Sie schaute ihn betreten an. „Es überkam mich einfach, ich …"

Hasenkrug winkte amüsiert ab. „So ist es mir allemal

lieber, als wenn du bleich und wortkarg alles verschmähst, was ich dir vorsetze."

„Du hast es nicht leicht mit mir in letzter Zeit", stellte Tonja zerknirscht fest.

„Glaub mir, mein Schatz, ich hatte es in meinem ganzen Leben noch nicht leichter als mit dir." Hasenkrug erhob sich von seinem Stuhl, weil sein Smartphone angefangen hatte zu vibrieren. Er zog seine Stirn in Falten, als er sah, dass es sich bei dem Anrufer um seine Dienststelle handelte. Er meldete sich mit einem knappen *Ja.*

„Nun sag nicht, dass es bei diesem herrlichen Wetter einen Mord gegeben hat", bemerkte Tonja, nachdem er nur wenig später wieder aufgelegt hatte. Mit nahezu gierigem Blick griff sie nach einem Stück Streuselkuchen und biss herzhaft hinein.

„Keine Ahnung." Hasenkrug zuckte die Schultern. „Meine Kollegin Sophie Reimers klang wohl etwas wirr, wie der Kollege am Telefon sagte. Er wusste nur, dass anscheinend irgendetwas im Seniorenheim in Hinte vorgefallen sei."

„Dann solltest du vielleicht mal hinfahren und nachsehen, wie viele Leichen nach deiner Kombinationsgabe verlangen", erwiderte Tonja mit vollem Mund.

„Sehr witzig. Ich habe eigentlich nicht vor, diesen herrlich sonnigen Feiertag in einem muffigen und nach Desinfektionsmittel sowie – Entschuldigung! – Fäkalien riechenden Gebäude zu verbringen. Ich denke, dass die werte Frau Kollegin zunächst auf meine Mitwirkung …" Hasenkrug unterbrach seinen Satz abrupt, als sein Smartphone erneut einen Anruf ankündigte und diesmal der

Name seines Chefs David Büttner auf dem Display erschien. „Mist." Das sah nun weiß Gott nicht mehr nach einem geruhsamen Ostersonntag aus.

„Der Chef meint, wir sollten uns jetzt mal in Hinte einfinden", berichtete Hasenkrug mit säuerlicher Miene, als auch dieser Anruf bereits nach einem kurzen Wortwechsel beendet war. Er warf einen bedauernden Blick auf den Frühstückstisch und dann auf Tonja. „Tut mir wirklich leid."

„Schon gut. Ich heb dir was auf", erwiderte Tonja gelassen.

„Genau daran habe ich meine Zweifel", neckte Hasenkrug sie, als sie dem Rührei und dem Streuselkuchen nun auch noch eine großzügig mit Käse belegte Scheibe Brot hinterherschob.

„Wir könnten uns eine Pizza bestellen, wenn du wieder zurück bist", murmelte Tonja ungeachtet seines breiten Grinsens. „Mit Kapern. Darauf hätte ich Lust."

„Was auch immer ihr beide wollt", erwiderte Hasenkrug. Er strich ihr sanft über den noch kaum gewölbten Bauch und machte sich dann auf den Weg.

Während Sebastian Hasenkrug noch damit beschäftigt war herauszufinden, ob ihm das Ambiente des hübsch restaurierten Backsteingebäudes trotz der für ein Seniorenheim so typischen Geruchsmischung gefiel, hielt Hauptkommissar David Büttner der Anblick der inzwischen zur Hälfte gerupften dreistöckigen Torte gefangen. „Hier lässt es sich aushalten", murmelte er und nickte anerkennend. Er fragte sich, bei wem er sich wohl würde einschleimen müssen, um von dieser fantastischen Torte ein Stück kosten zu dürfen.

Gerade wollte er eine mit klackernden Schritten auf sie zukommende, junge Frau in weißem Kittel darauf ansprechen, als ihn ein durchdringender Hilfeschrei daran erinnerte, aus welchem Grund sie hier waren.

Hasenkrug, der beim Laufen nun ein deutlich erhöhtes Tempo an den Tag legte, rief seinem Chef über die Schulter zu: „Wenn Sie mich fragen, war das die Stimme unserer Kollegin Sophie Reimers. Wir sollten uns wirklich beeilen." Er rempelte einen jungen Mann beiseite, der nun ebenfalls mit erschrockenem Blick aus einem der Zimmer gestürzt kam und Hasenkrug nach einem kurzen Stolpern hinterherhechtete.

Ein erneuter Schrei um Hilfe ließ nun auch Büttner ein für ihn eher ungewöhnliches Tempo an den Tag legen, und nur wenig später bot sich ihnen ein alarmierender Anblick.

„Schnell", keuchte ihnen Sophie Reimers mit schweißnassem Gesicht entgegen, „wir brauchen einen Arzt!" Sie saß über eine am Boden liegende ältere Dame gebeugt und versuchte offensichtlich, diese zu reanimieren. In kurzen, regelmäßigen Abständen versetzte sie ihr mit aufeinandergelegten Händen Stöße gegen den Brustkorb.

„Was ist passiert?", fragte Büttner, während Hasenkrug sein Smartphone zückte. „Und wo ist der Arzt? Ich meine, hier muss es doch einen Arzt geben."

„Dr. Roelfes wurde zu einem Notfall gerufen", antwortete der von Hasenkrug beinahe über den Haufen gerannte, junge Mann. „Auch meine Kollegen sind nur in Feiertagsbesetzung unterwegs und können nicht überall gleichzeitig sein."

„Was ist mit der Frau passiert?", wollte Büttner von Sophie Reimers wissen, die nach wie vor nicht von der Herzmassage abließ. Der junge Pfleger rannte wieder hinaus und rief über die Schulter: „Ich hol mal was zum Stabilisieren des Kreislaufs!"

„Ich habe sie völlig aufgelöst hier in ihrem Zimmer vorgefunden, nachdem ich sie hatte schreien hören. Dr. Roelfes hat ihr eine Beruhigungsspritze gegeben, dann aber wurde er auch schon zu besagtem Notfall gerufen."

„Darf man fragen, warum die Frau geschrien hat?"

„Ich habe versucht, es aus ihr herauszubekommen, nachdem der Arzt sie versorgt hatte. Sie aber stammelte nur völlig wirres Zeug vor sich hin. Immer wieder sagte sie etwas von komischen Geräuschen und Stimmen, die sie gehört habe. Angeblich habe irgendjemand ihr Zimmer betreten und sie bedroht. Auf die Frage, wer denn dieser Jemand gewesen sei, antwortete sie aber auch nach mehrmaligem Nachfragen nicht, sondern rief immer nur: Nein, ich will nicht, nein, ich will nicht!"

Sophie Reimers wischte sich zwischen zwei Stößen mit dem Unterarm über die schweißnasse Stirn, dann fuhr sie fort: „Entgegen der Anweisung des Arztes verließ sie ihr Bett. Als ich sie wieder zurückverfrachten wollte, schlug sie wild um sich. Und dann plötzlich, von einer Sekunde auf die andere, ist sie kollabiert." Sophie Reimers deutete mit dem Kopf auf den roten Klingelknopf, der auf der anderen Seite des Bettes in die Wand eingelassen war. „Ich habe rasch den Alarm ausgelöst und die Kollegen informiert."

„Und Sie sind sich sicher, dass sie noch lebt?" Büttner sah

die Frau, die mit wachsbleichem Gesicht und geschlossenen Augen vor ihm lag, zweifelnd an.

„Das Herz setzt immer mal wieder aus, aber noch ist es nicht zu spät", keuchte Sophie Reimers. „Allerdings muss sie dringend ärztlich versorgt werden, ansonsten ist es für sie tatsächlich bald vorbei."

„Der Notarzt ist unterwegs", nickte Hasenkrug von der Tür her. Als bereits im nächsten Moment das Martinshorn des herannahenden Rettungswagens zu hören war, sagte er: „Ich gehe mal raus und weise dem Team den Weg."

„Sie ist sehr schwach. Ich würde sagen, mehr tot als lebendig", verkündete der Notarzt, nachdem er die Patientin stabilisiert und seinen Begleitern Anweisung gegeben hatte, sie in den Krankenwagen zu bringen. „Ich habe meine Zweifel, dass sie den Weg ins Krankenhaus übersteht. Aber es ist die einzige Möglichkeit, die wir haben. Bliebe sie hier, würde sie auf jeden Fall sterben." Er sah zu Sophie Reimers hinüber, die, den Kopf in die Hände gestützt, völlig erschöpft auf einem Stuhl saß. „Ohne Ihr beherztes Eingreifen wäre sie schon tot. Sollte sie es schaffen, verdankt sie Ihnen ihr Leben."

„Keine Ursache", murmelte die Polizistin kaum hörbar.

Als der Notarzt sich mit einem letzten Gruß zum Gehen anschickte, wandte sich Hauptkommissar Büttner an den jungen Mann, der mit seinem Assistenten kollidiert war und inzwischen mit einer Spritze in der Hand unschlüssig im Zimmer stand. „Darf ich fragen, wer Sie sind und was Sie hier machen?"

„Mein Name ist Daniel. Daniel Kieglitz. Ich arbeite hier als Pfleger."

„Dann wissen Sie auch, wie die Dame heißt, die soeben abtransportiert wurde."

„Ja. Sicher. Es ist Hannelore Wirtjes."

„Hatte sie solche Anfälle schon öfter?"

„Nicht dass ich wüsste. Ihr ging es in letzter Zeit eigentlich ganz gut."

„Eigentlich?", hakte Büttner nach.

„Na ja. Bis auf die üblichen Zipperlein eben, die das Alter so mit sich bringt."

„Und Sie? Waren Sie den ganzen Tag hier?"

„Nein. Eigentlich bin ich auch jetzt gar nicht hier."

„Dafür zeigen Sie aber eine erstaunliche Präsenz", stellte Hasenkrug mit einer Grimasse fest und rieb sich den nach der Kollision schmerzenden Oberarm.

„Sorry, ich wollte nur …"

Hasenkrug hob beschwichtigend die Hand. „Geschenkt."

„Trotzdem wüsste ich gerne, was Sie hier zu suchen haben, wenn Sie eigentlich gar nicht hier sind", kam Büttner auf sein Anliegen zurück.

„Ich hatte hier etwas vergessen. Das Geburtstagsgeschenk für eine Freundin. Ich wollte es holen, bevor ich zu ihr fahre."

„Aha." Büttner musterte die leeren Hände des jungen Mannes. „Sie haben aber gar kein Geschenk bei sich."

„Es steht noch bei Frau Tamminga im Zimmer."

„Wer ist Frau Tamminga?"

„Meine Tante", meldete sich Sophie zu Wort.

„Ach so." Büttner schaute verwirrt von einem zum anderen, dann sagte er zu Daniel: „Wie dem auch sei. Wir sprechen uns später noch mal. Wenn Sie sich bitte zu unserer Verfügung halten würden."

„Darf ich denn jetzt erstmal zu meiner Freundin fahren? Sie wartet auf mich."

Büttner deutete auf Hasenkrug. „Geben Sie meinem Kollegen bitte Ihre Personalien, wir melden uns dann bei Ihnen."

„Klar. Kein Ding."

Büttner zog sich einen Stuhl heran und setzte sich zu seiner Kollegin. „Ich verstehe immer noch nicht ganz, warum Sie uns gerufen haben", sagte er mit gedämpfter Stimme. „Bis auf die Dame, die irgendwo zwischen Leben und Tod schwebt und *womöglich* das Opfer eines Mordanschlags werden sollte, sehe ich hier nichts, was unsere Gegenwart erforderlich macht. Und selbst im Falle dieser Dame habe ich so meine Zweifel."

Sophie Reimers seufzte vernehmlich, bevor sie antwortete: „Hier gab es in den letzten Monaten einige Todesfälle, sagt meine Tante."

„Soll vorkommen in einem Seniorenheim."

„Sicher. Nur hegt meine Tante – und nicht nur sie – den Verdacht, dass man bei diesen Fällen ein klein wenig nachgeholfen hat."

„Woraus schließt Ihre Tante das?"

„Die Leute, die plötzlich starben, waren alle gesund."

„Gesund, aber alt."

„Ja." Die Polizistin rieb sich müde übers Gesicht. „Der jüngste Fall liegt erst einen Tag zurück. Die beste Freundin meiner Tante ist überraschend verstorben. Einfach so. Über Nacht."

„Das ist bedauerlich, aber …"

Sophie Reimers unterbrach ihren Kollegen mit einer

kraftlosen Geste. „Ich hätte Sie auch nicht gerufen, aber irgendetwas an der Sache lässt mir keine Ruhe."

„Und das wäre?"

„Ich weiß es nicht."

Büttner verzog gequält das Gesicht. „Ziemlich vage, wenn ich es mal diplomatisch ausdrücken darf. Und ziemlich schade um das herrliche Mittagessen, das meine Frau anlässlich des Osterfestes gezaubert hat."

„Es … es tut mir leid", stöhnte seine Kollegin und fuhr sich fahrig durchs Haar. „Aber bei dem Vorfall hier", sie machte eine raumgreifende Bewegung, „habe ich einfach die Nerven verloren. Dazu kommt, dass meine Tante sich bedroht fühlt. Sie hat Angst. Irgendetwas ist hier im Busch. Aber leider kann ich noch nicht sagen, was es ist. Sorry. Ich habe wohl überreagiert."

„Medikamente", erklang es von der Tür her. „Illegale Medikamentenversuche. Gut möglich, dass die Alten daran verr… ähm … gestorben sind."

„Und wer sind Sie?" Büttner musterte den jungen, muskulösen und reich tätowierten Mann, der an den Türrahmen gelehnt dastand und trotz seiner Klamotten, die ihn als Pflegekraft auswiesen, nicht hierher zu passen schien. Der Kommissar wusste nicht zu sagen, was genau es war, aber irgendetwas an dem Mann in weißem Pflegedress ließ ihn wachsam werden.

„Andy", antwortete der Pfleger.

„Und Sie sind also der Ansicht, dass es hier illegale Tests mit Medikamenten gibt? Darf ich fragen, wie Sie darauf kommen?"

„Hab ich so läuten hören."

„Klingt nicht nach einem besonders stichhaltigen Verdacht", stellte Hasenkrug fest, der den jungen Mann bisher lediglich abschätzig gemustert hatte.

„Nö. Aber ich dachte, ich sag's mal. Sprechen Sie doch mal mit Dr. Roelfes darüber." Mit diesen Worten drehte der Mann sich um und verschwand zum Gang hinaus.

Büttner starrte eine Weile vor sich hin und zog dabei nachdenklich die Stirn in Falten. „Gegebenenfalls könnte ich beim Staatsanwalt eine Obduktion der jüngst verstorbenen Frau bewirken", sagte er dann.

„Sie glauben mir?" Sophie Reimers sah überrascht auf.

„Sagen wir mal, ich will Ihrer Tante die Angst nehmen. Außerdem möchte ich das, was dieser Andy eben gesagt hat, nicht einfach so vom Tisch wischen. Nachher ist an dem Verdacht etwas dran und dann ..." Er ließ den Rest des Satzes in der Lufthängen und machte eine unbestimmte Handbewegung, bevor er fortfuhr: „Es wird nicht ganz einfach werden, den Staatsanwalt von einer Obduktion zu überzeugen. Deshalb sollten Sie und auch Ihre Tante uns ganz genau erzählen, wie Sie Ihren Verdacht begründen. Und dieser Andy auch."

„Natürlich", nickte die Polizistin.

„Versprechen kann ich nichts."

Sophie Reimers blickte Büttner warm an. „Trotzdem schon mal danke schön."

„Es gibt nur eine Bedingung."

„Eine Bedingung?" Die Polizistin hob fragend die Brauen. „Und die wäre?"

„Sie besorgen mir ein Stück von dieser fantastisch aussehenden Torte, die bei unserer Ankunft mutterseelenallein auf dem Gang herumstand. Und dazu eine gute Tasse Kaffee."

„Klar. Kein Ding", wiederholte Sophie Reimers Daniels Worte und zwinkerte Büttner zu.

4

„Was … was wird das denn?"

Ursula Mettler hatte gerade die Kapelle am Emder Friedhof Tholenswehr betreten. An diesem Tag schien die Frühlingssonne besonders grell, und so musste sie ein paarmal
mit den Augen blinzeln, bevor sie sich an das vermeintlich
schummrige Licht im Inneren der Kirche gewöhnt hatte.

„Was wird das denn?", wiederholte sie ihre Frage ein
wenig lauter, als niemand auf sie reagierte. „Was machen
Sie mit meiner Mutter?"

„Hat Ihnen denn keiner Bescheid gesagt?", fragte
einer der Männer, die sich an dem Sarg der verstorbenen
Waltraud Habers zu schaffen machten. Gerade räumten sie
mehrere Sträuße Blumen beiseite, die sie ansonsten daran
hindern würden, den Sargdeckel zu schließen.

„Wer soll mir Bescheid gegeben haben und warum?
Vielleicht könnten Sie mir einfach mal sagen, was hier los
ist!" Ursula Mettler hatte sich von ihrer ersten Irritation
erholt, ihre Stimme klang nun deutlich sicherer und auch
zunehmend verärgert.

Ohne ein Wort zu sagen, nestelte der Mann einen zer-
knitterten Zettel aus der Jacketttasche seines schwarzen
Anzugs und reichte ihn der Frau. „Wir bringen die Tote in
die Gerichtsmedizin. Anordnung der Staatsanwaltschaft",

entschloss er sich dann doch noch zu sagen, als Ursula Mettler ihn mit zusammengekniffenen Augen musterte.

„Gerichtsmedizin?", fragte sie verwundert. „Sie wollen doch nicht etwa behaupten, dass …"

Der Mann hob abwehrend die Hand. „Wir führen hier lediglich einen Auftrag aus. Alles andere kann Ihnen vermutlich die Staatsanwaltschaft sagen. Oder die Kriminalpolizei."

Ursula Mettler bekam große Augen. „Kriminalpolizei? Aber …"

„Wie ich schon sagte", wurde sie sogleich unterbrochen, „wir machen hier nur unseren Job. Wenn Sie uns nun bitte weiterarbeiten lassen …"

„Aber Sie können meine Mutter doch nicht einfach so abtransportieren, ohne jemandem aus der Familie Bescheid zu geben!", rief Ursula Mettler empört aus. „Ich werde mich über Sie …"

Sie verstummte, als der Mann nun eine beschwichtigende Geste machte. Er hielt ihr erneut den Zettel unter die Nase und tippte mit dem Finger auf eine bestimmte Stelle. „Da steht es: *Informiert wurde Rainer Habers, der Sohn der Verstorbenen, telefonisch.* Und zwar heute Morgen schon. Um acht Uhr. Ist also alles korrekt gelaufen."

„Mein Bruder weiß über all das hier Bescheid?" Die Frau starrte ihn nun mit offenem Mund an.

„So sieht's wohl aus", zuckte der Mann mit einem Blick auf seine Armbanduhr die Schultern. „Und nun lassen Sie uns bitte weitermachen. Ist nämlich bald Feierabend."

„Ich fasse es nicht", murmelte Ursula Mettler mehrmals vor sich hin. „Ich fasse es einfach nicht." Sie kramte ihr

Smartphone aus der Tasche und tippte darauf herum. „Rainer?", rief sie nur Sekunden später in den Hörer. „Ich bin hier am Friedhof und ... ach ja? Du wolltest mich gerade anrufen? Das glaubst du doch wohl selbst nicht! Du bist so ein, ein ... ignorantes Ar... Was? Ach, weißt du was? Du kannst mich mal!"

Wütend schob sie ihr Smartphone zurück in ihre Handtasche und überlegte, was zu tun sei. Mit zusammengepressten Lippen schaute sie den Männern zu, die den Sarg nun zu dem vor der Tür stehenden Leichenwagen schoben. „Mama", flüsterte sie in sich hinein, „was ist denn hier nur los?"

Sie schaute sich in der Kapelle um, in der nur noch vier große, nun ausgeblasene Kerzen auf gusseisernen Ständern sowie ein paar Kränze und Blumensträuße daran erinnerten, dass hier gerade noch ein Leichnam aufgebahrt gewesen war. Sie fragte sich, von wem die Kränze stammten. Ihrer war offensichtlich noch nicht angeliefert worden. Sie hatte rasch einen binden lassen, nachdem sie mit ihrem Bruder auch darüber in Streit geraten war. Der Kranz, den sie ausgesucht hatte, war ihm zu teuer gewesen. Also hatte sie ihn alleine bezahlt.

Zu teuer! Pah! Sie konnte es noch immer nicht fassen. Nicht einmal angesichts des Todes seiner eigenen Mutter konnte er von seinem Geiz lassen! Es war einfach beschämend.

Ursula Mettler verließ die Kapelle. Kaum dass sie vor die Tür getreten war, wurde sie vom gleißenden Licht der Sonne geblendet, und sie setzte rasch ihre Sonnenbrille auf. Nach kurzer Suche erblickte sie nur wenige Meter entfernt eine Holzbank, auf die sie nun zusteuerte und sich setzte.

Der Friedhof Tholenswehr war weitläufiger, als sie ihn in Erinnerung hatte. Womöglich ist er in den letzten Jahren erweitert worden, dachte sie. Wohin man auch schaute, überall traf der Blick auf hübsch zurechtgemachte Gräber, die, geschmückt mit Frühlingsblumen in allen Farben, fast so etwas wie Fröhlichkeit ausstrahlten – obwohl dieser Begriff zu einem Ort der Trauer natürlich nicht so recht passen wollte. Dennoch: Angesichts der Tatsache, dass irgendwer sogar ein paar junge Bäume am Weg mit Ostereiern aus Plastik geschmückt hatte, konnte Ursula sich der durchaus positiven Stimmung, die dieser Friedhof ausstrahlte, nicht entziehen.

Dabei sollte sie sich eigentlich schämen. Schließlich war sie schon seit einigen Jahren nicht mehr in ihrer Heimatstadt Emden gewesen, und genauso lange hatte sie ihre Mutter nicht mehr besucht. Dennoch hatte sie sich auch nach ihrem Tod nicht dazu entschließen können, schon früher anzureisen – aus einem einzigen Grund: weil sie ein Feigling war. Nie im Leben hätte sie den Mut gehabt, das Seniorenheim zu betreten, in dem ihre Mutter so lange gelebt hatte. Auf gar keinen Fall wollte sie sich den Blicken derjenigen aussetzen, die wussten, dass sie sich nie bei ihrer Mutter hatte sehen lassen. Ganz gewiss wären diese Blicke voller anklagender Verachtung gewesen. Nein, diesen Spießrutenlauf hätte sie sich nie im Leben zugemutet.

Insofern war sie eigentlich ganz froh gewesen, als ihr Bruder Rainer am Telefon vorschlug, die Mutter ohne Verzögerung nach Tholenswehr bringen zu lassen. Es war für alle Beteiligten die beste Lösung.

Und jetzt das.

Zu gerne hätte Ursula Mettler gewusst, was hinter der Anweisung der Staatsanwaltschaft steckte. Hatte sie tatsächlich Hinweise darauf, dass ihre Mutter keines natürlichen Todes gestorben war? Aber woher sollten die so plötzlich kommen?

Ach Kind, hörte sie die Stimme ihrer Mutter sagen, *was du dir nur wieder dein hübsches Köpfchen zerbrichst! Überlass das Denken den Pferden, die haben einen größeren Kopf.*

„Ach, Mama", seufzte Ursula Mettler und versuchte krampfhaft, die aufsteigenden Tränen zu unterdrücken. „Es tut mir so leid, dass ich dich im Stich gelassen habe. Aber es ging doch nicht anders."

Schließlich hatte sie Familie und einen anstrengenden Job als Botanikerin, für den sie viel auf Reisen war. Außerdem hatte sie gesellschaftliche Verpflichtungen und …

„Wo ist denn Waltraud?"

Eine zittrige Stimme riss Ursula Mettler aus ihren Gedanken. Sie blickte auf. Vor ihr stand eine alte Frau, die sich auf einen Stock stützte. „Sie wollen zu meiner Mutter?", fragte sie überrumpelt.

„Sind Sie Waltrauds Tochter?" Die Frau blickte sie mit gerunzelter Stirn an. Ihrem Gesichtsausdruck war unschwer zu entnehmen, dass ihr diese Tatsache missfiel. Oder besser gesagt: dass *sie* ihr missfiel. „Dass Sie sich überhaupt hierher trauen", schob die Frau auch prompt hinterher, und ihre Stimme triefte vor Verachtung. Als Ursula daraufhin nur den Kopf senkte, fragte sie erneut:

„Wo ist Waltraud denn nun?" Sie stieß ein freudloses Schnauben hervor, bevor sie hinzufügte: „Oder habt ihr sie etwa schon in einem Armengrab verscharrt, damit es nicht so teuer wird?"

Das saß! Ursula fuhr unter diesen Worten zusammen, als hätte man einen Kübel mit Eiswasser über sie ausgeschüttet. Ihr fiel keine Antwort ein. Also schwieg sie.

„Kriegen Sie heute noch den Mund auf, oder soll ich mit meinem Stock vielleicht bis zur Friedhofsverwaltung vorlaufen, um etwas zu erfahren?", ließ die Frau nicht locker.

„Sie haben sie abgeholt", sagte Ursula mit so leiser Stimme, dass die Frau sich zu ihr hinabbeugen musste, um überhaupt etwas zu verstehen.

„Sagten Sie abgeholt?"

„Ja. Der Staatsanwalt hat angeordnet, dass sie in die Gerichtsmedizin kommt."

„Na sowas." Die Beine der alten Frau fingen plötzlich so stark an zu zittern, dass sie unter ihr nachzugeben drohten und sie sich setzen musste. „Dann ist es also wirklich wahr", krächzte sie heiser, nachdem sie sich einigermaßen wieder gefangen hatte.

„Sind Sie eine Freundin von Mama?", fragte Ursula Mettler.

„Ja. Ich heiße übrigens Jurine Tamminga."

„Ursula Mettler."

„Ich weiß. Waltraud und ich, wir leben … wir lebten im selben Heim. Wir haben viel miteinander unternommen. Aber das interessiert Sie ja sicherlich alles nicht."

„Doch", beeilte sich Ursula Mettler zu sagen. „Doch, natürlich interessiert mich das."

„Vielleicht hätten Sie sich mal für Ihre Mutter interessieren sollen, als sie noch lebte." Die alte Frau drehte sich zu ihr um: „Haben Sie wenigstens ein schlechtes Gewissen?"

„Ja. Natürlich. Ich …"

„Hoffentlich tut's richtig weh."

Auf diese wenig freundliche Bemerkung hin saßen die Frauen für einige Minuten nur stumm nebeneinander, jede in ihre trüben Gedanken versunken. Schließlich aber sagte Ursula Mettler mit belegter Stimme: „Glauben Sie auch, dass Mama Opfer eines Verbrechens geworden ist?"

„Wenn es so ist, wird die Polizei es herausfinden", antwortete die Frau ausweichend.

Ursula Mettler nickte. „Darf ich Sie wieder nach Hause fahren?", fragte sie dann.

„Nein. Sie kennen ja den Weg nicht. Ich nehme mir ein Taxi", kam es spitz zurück. Jurine Tamminga erhob sich ächzend von ihrem Platz, wobei sie sich schwer auf ihren Stock stützte. „Sind Sie zur Beerdigung noch da oder haben Sie Besseres vor? Sie könnten ja auch einfach ein Päckchen mit Schnaps und Pralinen schicken, wie Sie es zu Weihnachten und zum Geburtstag so gerne getan haben", sagte sie bissig, bevor sie sich zum Gehen wandte.

„Ich …" Ursula setzte zu einer Antwort an, brachte den Satz jedoch nicht zu Ende, da Jurine Tamminga ihr bereits den Rücken zugekehrt hatte und sich mit langsamen Schritten von ihr entfernte.

Als sie einige Stunden später die kahlen, in einem schlichten Hellgrau gehaltenen Gänge des Kommissariats betrat, hatte Ursula Mettler zum ersten Mal an diesem Tag den Eindruck, an einem Ort zu sein, der ihrer Stimmung entsprach.

Der Aufenthalt auf dem so farbenfrohen Friedhof sowie der Anblick des frühlingshaften Emdens waren für sie eine Tortur gewesen, hatte sie doch stets das Gefühl gehabt, ein so positiv wirkendes Umfeld nicht verdient zu haben. Über der Stadt lag zudem noch der sich nur langsam verflüchtigende Geruch der zahlreichen, am Vorabend abgebrannten Osterfeuer, und ihr war instinktiv der Begriff des Höllenfeuers in den Kopf geschossen. Ein Gedanke, der ihr trotz des warmen Wetters eiskalte Schauer über den Rücken jagte.

Nachdem sie mehrere Minuten durch die immer gleichen Gänge der Polizeiwache geirrt war, hielt sie einen vorbeieilenden Polizisten an und trug ihm ihr Anliegen vor. Er verwies sie an einen Hauptkommissar Büttner, der am Ende des nächsten Querganges sein Büro habe.

Also machte sie sich auf den Weg, klopfte an die Tür von dessen Vorzimmer, atmete einmal tief durch und öffnete nach einem *Herein!* schwungvoll die Tür.

„Moin." Eine Dame mittleren Alters lächelte ihr freundlich entgegen. „Was kann ich für Sie tun?"

„Hallo … ähm … guten Tag. Man sagte mir, dass ich hier vermutlich richtig bin. Es geht um meine Mutter. Waltraud Habers. Sie wurde …"

„Waltraud Habers, ja", nickte die Frau, die laut Schild auf ihrem Schreibtisch Marie-Luise Weniger hieß. „Sind Sie eine Angehörige?"

„Ich bin die Tochter. Ursula Mettler. Ich würde gerne den Kommissar sprechen."

„Dann haben Sie sich wohl mit Ihrem Bruder hier verabredet. Er hat gar nichts davon gesagt", erwiderte Frau Weniger.

„Mit meinem Bruder? Ich verstehe nicht …"

„Ja. Ein Herr Rainer Habers. Das ist doch Ihr Bruder?"

„Ja. Aber ich wusste nicht …"

„Er ist vor circa zehn Minuten hier aufgetaucht", unterbrach Frau Weniger sie erneut. „Er schien es ziemlich eilig zu haben und machte einen etwas aufgebrachten Eindruck, wenn ich es mal so ausdrücken darf."

Ursula Mettler seufzte. „Das klingt allerdings nach meinem Bruder, ja." Sie warf einen Blick auf die Tür, hinter der sie das Büro des Kommissars vermutete. „Darf ich denn jetzt reingehen?"

„Sicher. Mögen Sie eine Tasse Kaffee?"

„Das wäre fantastisch. Danke schön."

Auf ihr Klopfen hin erklang ein erneutes *Herein!* von einer eher missgelaunt klingenden Männerstimme. Ursula Mettler überlegte kurz, einfach wieder zu gehen, dann aber nahm sie allen Mut zusammen und trat ein.

„Was willst du denn hier?", wurde sie sogleich von ihrem Bruder begrüßt, und er sah alles andere als begeistert aus. Außer ihm befanden sich noch zwei weitere Männer im Raum. Der ältere, eher korpulente Herr war vermutlich dieser Hauptkommissar Büttner. Der andere, ebenfalls in Zivil gekleidete Mann war deutlich jünger und sah sie mit unergründlichem Blick an.

„Nun, ich nehme an, das Gleiche wie du", schoss sie nun in Richtung ihres Bruders genauso unfreundlich zurück. „Es ist ja mal wieder typisch, dass du mir von deinem Besuch hier nichts erzählt hast."

„Du hast am Telefon auch nichts davon gesagt, dass du hierher willst", fuhr Rainer sie im Gegenzug an.

„Ich dachte, du wärst noch in Hamburg."

„Nein. Wie du siehst …"

„Ich würde mich freuen, wenn Sie sich ein wenig beruhigen könnten, damit wir wie vernünftige Menschen miteinander reden können", fuhr Büttner dazwischen. Der Kommissar machte eine Geste zur Tür hin. „Oder wollen Sie vielleicht erst einmal draußen Ihre Liebesbekundungen austauschen, bevor wir hier weitermachen?"

„Entschuldigen Sie bitte", murmelte Ursula Mettler und senkte verlegen den Blick, während ihr Bruder sich mit verschränkten Armen in seinem Stuhl zurücklehnte und sie mit schmalen Augen musterte.

„Dürfte ich erfahren, mit wem wir das Vergnügen haben?", fragte Büttner. „So, wie Sie sich hier angiften, tippe ich mal auf die gnädige Frau Gattin."

„Knapp daneben, Herr Kommissar, aber mindestens genauso schlimm", grinste Rainer Habers anzüglich. „Sie ist meine Schwester."

„Darf ich Ihren Namen wissen?", wandte sich Büttner an die Frau, ohne auf die Spitze von deren Bruder einzugehen.

„Ursula Mettler."

„Nun, Frau Mettler. Mein Name ist Büttner, dies hier", er deutete auf seinen Kollegen, der nach wie vor schweigend dasaß, „ist mein Assistent Hasenkrug. Sie wollen vermutlich genau wie Ihr Bruder erfahren, warum wir Ihre Mutter in die Gerichtsmedizin haben bringen lassen."

„Ja. Es … hat mich etwas erstaunt. Ich war auf dem Friedhof, weil ich keine Ahnung hatte, dass …" Sie brachte ihren Satz nicht zu Ende, sondern warf ihrem Bruder einen vernichtenden Blick zu, den dieser jedoch nur mit einem verächtlichen Grinsen quittierte.

Es klopfte an der Tür und Frau Weniger brachte den Kaffee. Sie hatte auch gleich für die Herren welchen mitgebracht, die ihr dankbar zunickten, als sie die Tassen vor ihnen abstellte. Nachdem sie wieder gegangen war, sagte Büttner: „Jemand hat den Verdacht geäußert, dass Ihre Mutter das Opfer eines Verbrechens wurde."

Während Ursula Mettler plötzlich wie vom Donner gerührt dasaß, erwiderte ihr Bruder wie aus der Pistole geschossen: „Was natürlich völliger Quatsch ist, wie ich schon mehrfach betonte! Auf die Hirngespinste von irgendwelchen Leuten kann man nichts geben, das weiß doch jeder. Außer Ihnen, wie mir scheint."

„Nun", mischte sich erstmals Hasenkrug ins Gespräch, „die Obduktion wird es zeigen."

„Genau das meine ich!", echauffierte sich Rainer Habers anscheinend nicht zum ersten Mal, denn die beiden Polizisten verzogen entnervt das Gesicht. „Da wird der Körper einer alten Frau geschändet, anstatt ihr einfach nur ihre wohlverdiente Ruhe zu gönnen!"

„Finden Sie nicht, dass Sie ein bisschen dick auftragen, Herr Habers?" Büttner konnte seine Verärgerung nicht verhehlen. „Wie ich im Heim gesagt bekam, war Ihnen Ihre Mutter zeitlebens reichlich egal. Da brauchen Sie jetzt nicht den besorgten Sohn zu geben. Den nimmt Ihnen sowieso keiner ab."

Rainer Habers setzte zu einer Erwiderung an, seine Schwester jedoch kam ihm zuvor: „Ich bin Ihnen wirklich dankbar, dass Sie der Sache nachgehen, anstatt sie einfach auf sich beruhen zu lassen." Sie blickte ihren Bruder säuerlich an. „Herr Büttner hat doch recht, Rainer. Dir war Mama immer egal. Und noch nicht mal jetzt, da sie tot ist, hast du ein schlechtes Gewissen. Du solltest dich wirklich schämen."

„Du solltest dich wirklich schämen", äffte Rainer Habers seine Schwester nach. „Wer war denn derjenige, der ihr das Heim finanziert hat? Du etwa? Nein. Das blieb alles an mir hängen. Wäre ich nicht gewesen, hätte unsere Mutter die letzten Jahre in irgendeinem stinkenden Loch verbringen müssen, nachdem die Banken das von Vater angelegte Geld verzockt hatten." Er beugte sich ein Stück vor, bevor er hinzufügte: „Und du? Was hast du in den letzten Jahren für sie getan?" Er grinste süffisant und lehnte sich wieder zurück. „Außer den Päckchen zu Weihnachten und zum Geburtstag, meine ich natürlich."

Büttner sog scharf die Luft ein, bevor er sagte: „Könnten wir uns darauf einigen, dass Sie Ihre Familienfehde woanders austragen? Hier geht es lediglich um Fakten."

„Falsch, Herr Kommissar", fuhr Rainer Habers ihn an und hob belehrend den Zeigefinger, „hier geht es lediglich um Gerüchte. Es erstaunt mich ein wenig, dass man diesen sogar bei der Staatsanwaltschaft mehr Bedeutung beimisst als unumstößlichen Fakten, wie Sie es nennen."

„Als da wären?", fragte Büttner bemüht gelassen.

„Meine Mutter war eine alte Frau. Alte Frauen sterben. *Das* sind die Fakten."

„Wie mein Kollege bereits sagte, werden wir in absehbarer Zeit wissen, ob Sie recht haben." Büttner griff nach seiner Kaffeetasse und nahm einen großen Schluck. Ihm selbst war nach wie vor nicht wohl bei dem Gedanken, Waltraud Habers womöglich ohne jeden Grund in ihrer Totenruhe gestört zu haben. Es war ein hartes Stück Arbeit gewesen, den Staatsanwalt von der Notwendigkeit einer Obduktion zu überzeugen. Und Büttner hatte nur so viel Elan da hineingesteckt, weil es seiner geschätzten Kollegin Sophie Reimers so wichtig gewesen war. Ein Gefallen unter Kollegen quasi, zu dem er unter anderen Umständen nicht bereit gewesen wäre. Insofern konnte er Rainer Habers' Empörung gut verstehen. Doch würde er es ihm selbstverständlich nicht sagen. Dafür war er ihm viel zu unsympathisch.

„Da wir hier vermutlich nicht mehr weiterkommen", sagte Hasenkrug in die Gedanken seines Chefs hinein, „würde ich vorschlagen, dass wir uns wieder zusammensetzen, wenn das Ergebnis der Obduktion vorliegt. Es ist nun mal so, wie es ist. Gegen eine Anordnung des Staatsanwaltes können auch wir nur wenig ausrichten. Um nicht zu sagen nichts."

Büttner warf seinem Assistenten einen dankbaren Blick zu, als ihre beiden Gäste nun unisono nickten und sich zum Gehen anschickten. Doch noch bevor sie sich ganz von ihren Stühlen erhoben hatten, trat Frau Weniger zur Tür herein und sagte: „Die ersten Ergebnisse der Obduktion wären nun da."

5

Daniel sah sich unschlüssig im Zimmer von Hannelore Wirtjes um. Den Ostersonntag hatte die alte Dame wider Erwarten überlebt, allerdings hing ihr Leben nach wie vor am seidenen Faden, wie ihm Dr. Roelfes im Vorbeigehen mitgeteilt hatte.

Dem Arzt bei der Arbeit zu begegnen, ließ sich leider nicht vermeiden, auch wenn Daniel ihm nur mit einem mehr als mulmigen Gefühl gegenübertreten konnte. Dr. Roelfes selbst bewegte und verhielt sich so selbstbewusst wie immer und schien sich für unverletzlich zu halten. Selbst nach dem Tod von Waltraud Habers und dem plötzlichen Zusammenbruch von Hannelore Wirtjes blieb er gelassen. Aber er ahnte ja auch nicht, wie viel Daniel von dem wusste, was er in Berlin getrieben hatte, schließlich hatten sie damals noch nicht zusammengearbeitet. Gut gelaunt wie immer war der Doc ungeachtet der Geschehnisse auch an diesem Morgen von Zimmer zu Zimmer gegangen und hatte sich nach dem Befinden seiner Patienten erkundigt.

Er war wirklich ein guter Schauspieler. Und anscheinend so skrupellos, dass er seinen Taten gegenüber nicht das kleinste bisschen Unrechtsempfinden aufbrachte.

Daniel erinnerte sich an einen Satz, den der Arzt einmal im Zusammenhang mit der Pharmaindustrie gesagt hatte:

Im Dienste der Wissenschaft müssen ab und zumal Opfer ge-bracht werden. Und mit einem Augenzwinkern hatte der Doktor hinzugefügt: *Ist es für das System in seiner Gesamt-heit denn wirklich von Belang, wenn ein Mensch sein Leben lassen muss, wenn damit tausende andere gerettet werden können?*

Damals hatte Daniel sich viel Mühe geben müssen, nicht durch eine unbedachte Bemerkung oder Handlung aufzu-fallen, auch wenn er den Doc nach dessen Bemerkung am liebsten am Kragen gepackt und windelweich geprügelt hätte. Und auch heute musste er vorsichtig sein, denn immer noch hatte er gegen ihn keine Beweise. Also durfte er ihn nicht aufschrecken, sondern musste ihn wohl oder übel auch weiterhin in Sicherheit wiegen.

„Was war denn hier gestern los? Polizei und so? Hab gerade gehört, du seist dabei gewesen. Aber du hattest doch frei, oder?"

Swantje stand in der Tür und schaute ihn fragend an. Irgendetwas in ihrem Blick kam Daniel seltsam vor, doch er vermochte nicht zu sagen, was es war.

„Ich hatte das Geschenk für eine Freundin hier ver-gessen", erklärte er. „Ja, war einiges los hier. Frau Wirtjes ist kollabiert. Sieht nicht gut aus. Sie liegt auf der Intensivstation."

„Und wieso war dann die Polizei da?"

Daniel erläuterte in kurzen Sätzen, was sich am Tag zuvor zugetragen hatte, dann fügte er hinzu: „Außerdem wird Waltraud Habers obduziert."

„Was?" Swantjes Augen wurden noch runder. „Nun sag nicht, die Polizei glaubt nun auch nicht mehr an Zufälle."

„Keine Ahnung." Daniel wischte mit dem Ärmel ein paar Wassertropfen von der Fensterbank, die wohl beim Blumengießen danebengegangen waren. „Aber wenn du mich fragst, obduzieren sie nur, weil diese eine Polizistin die Nichte von Jurine Tamminga ist. Sophie Reimers. Du hast sie hier bestimmt schon mal gesehen. So 'ne Frau mit blonden, langen Haaren."

„Ja." Swantje nickte, während sie sich auf einen Stuhl setzte, schien in Gedanken jedoch ganz woanders zu sein. Sie hatte die Stirn in Falten gelegt und kaute auf ihrer Unterlippe herum.

„Irgendwas nicht okay?", fragte Daniel. Als seine Kollegin nicht reagierte, fasste er sie an der Schulter, woraufhin sie heftig zusammenfuhr. „Swantje? Alles okay?", fragte er erneut.

„Ja. Sicher." Swantje verzog ihr Gesicht zu einem missglückten Lächeln. Sie zupfte nervös am Saum ihres weißen Schwesternhemdes herum und schaute Daniel dann von unten herauf an. „Und Dr. Roelfes hat Frau Wirtjes eine Spritze gegeben, bevor sie kollabiert ist?"

„Ja. Er war aber schon weg, als ..." Erst jetzt begriff Daniel, was Swantje mit dieser Frage hatte ausdrücken wollen, und zwischen seinen Augen bildete sich eine steile Falte. „Du glaubst doch nicht etwa, dass er für ihren Zusammenbruch verantwortlich ist?", fragte er, obwohl natürlich auch ihm dieser Gedanke längst gekommen war.

„Ich habe wirklich keine Ahnung, was ich noch glauben soll", erwiderte Swantje. „So langsam bekomme ich jedoch schon Angst, wenn ich nur in die Nähe dieses Arztes komme. Findest du nicht, dass ihn eine dunkle Aura umgibt?" Wie, um ihre Worte zu unterstreichen, lief ein Schaudern durch ihren Körper, und sie schlug unwillkürlich die Arme vor ihrer Brust zusammen.

Daniel schwieg und musterte seine Kollegin, die nun angespannt dasaß, mit zusammengekniffenen Augen. Manchmal wirkte sie mit ihrer schmalen, fast kindlichen Gestalt viel jünger, als sie eigentlich war. Unterstrichen wurde dieser Eindruck durch die zwei frechen, mittelblonden Zöpfe, die, durch Gummibänder zusammengehalten, wie zwei Pinsel direkt über den Ohren abstanden.

Schon so mancher Besucher des Heims hatte sie für eine Praktikantin gehalten, wenn sie ihm über den Weg lief, dabei hatte sie ihre Ausbildung bereits seit einigen Jahren abgeschlossen und viel Berufserfahrung sammeln können.

Über ihr Privatleben wusste Daniel wenig, was er sehr bedauerte. Auch wenn es ihm noch schwerfiel, es vor sich selbst einzugestehen, so konnte er nicht verleugnen, dass sie ihm gefiel. Vor allem beeindruckte ihn ihre Natürlichkeit. Swantje brauchte keine Schminke und auch keine hochhackigen Schuhe, um hübsch zu sein. Ganz im Gegenteil hätte es ihr vermutlich sogar zum Nachteil gereicht, wenn sie sich dieser Hilfsmittel bedient hätte, um bei den Männern Eindruck zu schinden. Womöglich, so dachte Daniel, würden ihre beiden Grübchen, die sich beim Lächeln tief in ihre Wangen gruben, bei allzu viel kosmetischem Eingreifen gar nicht mehr zur Geltung kommen. Und gerade diese Grübchen waren es doch, die ihrem Gesicht diesen einzigartigen Zauber verliehen.

Daniel war sich allerdings nicht sicher, ob sich Swantje dieser Vorzüge wirklich bewusst war. Überhaupt sprach sie nur sehr selten über sich selbst und das, was sie außerhalb ihres Arbeitsplatzes so trieb. Auch darin unterschied sie sich seiner Ansicht nach von dem Großteil anderer Frauen in ihrem Alter, die bei ihm immer eher den Eindruck erweckten, als könnten sie ihr Seelenleben vor gar nicht genug Leuten ausbreiten. So zum Beispiel seine gute Freundin, von deren Geburtstag am gestrigen Tag er sich bereits nach einer Stunde wieder verabschiedet hatte, weil ihm das ununterbrochene Gegacker ihrer weiblichen Gäste unsagbar auf den Senkel gegangen war.

Doch wo viele Frauen für seinen Geschmack zu viel von sich preisgaben – und das vor allem in den sozialen Netzwerken – hielt Swantje sich bedeckt. Dabei war es nicht so, dass er noch nicht versucht hätte, etwas über sie zu erfahren. Nur waren diese Versuche bislang von dürftigem Erfolg gekrönt.

„Was meinst du damit, dass Dr. Roelfes eine dunkle Aura hat?", kam Daniel wieder in die Gegenwart zurück, als Swantje nun aufstand und sich anschickte, das Zimmer zu verlassen.

Sie zögerte kurz, dann drehte sie sich zu ihm um und sagte: „Ich muss herausfinden, was dieser Mann treibt. Es kann nichts Gutes sein, Daniel. Und ich will nicht, dass er mit all diesen … diesen …" Sie machte eine wegwerfende Handbewegung. „Ich will nicht, dass er einfach so davonkommt, verstehst du?"

„Du glaubst also wirklich, dass er im Zusammenspiel mit der Pharmaindustrie alte Menschen umbringt?", stellte Daniel sachlich fest, obwohl er sie am liebsten geschüttelt und ihr gesagt hätte, sie solle sich eine andere Freizeitbeschäftigung als die der Hobbydetektivin suchen. Ausgerechnet in diesem Fall auf Verbrecherjagd zu gehen, war viel zu gefährlich für jemanden, der keine Ahnung hatte, mit wem er sich anlegte.

Swantje nickte entschieden. „Ja, das glaube ich wirklich. Das glauben wir doch alle. Nach der Sache mit Waltraud Habers noch viel mehr."

„Sollten wir da nicht erstmal das Ergebnis der Obduktion abwarten, bevor wir voreilige Schlüsse ziehen? Ich meine …"

„Sie sprechen von Frau Habers?", wurde Daniel von einer ihm wohlbekannten Stimme unterbrochen, und der Schreck fuhr ihm in die Glieder. Er warf einen schnellen Blick zu Swantje, die nun ebenfalls so versteinert dastand wie eine Maus im Angesicht einer Schlange.

Vor ihnen stand Dr. Christian Roelfes.

„J-ja", stammelte Daniel, als er merkte, dass von Swantje nichts kommen würde, „wir überlegen gerade … Also es interessiert uns ja schon, was bei der Obduktion wohl rausgekommen sein mag." Er fragte sich, wie lange der Arzt sie von der Tür her belauscht hatte. Was, wenn er Swantjes ungeheuerliche Anschuldigungen mitbekommen hatte?

„Nun, das kann ich Ihnen sagen", erwiderte der Doc. „Ich habe mich soeben bei der Polizei erkundigt. Es ist nichts dabei herausgekommen, genauso, wie es zu erwarten war. Frau Habers ist eines natürlichen Todes gestorben. Herzversagen. So, wie es auf dem von mir ausgestellten Totenschein steht." Er sah kurz mit gekräuselten Lippen von einem zum anderen, dann fügte er hinzu: „Ich nehme doch an, dass auch Sie daran keine Zweifel hatten."

Daniel verspürte plötzlich einen Kloß im Hals. Der letzte

Satz hatte nicht wie eine Frage, sondern vielmehr wie eine Warnung geklungen. Doch wenn die Obduktion tatsächlich nichts ergeben hatte, dann gab es zumindest in diesem Fall ja auch kein Problem mehr, und dann hatte es vermutlich auch nie eines gegeben, oder? „Natürlich. Überhaupt keine Zweifel", beeilte er sich zu sagen, wich dabei jedoch dem Blick seiner Kollegin aus, die ihn halb erstaunt, halb wütend ansah.

„Ich frage mich nur, warum es dann überhaupt einen Verdacht gab, wenn die Sache angeblich so eindeutig ist."

Daniel zuckte innerlich zusammen, als plötzlich dieser Satz von Swantje im Raum stand. War sie denn wahnsinnig geworden, den Doc so zu provozieren? Aus dem Augenwinkel meinte er wahrzunehmen, dass Dr. Roelfes kurz nach Luft schnappte und seinen Körper straffte. Daniel fürchtete für einen Moment, dass er ausrasten würde, doch schien er sich schnell wieder in der Gewalt zu haben und sagte in erstaunlich ruhigem Tonfall: „Nun, ich glaube ja, dass wir alle genug zu tun haben und unsere Zeit hier nicht weiter mit Spekulationen vertrödeln sollten." Er wandte sich direkt an Swantje: „Wenn Sie mir bitte ins Zimmer von Frau Tamminga folgen würden, ich bräuchte dort Ihre Unterstützung."

Als die beiden den Raum verlassen hatten, stützte sich Daniel mit den Händen schwer auf der Fensterbank ab und ließ seine Stirn gegen die kühle Scheibe sinken. Minutenlang stand er einfach nur da und versuchte, sich wieder zu beruhigen. Er durfte jetzt nicht die Nerven verlieren, denn dann war alles aus.

Stöhnend presste er seine Hand auf den Bauch. Seine

Innereien fühlten sich plötzlich an wie nach einer schlecht verdaulichen Mahlzeit. Sein Darm meldete sich auf äußerst schmerzhafte Weise zu Wort. Auch das war nicht neu, wurde er doch seit der Begegnung mit den Polizisten am gestrigen Tag in unregelmäßigen Abständen von quälenden Koliken heimgesucht. Die ganze Sache war ihm im wahrsten Sinne des Wortes gründlich auf den Magen geschlagen.

Als er noch überlegte, ob nun wohl schon wieder ein Gang zur Toilette notwendig würde, fiel sein Blick auf den frühlingshaft bunten Park und auf Jurine Tamminga, die sich dort mit drei anderen Frauen an einem Tisch eingefunden hatte und gerade einen Würfel über ein Spielbrett rollen ließ. Vermutlich spielten die Damen wieder Mensch-ärgere-Dich-nicht, dachte er. Sie spielten immer Mensch-ärgere-Dich-nicht. Nur, dass jetzt eine andere ältere Dame den Platz von Waltraud Habers eingenommen hatte. Sie war erst seit zwei Tagen hier im Heim, schien sich jedoch schon bestens eingelebt zu haben, denn sie lachte gerade aus vollem Halse und streckte einen Arm in Siegerpose in die Luft. Offensichtlich nahm das Spiel einen für sie günstigen Verlauf.

Irgendetwas an diesem fröhlichen Bild störte Daniel, doch er vermochte nicht zu sagen, was es war. Oder sah er nun schon überall Gespenster? Er schüttelte so heftig den Kopf, als könnte er auf diese Art die trüben Gedanken aus ihm herausschleudern. Und plötzlich, wie aus dem Nichts, wusste er, was ihn da draußen irritierte: Da saß Jurine Tamminga!

Wenn Sie mir bitte ins Zimmer von Frau Tamminga folgen

würden, ich bräuchte dort Ihre Unterstützung, hallten die Worte von Dr. Roelfes in seinem Kopf nach. *Ins Zimmer von Frau Tamminga …*

Wie viel Zeit war vergangen, seit Swantje und der Doc den Raum verlassen hatten? Zehn Minuten vielleicht?

„Swantje?" Einer plötzlichen Eingebung folgend rannte Daniel auf den Gang hinaus und schlug den Weg zu besagtem Zimmer ein, das unglücklicherweise in einem anderen Flügel des Hauses lag. Sein grummelnder Darm war vergessen. Was, um Himmels willen, hatte das zu bedeuten? Hatte Dr. Roelfes nur einen Vorwand gesucht, um Swantje aus dem Raum zu locken? Womöglich, um ihr in Sachen Waltraud Habers mal gründlich den Kopf zu waschen, ohne dass er, Daniel, danebenstand?

„Swantje?", rief er erneut, nur dieses Mal deutlich lauter, als er sie wenig später nicht in Jurine Tammingas Zimmer antraf. Was sollte er tun?

Ohne konkretes Ziel rannte er weiter den Gang hinab. Auf gar keinen Fall würde er sie mit diesem Ungeheuer …! Daniel fühlte plötzlich einen stechenden Schmerz im Unterleib und musste sich an dem an der Wand angebrachten Handlauf festhalten. Keuchend neigte er sich, die Hände auf den Knien abstützend, nach vorne.

„Daniel? Ist irgendwas passiert?" Swantje tauchte neben ihm auf und legte ihm die Hand auf die Schulter.

„Passiert?", presste Daniel hervor und richtete sich wieder auf.

„Ja. Du klangst etwas panisch. Ich dachte, es sei schon wieder was passiert. Ein Mord oder so." Sie grinste schief.

„Ich hatte nur …" Daniel brach mitten im Satz ab. Er

kam sich plötzlich unendlich dumm vor. Wenn selbst Swantje schon wieder Witze machte …

Sie schaute sich verstohlen um und sagte dann mit gedämpfter Stimme: „Wir müssen reden."

„Reden?"

Swantje sah ihn mit gerunzelter Stirn an. „Ist wirklich alles in Ordnung?"

„Ja. Klar. Ich dachte nur … Ach, ist ja auch egal." Daniel bemühte sich um einen neutralen Ton. „Worüber müssen wir reden?"

„Über den Doc."

„Was wollte er von dir?"

„Er wollte mit Jurine Tamminga sprechen und ihr gegebenenfalls ein Beruhigungsmedikament verabreichen. Er sagte, sie sei gestern Abend völlig von der Rolle gewesen. Irgendwas habe sie ständig von Friedhof und irgendeiner Ursula gefaselt. Außerdem hatte sie wohl einen leichten Fieberschub."

„Und?", hakte Daniel nach, als Swantje nicht weiterredete.

„Sie war nicht auf ihrem Zimmer."

„Sie spielt draußen im Park Mensch-ärgere-Dich-nicht. Ich denke, es geht ihr gut. Der Tod von Waltraud Habers und das ganze Trara um ihre Freundin Hannelore Wirtjes – es war wohl alles ein wenig viel für sie gestern."

„Ja. Das meinte der Doc dann auch."

„Und worüber müssen wir jetzt reden?"

„Ich will an seinen Computer."

„Was? Was willst du?" Daniels Stimme überschlug sich. Verlegen schaute er sich um, aber außer ihnen beiden war niemand zu sehen. Er neigte seinen Kopf in Swantjes

Richtung und wiederholte deutlich leiser: „Was willst du? Bist du verrückt?"

„Er tut so gelassen. Aber mich kann er nicht täuschen. Irgendetwas macht ihn gewaltig nervös." Swantje hatte aus ihrem Fehler gelernt und flüsterte fast.

„Ich finde ihn eigentlich sehr gelassen", erwiderte Daniel. *Viel zu gelassen*, fügte er in Gedanken hinzu.

„Alles Show."

„Wenn du meinst." Daniel verzog schmerzhaft das Gesicht. Er spürte, wie sein Darm sich wieder zurückmeldete. Zwischenzeitlich hatte er ganz vergessen, dass er eigentlich zur Toilette hatte gehen wollen, nun aber erinnerte ihn sein Verdauungssystem mit aller Macht daran, dass es unpässlich war. Er presste sich die Hand auf den schmerzenden Bauch und sagte: „Sorry. Ich muss schnell mal wohin."

Er wollte gerade losflitzen, als Swantje ihn am Ärmel zurückhielt. „Wir treffen uns um Mitternacht vor seinem Büro."

Daniel blieb keine Zeit mehr, etwas dagegen einzuwenden. Sein Darm verlangte nach Erleichterung.

6

An diesem Tag erging es Agata wie Daniel und Swantje am Tag zuvor, nur dass die Pflegerin gemeinsam mit Andy nach der Früh- auch noch eine Nachtschicht übernehmen musste.

Seit er sich wie ein Dieb erneut ins Seniorenheim geschlichen hatte, hörte Daniel Agatas klackernde Schritte überall. Fast erschienen sie ihm wie ein schlechtes Omen.

Weder er noch Swantje verstanden sich besonders gut mit ihrer polnischen Kollegin, und schon häufiger hatten sie sich gefragt, ob es in dieser Welt überhaupt einen Menschen gab, der leidlich mit Agatas chronisch schlechter Laune zurechtkam. Vermutlich nicht, und vermutlich bedingte sogar eines das andere. Schlechte Laune, keine Freunde – keine Freunde, schlechte Laune.

Im Seniorenheim hatten sich sowohl die Bewohner als auch die Kollegen längst mit ihr abgefunden, auch wenn sie nie eine der ihren sein würde. Ganz im Gegensatz zu ihrer Landsmännin Antonina, die ein solch sonniges Gemüt hatte, dass sie von allen geliebt wurde. Antonina ihrerseits war total in Andy verschossen, das war nicht zu übersehen – außer von Andy selbst, der ihr nicht anders begegnete als jedem anderen auch. Von Verliebtheit keine Spur, obwohl Antonina alles daransetzte, von ihm beachtet zu werden. Bisher ohne Erfolg. Sie tat Daniel leid, denn ihm erging es mit Swantje kaum anders.

An der Stimmung im Heim war es deutlich spürbar, wer von den beiden Polinnen gerade Dienst hatte. Es war wahrlich ein Unterschied wie Tag und Nacht, ob man es mit Agata und ihren klackernden Absätzen oder mit Antonina und ihrem glockenhellen Lachen zu tun bekam. Manchmal wusste Daniel bereits instinktiv, wenn er zur Tür hereinkam, wen von den beiden er im Dienstzimmer antreffen würde.

Swantje schob diesen *Siebten Sinn* auf angebliche energetische Schwingungen, die die beiden Frauen ihrer Ansicht nach umgaben. Auch wenn Daniel mit Begriffen wie Schwingungen oder Aura nichts anzufangen wusste, so konnte er sich der Tatsache doch nicht verschließen, dass es keines Blickes auf den Dienstplan bedurfte, um zu wissen, welche der beiden Polinnen sich im Gebäude aufhielt.

Dennoch hatte er beim Betreten des Seniorenheims an diesem späten Abend gehofft, dass sein Gefühl ihn täuschte. Leider war dem nicht so. Agata und Antonina hatten ihren Dienst anscheinend kurzfristig getauscht. Entgegen dem Dienstplan gab es nur klackernde Schritte in den Fluren des Altenheims – kein glockenhelles Lachen. Und diesen Schritten musste Daniel in jedem Fall aus dem Weg gehen.

Ganz gewiss konnten Swantje und er nicht auf Nachsicht hoffen, sollte Agata sie in der Praxis des Arztes beim Herumschnüffeln erwischen. Bei Andy sah die Sache schon anders aus, er glaubte nicht, dass der ihn verpfeifen würde. Die ganze Aktion zu verschieben, würde allerdings auch nichts bringen, da Agata ihm sogleich unter die Nase rieb, dass sie die nächsten drei Nachtschichten hier sein werde.

Wenn sie irgendetwas herausfinden wollten, konnten sie jedoch nicht länger warten. Swantje meinte, sie sollten unbedingt Gewissheit haben, solange Waltraud Habers noch nicht unter der Erde lag. Polizei und Staatsanwalt nach der Beerdigung von einer Exhumierung zu überzeugen, dürfte ungleich schwerer werden. Damit hatte sie zweifelsohne recht.

Daniel fragte sich, ob man bei der Obduktion von Waltraud Habers gründlich gearbeitet hatte. Nein, korrigierte er sich selbst, vermutlich musste man sich eher die Frage stellen, ob ein Gerichtsmediziner überhaupt nach Spuren eines Medikamentes suchen würde, das es am Markt noch gar nicht gab. Was, wenn es sich um einen ganz neuen Wirkstoff handelte? War dann nicht davon auszugehen, dass der obduzierende Arzt diesen gar nicht auf dem Schirm hatte?

Daniel überlegte, ob er sein Smartphone aus der Tasche ziehen konnte, um die Uhrzeit zu checken. Er stand hinter einer Betonsäule versteckt in einem dunklen Gang und wartete auf Swantje, die seinem Gefühl nach längst hätte da sein müssen.

Vielleicht, so dachte er, übertrieb er es ein wenig mit seiner Vorsicht. Denn schließlich arbeitete er hier im Haus, und ganz egal, wer ihm begegnete, ihm würde sicherlich eine Ausrede einfallen, warum er sich mitten in der Nacht hier herumtrieb. Andererseits würde der Verdacht sofort auf ihn fallen, wenn bei ihrer Aktion irgendetwas schiefging. Und das konnte er sich, nach allem, was er bereits in Erfahrung gebracht hatte, weiß Gott nicht leisten.

Also machte er lieber einen auf Krimi-Verschnitt und versteckte sich in einer dunklen Nische, bis seine Komplizin kam und sie den Angriff auf den Computer des Arztes endlich hinter sich bringen konnten.

Aber Swantje kam nicht. Daniel zog sein Smartphone aus der Tasche, verdeckte es mit seiner Jacke und schaltete es ein. Es war bereits siebzehn Minuten nach Mitternacht. Solch eine Verspätung passte gar nicht zu Swantje. Normalerweise war sie der pünktlichste Mensch, den er kannte. Na ja, womöglich war einfach nur etwas dazwischengekommen. Er würde noch bis halb eins warten und dann unverrichteter Dinge wieder nach Hause gehen. Oder aber bleiben und das Ding alleine durchziehen, was ihm sowieso fast lieber wäre. Denn so könnte er Swantje aus der ganzen Sache heraushalten. Es reichte, dass er mit dem Feuer spielte und nicht wusste, ob er diesem jemals wieder würde entrinnen können.

Gerade überlegte er, seiner Kollegin eine Nachricht zu schicken, als sein Smartphone kurz aufblinkte und den Eingang einer WhatsApp ankündigte. Sie war von Swantje. Er las:

Vollsperrung der Bahnstrecke. Komme nicht weiter.
Müssen Aktion verschieben. Shit!

Daniel nahm es als Zeichen. Es war jetzt also an ihm allein, das Ding durchzuziehen. Er griff in seine Jackentasche und ertastete den USB-Stick, den er eingesteckt hatte, um die Dateien des Computers zu kopieren. Es würde nicht lange dauern, da war er sich sicher. Swantje wäre sowieso lediglich die Aufgabe zugefallen, Schmiere zu stehen und ihn zu warnen, wenn sich jemand dem Büro näherte. Doch wer sollte schon mitten in der Nacht hierherkommen?

Der Verwaltungstrakt des Seniorenheims, in dem auch die Arztpraxis beherbergt war, lag räumlich abgetrennt vom Wohntrakt. Zwar waren es von der Praxis aus nur wenige Schritte bis in die Eingangshalle, doch waren diese beiden Bereiche mit einer schweren Glastür voneinander getrennt, die sich bei Bedarf und nur durch Befugte elektronisch öffnen ließ. Zu den Sprechzeiten des Arztes stand sie grundsätzlich offen, aber davon konnte um diese Uhrzeit ja keine Rede sein.

Daniel horchte in die Stille hinein, die nur ab und zu von Agatas Schritten durchbrochen wurde. Es war schon eine ganze Weile her, dass er sie zum letzten Mal durch die Gänge hatte laufen hören. Vermutlich war ihr letzter Kontrollgang durch die Wohnräume abgeschlossen, und sie hatte sich hingelegt. Nachts gab es hier nur bei Notfällen etwas zu tun, meistens aber konnten sich die Pfleger ein paar Stunden Schlaf gönnen, bis es am Morgen mit der üblichen Routine weiterging.

Er hatte also freie Bahn.

Auf leisen Sohlen schlich er um die Säule herum und näherte sich der Praxis. Er tastete nach dem Türgriff, doch wie zu erwarten, war die Tür abgeschlossen. Daniel kramte den Schlüssel hervor, den Swantje ihm am Ende ihrer Schicht gegeben hatte. Er hatte keine Ahnung, wie sie in seinen Besitz gekommen war, aber das interessierte ihn auch nicht. Hauptsache war doch, dass der Schlüssel nun kühl in seiner Hand lag und gleich seinen Zweck erfüllen würde.

Er tat es.

Daniel fragte sich, ob er für seine Aktion genug Licht haben würde, schließlich war es ausgeschlossen, dass er die Lampen einschaltete. Es war schon riskant genug, den Rechner und damit den Monitor anzuschmeißen, doch ohne ihn ging es nun mal nicht.

Er lief zum Fenster und spähte hinaus. Im Park war alles ruhig. Selbst der Wind schien nahezu komplett eingeschlafen zu sein, denn im Licht der Laternen bewegte sich kaum ein Blatt.

Für einen kurzen Moment überlegte er, die Rollläden herunterzulassen, entschied sich jedoch dagegen, weil sie unweigerlich ein Geräusch verursacht hätten.

Daniel ging zum Schreibtisch und setzte sich. Jetzt kam die eigentliche Herausforderung. Das Passwort. Er grinste. Auf Swantjes Frage, was sie denn machen würden, wenn der Computer passwortgeschützt sei, hatte er laut gelacht und ihr die Geschichte erzählt, die er erst sehr wenigen Menschen erzählt hatte. Und die natürlich auch nur in kleinen Teilen. Alles andere wäre reinster Selbstmord gewesen.

Wenn er als kleiner Junge gefragt wurde, was er denn mal werden wolle, hatte er immer gesagt, Computerhacker. Die Erwachsenen, auch die Lehrer, hatten das immer zum Schreien komisch gefunden und sich bei jeder sich bietenden Gelegenheit wieder danach erkundigt – nicht ahnend, dass es ihm mit diesem Wunsch bitterernst war.

Gut, er hatte sich letztlich doch für einen anderen Beruf entschieden. Seinen Wunsch aber, bei Bedarf in die Computer anderer Leute schauen zu können, hatte er sich dennoch erfüllt. Mithilfe eines zweimonatigen Berufspraktikums. Zumindest war dies die offizielle Version. Niemand würde je erfahren, mit wem und womit er seine Zeit in diesen zwei Monaten tatsächlich verbracht hatte – und wie er sein gelerntes Wissen später in Berlin erfolgreich einsetzte.

Daniel brauchte genau acht Minuten. Das Passwort von Dr. Christian Roelfes lautete *drroelfes*. Na super. Ein wenig mehr Herausforderung hätte es schon sein dürfen.

Jetzt die Daten. Am besten alle, die es auf der Festplatte gab. Sichten und sortieren konnte er sie dann an einem sicheren Ort. Daniel steckte seinen Stick in den USB-Anschluss, drückte ein paar Tasten und schon ging es los. Er lehnte sich in dem bequemen Chefsessel zurück, verschränkte die Arme hinter dem Kopf und schloss die Augen. Die Anspannung fiel von ihm ab, und plötzlich umfing seinen Körper eine bleierne Müdigkeit. Die Sehnsucht nach seinem Bett wurde drängend. Er zwang sich, die schweren Lider wieder zu heben, um zu verhindern, an Ort und Stelle einzuschlummern.

In spätestens einer Viertelstunde würde er hier wieder raus sein. Vermutlich früher. Da blieb ihm noch ein wenig Zeit zum Schlafen, auch wenn er am nächsten Tag Frühschicht hatte.

Er warf einen Blick auf den Bildschirm und grunzte zufrieden. Es war wirklich ein Kinderspiel, die Anwesenheit von Swantje war völlig überflüssig – obwohl er sie schon sehr gerne dabeigehabt hätte, wie er sich jetzt eingestand. Nicht, weil sie ihm hätte helfen können. Nein. Nur, weil er sie gerne um sich hatte.

Fertig. Schnell zog Daniel den Stick ab und ließ ihn in seine Jackentasche gleiten. Jetzt nur noch den Rechner herunterfahren und dann …

Was war das?

Daniels Herz setzte für einen Moment aus, als er ein kratzendes Geräusch hörte. Das war doch nicht … Das konnte doch nicht …?

Noch bevor er reagieren konnte, wurde der Raum plötzlich in ein gleißendes Licht getaucht.

Ihm wurde schwindlig.

„Was hat das zu bedeuten? Was machen Sie an meinem Computer?", hörte er wie aus weiter Ferne eine ihm wohlbekannte Stimme.

Vor ihm stand Dr. Christian Roelfes und starrte ihn finster an.

Neben ihm stand Agata.

Schnell checkte Daniel seine Chancen zu entkommen. Durch die Tür dürfte es unmöglich sein. Blieb also nur das Fenster. Gott sei Dank standen der Schreibtisch und zwei Rollcontainer zwischen ihm und den beiden, sodass er lediglich zum Fenster hechten, es öffnen und hinausspringen musste. Doch würde sein Vorsprung reichen?

Andererseits: Was hatte er schon zu verlieren?

„Ich hatte gefragt, was Sie mitten in der Nacht an meinem Computer zu suchen haben", wiederholte der Arzt mit schneidender Stimme seine Frage und trat mit drohender Geste ein paar Schritte auf den Schreibtisch zu.

Jetzt! Rasch sprang Daniel auf, hechtete zum Fenster, riss

es auf, stützte sich mit den Händen auf der Fensterbank ab und schwang sich hinaus.

Da das Büro des Arztes im Erdgeschoss lag, schlug er nicht allzu hart auf. Schnell rappelte er sich hoch und rannte in Richtung Parkplatz davon.

Nur wenig später vernahm er hinter sich Schritte auf dem Kies. „Kommen Sie zurück! Das wird Konsequenzen haben!", hörte er den Arzt rufen.

Ohne einen Blick zurückzuwerfen, spurtete er weiter, tauchte in der Dunkelheit unter – und sackte nach einem plötzlichen stechenden Schmerz am Hals bewusstlos in sich zusammen.

7

Seine Augenlider flatterten. Gerne hätte er sie angehoben, doch irgendetwas hinderte sie daran. Ein unangenehmer Druck lastete auf seinen Augäpfeln, es fühlte sich an, als würde sie jemand mit den Fingern in ihre Höhlen drücken.

„Nimm die Hände weg!", wollte er rufen, doch er merkte im nächsten Moment, dass seinem Mund außer einem heiseren Krächzen kein Laut entwich. Auch seine Arme gehorchten ihm nicht mehr. Reflexartig hatte er zu einem Schlag gegen seinen Widersacher ausholen wollen, doch außer einem Zittern seiner Finger hatte sich nichts geregt. Er versuchte, seine Beine zu bewegen. Nichts. Und was war mit seinen Füßen?

So sehr sich Daniel auch anstrengte, eine für ihn sonst so selbstverständliche Bewegung zu machen, so musste er sich bereits nach wenigen Sekunden eingestehen, dass ihm jeder einzelne Körperteil den Dienst versagte. Selbst seine Nase, die er versuchte zu kräuseln, gab nicht das kleinste Zucken von sich.

Verzweifelt schnappte er nach Luft. Was war hier los? Was war mit ihm passiert? Und vor allem: Wo befand er sich?

„Hallo, ist da jemand?", presste er aus sich heraus, aber es hörte sich an wie das heisere Schnurren einer Katze auf Droge. Eine nie gekannte Angst stieg in ihm hoch.

Sein Körper war nun ein einziges, fast schmerzhaftes Zittern. Mit tiefen Atemzügen versuchte er, die Panik, die ihn wie eine alles verschlingende Monsterwelle zu überrollen drohte, in den Griff zu bekommen. Bleib ruhig, sagte er sich, du musst ruhig bleiben! Doch es half nichts. Je stärker er versuchte, mit einer ruhigen Atmung die Kontrolle über seinen Körper zurückzugewinnen, desto mehr schienen seine Lungenflügel in sich zusammenzufallen und seinem Gehirn die Sauerstoffzufuhr zu verweigern. Das zunehmende Rauschen in seinem Kopf verhinderte, dass er einen klaren Gedanken fasste.

„Hilfe!", schrie es in ihm. „So helft mir doch!"

Stille. Hier war niemand. Niemand außer ihm und seinem Körper, der ihm nicht mehr zu gehören schien. Was hatte das zu bedeuten? War er tot? War er womöglich in der Hölle?

Kalt. Ihm war so schrecklich kalt. Er konnte sich nicht erinnern, jemals in seinem Leben eine solche Kälte verspürt zu haben. Es war wie ein Feuer aus Eis.

Ein Feuer aus Eis? Plötzlich hörte er ein irres Kichern, das ihm durch Mark und Bein ging. *Ein Feuer aus Eis? Was, bitte schön, soll denn das sein?*

„Halt die Klappe!", schrie er in Gedanken und versuchte, das kleine Wesen, das aussah wie eine Zwittergestalt aus der Fee Tinker Bell und dem Nibelungen-Zwerg Alberich, zu verscheuchen. Das Wesen aber umkreiste immer lauter kichernd und summend seinen Kopf, bis er meinte, den Verstand zu verlieren.

Ja, dachte er, er musste in der Hölle sein. Genauso musste sie sich anfühlen.

Swantjes Gesicht schob sich vor sein inneres Auge. Für einen kurzen Augenblick dachte er, sie sei gekommen, um ihn zu retten. Er lächelte, streckte ihr die Hände entgegen und ...

„Ein Feuer aus Eis, ein Feuer aus Eis!" Das seltsame Wesen schob sich vor Swantjes Bild und zog ihm eine lange Nase. Wieder versuchte Daniel, es wegzuscheuchen. Es lachte, tänzelte in der Luft, drehte Pirouetten, verwandelte sich ...

Es verwandelte sich? Daniel stieß einen erstickten Schrei hervor. Das konnte doch nicht wahr sein! Das Wesen war von einer Sekunde auf die andere nicht mehr es selbst, sondern nahm plötzlich die Gestalt von Dr. Roelfes an. Zuerst dessen Gesicht, dann die Arme, den Körper ...

„Hilfe! Bitte helfen Sie mir! Ich will hier raus!" Als Daniel versuchte, dieses Bild gedanklich festzuhalten, zerfiel es zu Staub und rann ihm schließlich wie feiner Sand durch die tauben Finger.

„Dr. Roelfes?"

Daniel lauschte, doch wieder war kein Laut zu hören, nicht mal mehr sein eigenes Krächzen. Es war, als hätte ein tiefes, schwarzes Loch sämtliche Geräusche verschluckt. Womöglich war es genau jenes tiefe, schwarze Loch, in das er nach jeder Attacke der Zwitterfigur zurückfiel. Das Loch, das auch seine Erinnerung verschlang.

Dennoch gab er nicht auf, sondern kämpfte sich mit aller Macht aus der Schwärze der Nacht zurück. Er wollte wieder nach Hause, nach Hause zu Swantje, er ...

„Swantje?" Für einen Moment meinte er, ihr fröhliches Lachen zu hören. Er wollte mit einstimmen, doch dann ...

„Dr. Roelfes? Dr. Roelfes, helfen Sie mir! Bitte! Was … nein, keine Spritze! Bitte, keine Spritze, ich …"

Daniel schreckte hoch. Erstmals zeigte sein Körper wieder eine Reaktion. Er spürte ein Zucken in den Armen. War das alles? Nein! Er konnte die Zehen bewegen!

Daniel hätte vor lauter Glück laut jubeln mögen, doch klang der Versuch eher, als würden seine Stimmbänder durch einen Häcksler gezogen.

Dennoch schien es bergauf zu gehen. Auch seine Augenlider waren von ihrem Gewicht befreit. Als es ihm schließlich gelang, sie ganz zu öffnen, sah er wieder die Zwittergestalt, die ihm zuwinkte und Fratzen zog. Plötzlich aber wurde ihr Bild schwächer und schwächer, bis eine nun einsame Tinker Bell ihren Zauberstab schwang und sich in einer Wolke aus Feenstaub schließlich ganz auflöste. Daniel hörte noch ein letztes, gezwungenes Kichern, dann war sie verschwunden.

Und auf einmal war es, als hätte jemand den Schleier des Vergessens zur Seite geschoben.

Sie hatten ihn erwischt. Dr. Roelfes und Agata. Gerade hatte er gehen wollen, als die beiden ihn im Arztzimmer überraschten. Noch ehe sie bei ihm waren, war er aus dem Fenster gesprungen und weggerannt.

Und dann? Filmriss. Hatte der Doc ihn eingeholt und niedergestreckt?

So sehr sich Daniel auch anstrengte, so bekam er die Bilder, die sich bruchstückhaft vor seinem inneren Auge aufbauten, doch nicht zu fassen. Kaum dass er meinte, ihnen einen Sinn geben zu können, zogen sie wie auf einem schnell laufenden Fließband an ihm vorbei und waren wieder verschwunden.

Für einige Zeit lag er einfach nur da und versuchte, sich auf sich selbst zu konzentrieren, auch wenn ihn nach wie vor minutenlange Halluzinationen heimsuchten. Doch immerhin gelang es ihm wieder, die Wahnvorstellungen von der realen Welt zu trennen und einzuschätzen, welches Bild er in welche Schublade einzusortieren hatte.

Leider stellte sich seine reale Situation als nicht eben erfreulich heraus, und fast wünschte er sich, erneut ein wenig mit Tinker Bell und Alberich herumalbern zu können.

Nachdem seine Augenlider ihren Kampf gegen die Gewichte endgültig gewonnen hatten und sich sein Kopf und seine Gliedmaßen – wenn auch unter höllischen Schmerzen – wieder bewegen ließen, wollte er den Raum, in dem er sich befand, genauer untersuchen. Doch er sah nichts. Um ihn herum war es stockdunkel.

Er stieß einen erstickten Schrei aus und schlug mit wilden Bewegungen um sich. Oh nein, das konnte doch nicht sein! Er lag zusammengekauert in einer Kiste! Einer mit Filz ausgeschlagenen, verdammt engen Kiste! Sie hatten ihn lebendig begraben!

Gerade wollte er um sein Leben schreien, als plötzlich etwas mit der Kiste geschah. Sie geriet in Bewegung. Was zum Teufel!?

Es rumpelte. Ja, es schüttelte ihn durch, als wenn … Hoffnung schöpfend befingerte Daniel erneut seine Umgebung, maß mit Händen und Füßen so gut es eben ging den Raum ab – und seufzte wenig später erleichtert auf.

Es war keineswegs eine Kiste, in der er lag, sondern offensichtlich der Kofferraum eines Autos. Also war er noch nicht verloren. Oder?

Er zwang sich, seinen stoßweise kommenden Atem wieder in den Griff zu bekommen, dann lauschte er in die Dunkelheit. Ja, dachte er, es waren eindeutig Fahrgeräusche, die er vernahm. Offensichtlich brachte man ihn irgendwo hin. Aber wohin genau?

Kaum dass er diesen Gedanken gefasst hatte, hörte das Rumpeln plötzlich auf. Sie schienen wieder auf ebener Fahrbahn zu sein. Daniel schärfte all seine Sinne, doch außer dem Geräusch des Motors war nichts zu hören. Ab und zu hörte er das Surren eines offenbar vorbeifahrenden Fahrzeugs. Ansonsten nichts.

Wir kriegen dich, verlass dich drauf! Daniel spürte, wie sich sein ganzer Körper mit einer Gänsehaut überzog, als sich dieser Satz wie ein spitzer Pfeil in seine Gedanken bohrte und sich dort verhakte. *Wir kriegen dich, verlass dich drauf!*

Diesen einen Satz, der vor ein paar Wochen und seither in unregelmäßigen Abständen immer wieder beim Einschalten seines Laptops auf dem Display erschienen war, hatte er bisher für einen schlechten Scherz eines Hacker-Kollegen gehalten. Oder besser gesagt, hatte er sich einzureden versucht, dass diese Drohung mit der Sache in Berlin und seinem Gefühl, verfolgt zu werden, unmöglich etwas zu tun haben konnte. Denn wie, bitte schön, sollte man ihm wohl bei all der Vorsicht, die er beim Hacken der Computer stets walten ließ, auf die Schliche kommen?

Offensichtlich hatte er sich etwas vorgemacht. Denn nun hatten sie ihn erwischt. Daran gab es jetzt, da er sich in einem motorisierten Gefängnis befand, keinen Zweifel mehr.

Daniel erschrak, als das Fahrzeug abrupt abbremste und er hart gegen die Wand des Kofferraums geschleudert wurde. Er hörte, wie zwei Autotüren zuschlugen und sich von beiden Seiten Schritte näherten, die ihm in seiner urplötzlich wieder aufsteigenden Angst ungewöhnlich laut und widerhallend erschienen.

Er hatte keine Zeit, sich zu überlegen, wie er sich nun am besten verhalten sollte. Also schloss er instinktiv die Augen, als die Klappe des Kofferraums im nächsten Moment über ihm aufgerissen wurde.

„Der ist ja immer noch nicht wieder bei sich", knurrte ein Mann mit dunkler Stimme und presste zwei Finger auf Daniels Hals, wohl um zu testen, ob sein Opfer überhaupt noch lebte.

Ein anderer Mann lachte hämisch auf. „Pech für ihn, da verpasst er ja den ganzen Spaß, wenn wir ihn nun übers Geländer schmeißen. Ist ja ein büschen wie Bungee-Jumping, nur ohne Seil."

Geländer? Welches Geländer? Nur mit Mühe konnte sich Daniel davon abhalten, entsetzt die Augen aufzureißen. Sie hatten also tatsächlich vor, ihn zu töten! Seine schlimmsten Befürchtungen waren zur Gewissheit geworden. Ein heftiger Würgereiz stieg in ihm auf, und für einen kurzen Moment hatte er das Gefühl, sich übergeben zu müssen.

Sie werden mich töten, sie werden mich töten, sie werden mich töten, wand sich in den nächsten Minuten eine Endlosschleife in seinem Hirn. Mit aller Kraft zwang er sich, diese zu durchbrechen. Schließlich musste er sich nun auf seine Flucht konzentrieren, wenn er sich nicht selbst verloren geben wollte. Er brauchte einen Plan. Doch woher, um alles in der Welt, sollte der kommen, wenn er noch nicht einmal wusste, was genau sie mit ihm vorhatten oder wo er überhaupt war!?

So sehr er sich auch bemühte, sie zu sortieren, so fuhren Daniels Gedanken doch nach wie vor Achterbahn. Und je mehr er sich in die Vorstellung verstieg, dass sein Leben in der Hand dieser Männer und er selbst nahezu wehrlos war, desto mehr regte sich sein Fluchtinstinkt, den er nur unter größten Mühen im Zaum halten konnte.

Jeden Moment würden sie ihn greifen und dann ...

„Guck mal da drüben, der Trottel mit dem Motorrad da am Ende der Brücke! Den sollten wir mal höflich bitten, sich schleunigst zu verdrücken!", hörte Daniel plötzlich die tiefe Stimme sagen. Gleich darauf vernahm er sich entfernende Schritte, und wenn ihn nicht alles täuschte, dann waren sie von zwei verschiedenen Personen.

Er öffnete seine Augen einen Spaltbreit und – linste in die Dunkelheit. Es war immer noch Nacht. Vorsichtig rappelte er sich auf und beugte sich ein wenig vor, das Gehör dabei immer auf Empfang. Ein ganzes Stück vom Auto entfernt vernahm er mehrere Männer, die ganz offensichtlich in Streit geraten waren und sich gegenseitig anbrüllten. Ihm sollte es recht sein, denn somit galt deren Aufmerksamkeit wenigstens nicht ihm.

Er lugte über den Rand des Kofferraums und meinte erkennen zu können, dass er sich auf einer Brücke befand. Mehr als deren Geländer konnte er in der Dunkelheit allerdings nicht wahrnehmen.

Gerade als er sich noch ein wenig weiter aufrichten wollte, vernahm er das durchdringende Geräusch einer Alarmglocke. Er horchte auf. Wenn ihn nicht alles täuschte, dann kündigte diese Alarmglocke das Öffnen der …

„Ach du Scheiße, die Brücke wird geöffnet! Oh, Mann, nee, wieso das denn jetzt? Ist doch mitten in der Nacht!", rief im nächsten Moment einer seiner Kidnapper. „Los, schnell, wir müssen das Auto wegfahren!"

Daniel sackte für einen Moment das Herz in die Hose, dann aber stützte er sich, ohne lange zu zögern, mit einer Hand auf der Kante des Kofferraums ab und ließ sich mit angewinkelten Beinen hinausfallen. Als er sich aufrappelte, spürte er einen stechenden Schmerz durch seine vom langen Liegen steifen Muskeln fahren, doch achtete er nicht weiter darauf. Auch traute er sich nicht, einen Blick über die Schulter zu werfen, aus lauter Angst, einer der Männer könnte ihn entdecken.

So schnell es eben ging, rannte er entgegen der Fahrtrichtung davon und erreichte nur wenig später das erste Teilstück der Brücke, das fest mit dem Ufer verbunden war. Er entdeckte eine Lücke im Geländer und hechtete hindurch. Gerade wollte er einen weiteren Schritt tun, als ihm ein höllischer Schmerz durch das rechte Bein fuhr, er daraufhin ins Straucheln geriet und bereits im nächsten Moment haltlos ein paar Treppenstufen entlang einer Böschung hinabkugelte.

Kaum dass er vor Schmerz und Angst keuchend wieder zum Liegen kam, hörte er oben auf der Brücke die Bassstimme rufen: „Schöne Scheiße, er ist weg!"

„Oh, verdammt! Los! Sieh zu, dass du den Mistkerl wiederfindest, sonst kommen wir in Teufels Küche!", antwortete ein anderer Mann mit sich überschlagender

Stimme. „So ein Schiet aber auch! Mach hin, Mann! Ich muss erstmal sehen, dass der Wagen hier wegkommt!" Sekunden später heulte der Motor ihres Fahrzeugs auf und fuhr mit quietschenden Reifen an.

Daniel versuchte aufzustehen, doch wollte sein Bein ihm nicht gehorchen. Es knickte schmerzhaft unter ihm weg. Als auch der zweite Versuch scheiterte, gab er auf und kauerte sich ins Gras in der Hoffnung, dass die Männer ihn hier nicht finden würden.

8

„Nun mach dir man keine Sorgen, mien Wicht*, ihm wird schon nichts passiert sein." Jurine Tamminga legte Swantje beruhigend eine Hand auf den Arm, woraufhin sich die junge Frau mit einem hilflosen Lächeln auf dem Gesicht zu ihr umdrehte. „Und wenn doch?", flüsterte sie kaum hörbar.

„Ich bin sicher, dass sich alles aufklärt. Bestimmt ist er nur irgendwo versackt, hat nun einen dicken Kopp und steht morgen wieder kreuzfidel auf der Matte. Wie das bei euch jungen Leuten nun mal so ist."

„Daniel ist nicht so", erwiderte Swantje knapp, und natürlich wusste die alte Frau, dass sie recht hatte. Sie seufzte schwer. Nun waren bereits mehrere Stunden vergangen, seit der Pfleger wie vom Erdboden verschluckt war. Eigentlich hätte er bereits am Morgen um sieben Uhr zum Dienst erscheinen sollen, doch hatte man vergeblich auf ihn gewartet. Alle Versuche, ihn zu erreichen, waren erfolglos geblieben. Dabei passte es überhaupt nicht zu ihm, ohne Entschuldigung einfach der Arbeit fernzubleiben.

Jurine hatte mitbekommen, dass Dr. Roelfes ernsthafte Konsequenzen ankündigte, ja sogar mit fristloser

* Plattdeutsch für „mein Mädchen"

Kündigung drohte, sollte Daniel nicht innerhalb kürzester Zeit im Seniorenheim auftauchen.

In ihrer Sorge und um einfach etwas zu tun, war Swantje sofort zur Polizei gefahren, um eine Vermisstenanzeige aufzugeben, da aber hatte man sie unverrichteter Dinge wieder nach Hause geschickt. Bei jungen Männern, so hatte sie wohl zu hören bekommen, sei es nicht ungewöhnlich, dass sie mal für eine Weile verschwanden. Alle Anstrengungen, die Beamten davon zu überzeugen, dass Daniel nicht zu dieser Art Männer gehörte, waren ins Leere gelaufen.

„So. Leinen los und ahoi!", holte eine Stimme Jurine in die Gegenwart zurück, die sie rasch als die ihres Zimmernachbarn und guten Freundes Ubbo Mannsen identifizierte. Sie legte eine Hand über die Augen, um von der Sonne nicht geblendet zu werden, und entdeckte Ubbo Mannsen und einen völlig übernächtigt aussehenden Andy, die nun mit vereinten Kräften die Leinen einholten, während der Bootsmann danebenstand und breit grinsend an seiner Pfeife zog. Vermutlich würde er sich an diesem Tag einen lauen Lenz machen können angesichts der so tatkräftigen Unterstützung des ehemaligen Matrosen Ubbo.

Seit Wochen schon hatten sich die Heimbewohner auf die geplante Schiffsfahrt über die Ems gefreut. Heute Vormittag nun war es soweit, doch wollte bei Jurine und auch bei vielen anderen trotz des herrlichen Frühlingswetters keine rechte Stimmung aufkommen. Das Verschwinden Daniels hatte sich schnell herumgesprochen, und da er bei den alten Menschen sehr beliebt war, machten sich viele von ihnen Gedanken darüber, was ihm wohl passiert sein könne.

Und natürlich war da der plötzliche Tod von Waltraud, der beinahe dazu geführt hätte, dass diese Fahrt gar nicht stattfand. Weniger aus Pietätsgründen, sondern weil Waltraud diejenige gewesen war, die das ganze Programm organisiert hatte. Die Sonderfahrt mit der MS Aurich nach Leer, die kleinen Vergnügungen, das Essen in der Leeraner Hafenbar. Und nun sollte all das, was sie sich überlegt hatte, ohne sie über die Bühne gehen?

Erst nach einigem Hin und Her war man schließlich zu dem Ergebnis gekommen, dass Waltraud auf keinen Fall gewollt hätte, dass der Ausflug ausfiel. Jurine hatte sich Waltrauds Reaktion lebhaft vorstellen können: „Was? Jetzt wollt ihr alles absagen? Nachdem ich mir die Arbeit gemacht und das alles organisiert habe? Und wofür habe ich das dann wohl getan? Ihr seid mir ja vielleicht mal Verräter!"

Eine deutliche Mehrheit der Bewohner hatte sich schließlich für die Fahrt ausgesprochen, und so waren sie an diesem Morgen gleich nach dem Frühstück mit dem Bus nach Emden gefahren, in Wolthusen an Bord des Ausflugsschiff gegangen und würden nun, kurz nach dem Ablegen, die Kesselschleuse passieren, um dann über den Falderndelft und den Außenhafen nach Leer zu schippern.

„Es geht los, es geht los!", freute sich Jurines Mitbewohnerin Elske Langen und klatschte begeistert in die Hände, als sich das Boot nun langsam vom Ufer entfernte und Kurs auf die Schleuse nahm. „Ist es nicht toll, dass wir einen so schönen Tag erleben dürfen!? Ubbo und ich haben uns so darauf gefreut!"

Andere stimmten in den spontanen Applaus lachend

mit ein, und plötzlich schien die gedrückte Stimmung wie verflogen. Jurine hatte dafür vollstes Verständnis. Viel zu selten kam es vor, dass sie das Heim für einen Ausflug oder auch nur einen Bummel in der Stadt verließen. Die Ortschaft Hinte war nicht gerade der Nabel der Welt, und viele der Senioren hätten sich gewünscht, in einem Heim am Emder Stadtrand ihren Lebensabend verbringen zu dürfen. Doch waren die Plätze begrenzt, und es gehörte schon eine ordentliche Portion Glück dazu, genau dann aufgenommen zu werden, wenn man es brauchte – immer in der Gewissheit, dass für dieses Glück erst ein anderer Mensch würde sterben müssen.

Sie mussten nicht lange warten, bis ihr Schiff in die Kesselschleuse einfahren durfte. Für einige der Passagiere war es bereits Jahrzehnte her, dass sie diese in Europa einzigartige Rundkammerschleuse, die gleich vier Wasserstraßen miteinander verband, passiert hatten. Andere kannten das Bauwerk nur aus der Perspektive einer der es umgebenden Fußgängerbrücken.

Jurine hatte den Eindruck, dass am liebsten alle mit angepackt hätten, als es hieß, die Leinen zu werfen, um das Boot in der Schleuse zu sichern. Doch natürlich war für diese Arbeiten der Bootsmann an Bord, der zwar Ubbo gerne als Hilfskraft akzeptierte, aber nicht wollte, dass ihm irgendein Laie ins Handwerk pfuschte. Also blieb allen anderen Passagieren vom Sonnendeck herab nur die Rolle der Zuschauer. Dennoch genossen sie das für sie so außergewöhnliche Erlebnis sichtlich. Ihre Gesichter zeigten ein Strahlen, als gelte es, der Sonne Konkurrenz zu machen.

Bis sie auf der Ems waren, erfreuten sich die Gäste an Bord

daran, die Stadt Emden mal aus einer anderen Perspektive zu bewundern. Viele saßen, die Gesichter der wärmenden, aber nicht zu heißen Sonne entgegenstreckt, einfach nur da und genossen die gemächliche Fahrt in vollen Zügen. Mit Lauten des Entzückens machten vor allem die Frauen auf am Ufer schwimmende Entenmütter mit ihrer Kükenschar oder auch junge Kaninchen, die in lustigen Sprüngen über die Böschung hoppelten, aufmerksam.

Jurine, Elske und Swantje hatten es sich vor dem Steuerhaus am Bug des Schiffes bequem gemacht, ließen sich einen Kaffee und Kuchen servieren und hingen ihren Gedanken nach.

„Wo ist eigentlich Daniel", fragte Elske plötzlich, „wollte der denn nicht mitkommen?" Sie kratzte sich am Kopf. „Ich meinte, der hätte so was gesagt. Oder doch nicht? Was meinst du, Jurine?"

„Daniel ist verschwunden. Das habe ich Ihnen doch schon erzählt, Frau Langen", antwortete stattdessen Swantje. „Schon mehrmals übrigens", fügte sie kaum hörbar an.

„Ach, der ist verschwunden?", wunderte sich Elske und sah sie erstaunt an. „Da hat mir aber keiner was von gesagt." Nach einem kurzen Zögern fügte sie hinzu: „Tja. Sind ja viele im Krieg verschollen. Mein Onkel Herbert ja auch."

„Daniel ist aber nicht im Krieg verschollen", seufzte Jurine. Manchmal war es nicht einfach, mit Elskes Demenz zurechtzukommen.

„Ach? Nicht? Da hat er aber Glück gehabt. Sind ja viele im Krieg verschollen."

„Der Krieg ist schon seit über siebzig Jahren vorbei", erklärte Swantje. „Da geht heute keiner mehr verloren."

„Na guck. Das ist ja schon 'n büschen her." Elske nickte zufrieden, sah sich dann jedoch an Deck um und fügte hinzu: „Und Waltraud? Wo ist wohl Waltraud?"

„Waltraud Habers ist tot, Frau Langen", sagte Swantje, nachdem sie einen Schluck Kaffee genommen hatte. „Auch das habe ich Ihnen erzählt. Deswegen gab es am Ostersonntag auch kein Eiertrüllen. Sie erinnern sich?"

Elske schüttelte den Kopf. „Nee. Davon weiß ich nix. Das hat mir keiner gesagt." Sie schob sich ein Stück Kuchen in den Mund und fragte eine ganze Weile später: „Kein Eiertrüllen? Warum das denn wohl nicht?"

„Weil Waltraud gestorben ist." Jurine konnte sich ein erneutes Seufzen nicht verkneifen.

Elske bekam vor lauter Schreck einen Hustenanfall, und ihre Gabel fiel scheppernd zu Boden. „Waltraud ist tot?", krächzte sie. „Seit wann das denn? Wollte sie denn nicht mit aufs Schiff?"

„Doch, sie wollte mit aufs Schiff", erklärte Swantje geduldig, während sie der alten Frau den Rücken klopfte und rasch die Gabel aufhob. „Aber vorher ist sie gestorben."

„Oh", erwiderte Elske mit betretener Miene, „das tut mir leid. Dann konnte sie wohl auch nicht mit zum Eiertrüllen."

„So ist es", nickte Jurine und erhob sich von ihrem Platz. So sehr ihr Elske auch leid tat, weil sie mit zunehmender Demenz von immer mehr Leuten immer öfter einfach abgewimmelt wurde, so konnte sie eines dieser anstrengenden Gespräche mit ihr jetzt unmöglich ertragen.

Sie stellte sich ein paar Meter abseits an die Reling und

ließ ihren Blick über die Landschaft schweifen. Die MS Aurich schwenkte nach Backbord und erreichte das Fahrwasser der Ems. Die Sicht war an diesem Tag fantastisch, sodass in einiger Entfernung bereits das Emssperrwerk bei Gandersum auszumachen war. In wenigen Minuten würden sie an Steuerbord das Rheiderland passieren, die Region Ostfrieslands, in der sie einst aufgewachsen war. Mit ihrem Vater, einem Ditzumer Fischer, war sie häufig hier draußen auf der Ems gewesen, sodass es sich für sie nun ein wenig so anfühlte, wie nach Hause zu kommen.

Überhaupt zeigte sich die flache Landschaft beidseitig der Ems heute von ihrer schönsten Seite. Für eine Bootsfahrt hätte es gar nicht besser sein können, entsprechend war das Aufkommen vor allem an Sportbooten relativ hoch.

Jurine erinnerte sich an Tage, an denen sie mit ihrem Vater bei Sturm und Regen über die Ems auf die Nordsee hinausgefahren war. Weit und breit war nichts zu sehen gewesen außer Gischt, Gischt und nochmals Gischt. Sie war sich vorgekommen wie im Höllenschlund eines trübgrauen Meeresungeheuers. Auch wenn sie es sich nie hatte anmerken lassen, so war ihr an solchen Tagen doch stets das Herz in die Hose gesackt, und im Stillen hatte sie flehende Stoßgebete zum Himmel geschickt, obwohl sie nie wirklich an Gott geglaubt hatte.

Doch gab es einfach Situationen, in denen selbst der überzeugteste Atheist plötzlich zum Gläubigen mutierte. Ein Tag bei Sturm und Regen auf der wütenden Nordsee gehörte zweifelsohne genauso dazu, wie die Ungewissheit über den Verbleib eines geliebten Menschen.

Jurines Gedanken wanderten wieder zu Daniel. Sie war

sich nicht sicher, in welchem Verhältnis er und Swantje tatsächlich zueinander standen. Sie meinte, in Daniels Augen schon mehrmals ein kurzes, freudiges Aufblitzen gesehen zu haben, wenn sich Swantje ihm näherte. Umgekehrt hingegen hatte sie nie irgendwelche Anzeichen dafür entdecken können, dass auch das Mädchen in Daniel mehr sah als nur einen Kollegen.

Schade eigentlich, dachte sie, die beiden würden ein hübsches Paar abgeben. Doch war es wohl kaum ihre Aufgabe, sie zu verkuppeln, selbst wenn sie es gerne getan hätte.

Jurine schreckte aus ihrer Gedankenwelt auf, als unvermittelt ein Schwarm Möwen aus dem Wasser aufstob und laut kreischend begann, ihr Schiff zu umkreisen. Vermutlich hofften sie, dass vom Kuchen der Passagiere der ein oder andere Brocken für sie abfallen würde. Der Kapitän hatte eine Fütterung zu Beginn des Ausflugs jedoch streng untersagt.

„Ich hab ihn ja gesehen", meldete sich eine Stimme neben Jurine zu Wort.

„Wen hast du gesehen?", fragte sie, ohne sich umzudrehen. Sie wusste, dass es Ubbo Mannsen war. In ihrem ganzen Leben hatte sie keinen anderen Menschen mit einer solch chronisch nörgelnden Stimmlage kennen gelernt. Inzwischen aber wusste sie, dass es keineswegs seine stets schlechte Laune war, die ihn so sprechen ließ. Nein, eigentlich war Ubbo sogar ein durch und durch geselliger Mensch, der nur eben das Pech hatte, dass er nörgelte, ohne eigentlich nörgeln zu wollen.

„Ich hab Daniel gesehen, wie er zu uns ins Heim kam. Mitten in der Nacht", erläuterte Ubbo Mannsen, während er sich eine Zigarre ansteckte und ein paarmal an ihr paffte.

„Wann?"

„Na, in der letzten Nacht. In welcher denn wohl sonst."

„Er war im Heim?" Jurine hob verwundert die Brauen. „Aber Agata und Andy hatten Dienst."

„Jo. Das kann man wohl sagen."

„Wie meinst du das denn?"

„Och." Ubbo ließ den Rauch aus dem Mund entweichen, bevor er sagte: „Ich hatte so 'n Zwicken in der Nacht. Hier." Er legte zwei Finger an die Leiste. „Das hab ich Agata gesacht, damit sie mir was dagegen gibt."

„Und?"

„Sie hat gelacht und gesacht, das kann gar nicht sein, weil ich aus dem Alter raus wär, dass bei mir da unten noch irgendwas zwickt."

Jurine nickte. Auf Agatas Unverschämtheiten war Verlass. „Und dann?"

„Tja. Dann bin ich aufgestanden und dachte, mit 'n büschen spazieren gehen wird's wohl besser werden. War aber nicht so. Zwickte danach immer noch."

„Und was war nun mit Daniel?" In Jurines Stimme schwang jetzt deutliche Ungeduld mit. Jeder im Heim wusste, dass Ubbo nicht nur ein begnadeter Geschichtenerzähler, sondern auch ein ebenso begnadeter Hypochonder war. Es gab praktisch keine Krankheit, die er nicht hatte. Entsprechend gab es auch kaum ein Medikament, das nach einer Werbesendung nicht den Weg in seinen heimlich angelegten Arzneischrank fand. Vermutlich würde ihn die bunte Mischung an Pillen, die er sich regelmäßig ohne das Wissen des Arztes einwarf, eines Tages umbringen. Aber wenn man ihm das sagte, antwortete er lediglich in seiner ureigenen Logik: *Das mach wohl sein. Aber wenn man dran ist, ist man dran. Vielleicht tut's mit meinen Tabletten, die ich dann intus habe, wenigstens nicht so weh.*

„Jo", sagte Ubbo jetzt. „Daniel kam gerade zur Tür rein, als ich auf dem Weg in den Park war. Wollte frische Luft schnappen. Dachte, das hilft vielleicht. Gegen das Zwicken, meine ich."

„Hat er dich auch gesehen?"

Ubbo schnippte die Asche seiner Zigarre über die Reling. „Nö. Glaub nicht. Hab gerade nach dem Lichtschalter gesucht, weil es aufm Flur plötzlich ganz dunkel war. Müssen mal Bewegungsmelder hin, hab ich noch gedacht."

„Und wohin ist Daniel gegangen?"

„Weiß nicht. Bin dann ja raus. Hab nicht weiter auf ihn geachtet."

„Weiter nichts?", fragte Jurine, und in ihren Worten schwang Enttäuschung mit.

„Nö." Ubbo zog an seiner Zigarre und kniff die Augen zusammen, als ihm eine plötzlich aufkommende Windböe den Rauch ins Gesicht zurückblies. „Nee, wart mal!" Er rieb sich nachdenklich das unrasierte Kinn, was kratzende Geräusche verursachte. „Dr. Roelfes. Der kam auch noch."

„Dr. Roelfes? Mitten in der Nacht?" Jurine schnappte überrascht nach Luft und stieß sie dann hörbar wieder aus. „Bist du sicher?"

„Jo. Bestimmt 'n Notfall. Was weiß ich."

Jurine nickte nur stumm. Mit Ubbo über eine mögliche Beteiligung des Docs an Daniels Verschwinden zu diskutieren, würde wenig Sinn machen. Geschichten erzählen konnte er, aber wenn es darum ging, logische Zusammenhänge zu erfassen … na ja. Außerdem wusste er ja gar nichts von dem Verdacht, den Daniel und Swantje geäußert hatten. Angesichts der Tatsache aber, dass Daniel dem Doc wegen der plötzlichen Todesfälle auf die Schliche kommen wollte, war deren Auftauchen im Heim in ein und derselben Nacht schon mysteriös.

Außerdem hatte der Arzt gar nichts davon gesagt, dass er in dieser Nacht im Heim gewesen war. Andererseits: Er war schließlich niemandem Rechenschaft darüber schuldig, wann er sich wo aufhielt.

Sie sah sich nach Swantje um und fand sie im Gespräch mit Elske Langen und Andy. Swantje schaute hoch und ihre Blicke trafen sich. Jurine winkte sie zu sich. Als die Pflegerin wenig später neben sie trat, fragte Jurine ohne Umschweife: „Haben Sie gewusst, dass Daniel letzte Nacht noch bei uns im Heim war?"

Swantje schaute sie völlig überrumpelt an. „D-Daniel?", stotterte sie. „Im Heim? N-nein." Sie presste kurz die Lippen zusammen, bevor sie ein wenig affektiert die Arme hochwarf und es aus ihr heraussprudelte: „Nein. Davon weiß ich nichts. Warum sollte er? Das macht doch gar keinen Sinn. Er hatte doch gar keinen Dienst. Ich meine, wieso sollte er dann mitten in der Nacht dort auftauchen?" Sie lachte – ein wenig zu schrill für Jurines Geschmack.

„Gibt es einen Grund, warum Sie so aufgesetzt lachen?", fragte sie frei heraus.

Swantje wurde rot und verschwand im nächsten Moment

mit den Worten: „Ich muss dann mal nach den anderen sehen."

Seltsam. Nach dieser Reaktion war sich Jurine sicher, dass die junge Frau mehr wusste, als sie sagte. Doch was bezweckte sie damit? Ihre Sorge um Daniel schien echt zu sein. Oder spielte sie ihr etwas vor? Aber warum sollte sie ein Interesse daran haben, dass ihr Kollege verschwand?

Jurine schüttelte kaum merklich den Kopf. Sie wurde aus all dem nicht schlau. Vielleicht war sie inzwischen auch einfach zu alt für solche Überlegungen. Sie nickte entschieden. „Ja, Jurine", murmelte sie, „halt dich doch am besten aus der Sache raus und kümmere dich um deinen eigenen Kram."

Doch wurde dieser gute Vorsatz bereits im nächsten Moment zunichte gemacht, als Ubbo Mannsen plötzlich nach oben deutete und rief: „Nu guck dir das an! Was machen denn die Polizeiwagen da oben auf der Jann-Berghaus-Brücke? Und dann gleich so viele. Muss wohl was passiert sein."

Jurine schluckte schwer, als ihr in diesem Moment der Gedanke in den Sinn schoss, dass dieses Polizeiaufgebot auf der Brücke etwas mit Daniel zu tun haben könnte. Über ihren eigenen Gedanken erschrocken, versuchte sie sich rasch klarzumachen, dass das eine überhaupt nichts mit dem anderen zu tun haben musste. Schließlich konnte es tausend Gründe geben, warum die Streifenwagen hier angerückt waren. Und doch ahnte sie, dass es genauso war, wie sie befürchtete.

Als sie ihren Blick von der Jann-Berghaus-Brücke abwandte, blieben ihre Augen an Andy hängen, der, die

Hände in den Taschen seiner Jeans vergraben, mit zusammengepressten Lippen dastand und angespannt nach oben schaute. Irgendetwas an seinem Gesichtsausdruck gefiel ihr nicht. Nein, falsch, korrigierte sie sich im nächsten Moment selbst. Richtig war, dass Andys sonst eher teilnahmslose Mimik etwas Brutales hatte. Etwas, das ihr Angst machte und sie an diesem warmen Tag plötzlich vor Kälte zittern ließ.

9

Nein, Hauptkommissar David Büttner war ganz und gar nicht überzeugt, dass er in diesem Fall, der gar keiner war, weiter ermitteln sollte. Der Staatsanwalt hatte – im Gegensatz zu Rainer Habers, der ein wütendes *Das wird Konsequenzen haben!* in den Raum schleuderte – sowieso alles andere als begeistert reagiert, als man ihm mitteilte, die Obduktion von Waltraud Habers habe keinerlei Erkenntnisse bezüglich eines unnatürlichen Todes ergeben. „Schöner Mist", hatte er gemurmelt und ärgerlich den Kopf geschüttelt, als Büttner sich hilflos damit rechtfertigte, es sei doch schön, jetzt endlich Klarheit zu haben. „Ja, eine Klarheit, an der eigentlich niemand gezweifelt hat." Mit diesen Worten und einer unfreundlichen Geste hatte ihn der Staatsanwalt seines Büros verwiesen.

Auch wenn Büttner angesichts dieser harschen Reaktion für einige Minuten geschmollt hatte, so konnte er dem Staatsanwalt eigentlich nur recht geben. Schließlich war er es gewesen, der sich von Büttner zu einer Obduktion der Leiche hatte bequatschen lassen und vor den trauernden Angehörigen nun einigermaßen dumm dastand.

„Vielleicht sollten wir uns dennoch mal im Heim umhören", ließ Sophie Reimers nicht locker und sah sowohl

Büttner als auch den neben ihm sitzenden Sebastian Hasenkrug beschwörend an.

Sobald sie die Information zum Ergebnis der Obduktion bekommen hatte, war sie zunächst irritiert, dann jedoch wild entschlossen gewesen, die Sache nicht einfach auf sich beruhen zu lassen. Vielmehr schien sie nach einem weiteren Gespräch mit ihrer Tante Jurine überzeugter denn je, dass es bei den zahlreichen Todesfällen im Seniorenheim nicht mit rechten Dingen zuging.

Also hatte sie ihren ganzen Charme eingesetzt und ihre beiden Kollegen dazu überredet, sich mit ihr am Vormittag in einem Emder Straßencafé am Ratsdelft zu treffen, um den vermeintlichen Mordfall Waltraud Habers noch einmal durchzukauen.

Büttner hatte zunächst abgewinkt; die Aussicht aber, im Café eine frisch gebackene Waffel mit Vanilleeis und Kirschen kredenzt zu bekommen, hatte ihn in seinem Entschluss wanken lassen.

Und nun saßen sie im herrlich warmen Sonnenschein in der Emder City und redeten über jene Verdachtsmomente, von denen Büttner nach wie vor glaubte, dass es keine seien.

„Meine Tante erinnert sich genau daran, dass ihr damaliger Zimmernachbar Franz Lüpkes kurz vor seinem Tod den Verdacht geäußert habe, man wolle ihn vergiften", sagte Sophie Reimers. „Das können wir doch nicht einfach so ignorieren."

„Doch. Können wir", entgegnete Büttner, während er genüsslich auf einem Stück Waffel mit Kirsche und Eis kaute. „Sie wissen selbst, dass alte Menschen schwierige Zeugen sind. Den Anwalt möchte ich sehen, der Ihre Tante nicht innerhalb einer Minute als verwirrt oder gar paranoid und damit als unglaubwürdig dastehen lässt. Genauso wie diesen Franz Lüpkes."

„Das ist nicht fair", echauffierte sich Sophie Reimers und funkelte ihn böse an.

„Stimmt", nickte Büttner, „das ist es nicht. Natürlich weiß jeder, dass nicht alle alten Menschen Verwirrte sind. Und doch sind sie dankbare Opfer, wenn es darum geht, sie als solche dastehen zu lassen."

Sebastian Hasenkrug stimmte ihm zu. „Es ist ähnlich wie bei Kindern. Auch sie sind ja nun mal nicht alle Lügner oder – positiv ausgedrückt – ganz besonders fantasiebegabt. Dennoch bekommt jeder Richter sofort Zuckungen, wenn es darum geht, sie als Zeugen zuzulassen."

Wie um seinen Worten recht zu geben, schrie in diesem Moment ein vielleicht vierjähriger Junge trotzig über den ganzen Stadtgarten hinweg: „Doch, Mama, ich weiß aber ganz genau, dass der Dackel von Onkel Karl von einem Laserschwert getötet wurde! Ich hab es nämlich selbst gesehen! Es war mitten in der Nacht! Und das Licht von dem Schwert war ganz grün! Und der Dackel dann auch!"

Als seine Mutter laut auflachte, stampfte der Junge trotzig mit dem Fuß auf und rief empört: „Und das ist überhaupt nicht lustig, weil es nämlich stimmt!"

„Sehen Sie", nickte Büttner und schabte mit der Kuchengabel einen Rest Schlagsahne von seinem leergegessenen Teller, „genau das meine ich. Nun stellen Sie sich mal solch einen Zeugen vor. Ein Albtraum!"

„Meine Tante ist kein Kleinkind", gab Sophie Reimers nicht auf. „Und von Verwirrtheit keine Spur."

„Das mag ja sein", erwiderte Hasenkrug. „Aber was war mit diesem Franz Lüpkes? Da er seit einigen Monaten tot ist, wird ihm wohl niemand mehr geistige Zurechnungsfähigkeit bescheinigen können."

„Das Gegenteil aber auch nicht", konterte seine Kollegin.

„Dieses Hin und Her führt doch zu nichts", stellte Büttner fest. „Fakt ist, dass wir hier ein Problem haben. Selbst wenn die Geschichte Ihrer Tante über den seligen Franz Lüpkes der Wahrheit entspräche, würde uns nach dem Flop mit Waltraud Habers der Staatsanwalt hochkant aus seinem Büro schmeißen, sollten wir einen solchen Verdacht äußern, mit nichts in der Hand als der Aussage einer alten Frau."

„Aber wenn so ein Verdacht aufkommt, dann sollten wir doch zumindest …"

„Nein, nein, nein", winkte Büttner mit einer wedelnden Handbewegung ab, „so geht das nicht. Wir können hier nicht kunterbunt irgendwelche Verdachte … Verdächte … Ver… ähm …" Er stockte und runzelte die Stirn.

„Verdächtigungen", half Hasenkrug seinem Chef auf die Sprünge.

„Klugscheißer."

„Da nich für."

Büttner schnaubte unwillig, bevor er fragte: „Wo war ich stehengeblieben?"

„Ver… ähm …", antwortete Hasenkrug trocken, während Sophie Reimers sagte: „Sie meinten, wir könnten nicht kunterbunt durcheinander Verdächtigungen …"

„Genau. Also, wenn wir auch nur ansatzweise seriös erscheinen wollen, sollten wir einen konkreten Verdacht haben, der sich durch irgendetwas stützen und bestenfalls beweisen lässt. Aber das muss ich einer versierten Ermittlerin ja nicht erzählen." Er machte der Kellnerin ein Zeichen, dass er zahlen wollte. „Bisher ist mir das alles jedenfalls viel zu unbestimmt. Ich bin raus."

„Hi, Paps, was machst du denn hier?" Gerade, als Büttner nach dem Portemonnaie in seiner Gesäßtasche griff, spürte er einen Kuss auf seiner Stirn. Erfreut sah er auf. „Du bist schon da? Wolltest du nicht erst heute Abend kommen?"

„Hab es mir anders überlegt. Christopher ist auch schon da. Bin gerade auf dem Weg zu ihm und hab euch hier zufällig sitzen sehen." Büttners zwanzigjährige Tochter Jette, die inzwischen in Bremen studierte und nur noch ab und zu nach Hause kam, gab nun auch Hasenkrug die Hand, der wiederum machte sie mit Sophie Reimers bekannt. „Kann ich mich zu euch setzen oder störe ich?"

Büttner hob fragend die Brauen. „Und was ist mit Christopher?"

„Ich schicke ihm 'ne WhatsApp, dass es später wird."

„So. Na ja. Setz dich ruhig. Wir sind mit unserer Besprechung sowieso gerade durch", meinte Büttner, während er der Kellnerin das Geld gab. „Möchtest du was essen oder trinken?"

„Ja. Einen Cappuccino. Und dazu eine Waffel mit Eis und Kirschen, bitte."

„Für mich das Gleiche", nickte Büttner der Kellnerin zu, und nach einem kurzen Blick zu seinen Kollegen, die auf ihre Tassen deuteten, fügte er hinzu: „Und noch zwei Cappuccino mehr, bitte." Er sah zu Jette, die sich einen Stuhl vom Nachbartisch herangezogen hatte und jetzt wie besessen auf ihrem Smartphone herumtippte. „Und darf man auch erfahren, wer dieser Christopher ist?", fragte er betont gelassen.

„Mein neuer Freund. Das weißt du doch", antwortete Jette, ohne aufzusehen.

„Nee. Das weiß ich nicht."

„Dann hat Mama wohl vergessen, es dir zu erzählen."

„Mama weiß davon?", rief Büttner empört aus. „Und wieso sagt sie mir nichts?"

„Das solltest du sie fragen und nicht mich." Jette tippte immer noch, und Büttner fragte sich, was sie ihrem neuen Freund, der ihm schon jetzt unsympathisch war, so ellenlang mitzuteilen hatte.

„Und was macht dieser Christopher so?"

„Papa." Jette seufzte theatralisch und verdrehte die Augen, während sie das Smartphone in ihre Handtasche gleiten ließ. „Du bist echt so was von old school!"

„Was ist denn daran *old school*, wenn ich wissen will ... Was gibt es denn da zu grinsen?", unterbrach Büttner sich selbst, als sein Blick auf seine Kollegen fiel, die jetzt sichtlich Mühe hatten, sich ein Lachen zu verkneifen.

„Sehen Sie, Herr Hasenkrug, da können Sie gleich mal einen Vorgeschmack auf spätere Zeiten bekommen", flachste Sophie Reimers.

„Wie meinen Sie denn das jetzt?", erwiderte stattdessen Büttner.

„Wie ich das meine? Na, wenn die Tochter Ihres Kollegen erst einmal ..." Sie stockte, als Hasenkrug hektisch seinen jetzt knallrot angelaufenen Kopf schüttelte. „Ups!" Sie schlug sich die Hand vor den Mund, gluckste aber angesichts Büttners Mienenspiels verhalten vor sich hin. „Sie wissen es noch nicht?"

„Was? Was weiß ich noch nicht?" Büttner sah irritiert von einem zum anderen.

„Tonja ist schwanger", antwortete Jette knapp.

„Schwanger? Und woher willst du das wissen?"

Jette zuckte die Schultern. „Hallo? Papa? Hast du zugehört? Was soll es denn wohl sonst sein? Oh Mann, du bist ja echt nicht von dieser Welt." Sie nickte Hasenkrug zu. „Glückwunsch und alles Gute!"

„Danke", lächelte Hasenkrug verlegen.

„Nun sagen Sie bloß noch, Jette hat recht!", empörte sich Büttner. „Und warum weiß ich dann nichts davon?"

„Das nennt man Privatleben", klärte Jette ihn auf, noch bevor Hasenkrug etwas sagen konnte.

Als einzige Erwiderung stieß Büttner ein Schnauben hervor. Als seine Tochter ihm daraufhin jedoch einen unmissverständlich auffordernden Blick zuwarf, räusperte er sich und sagte an seinen Assistenten gewandt: „Glückwunsch. Wann ist es denn soweit?"

Hasenkrugs Gesichtsausdruck hellte sich merklich auf. „In fünf Monaten. Wir freuen uns sehr."

„Wirklich? Nun ja. Wir sprechen uns in zwanzig Jahren wieder", konnte sich Büttner einen Seitenhieb auf Jette nicht verkneifen.

„Habt ihr wieder 'ne Leiche, oder warum sitzt ihr hier zusammen?", wechselte Jette das Thema, nachdem die Kellnerin Cappuccino und Waffeln vor ihnen abgestellt hatte.

„Eine Leiche ja, aber keinen Fall", antwortete Büttner

und ließ sich die ersten Happen seiner zweiten Waffel schmecken.

„Wie bei Christophers Oma", nickte Jette. „Da dachte die Polizei auch zunächst … Moment." Sie stutzte und sah, an ihrem Kaffeelöffel schleckend, von einem zum anderen. „Ihr seid die Polizei."

„Gut erkannt", grinste Hasenkrug.

„Dann habt ihr die Leiche von Christophers Oma obduziert?"

Büttner zog eine Grimasse. „Wir pflegen grundsätzlich keine Leichen zu obduzieren. Dafür gibt es Fachleute."

Jette überging diesen Einwurf. „Waltraud Habers. Sagt euch das was?"

„Sie ist tatsächlich die Großmutter deines Freundes?", stellte Sophie Reimers die Gegenfrage.

„Ja. Ich habe sie leider nicht mehr kennen gelernt. Muss eine tolle Frau gewesen sein, nach allem, was Christopher so erzählt. Er war ziemlich fertig, als sie so plötzlich gestorben ist. Nun ist er wegen der Beerdigung hier."

„Wie heißen denn seine Eltern?", wollte Büttner wissen.

„Keine Ahnung. Also mit Nachnamen heißen sie Mettler. Die Vornamen weiß ich nicht. Er spricht nicht viel über sie. Müssen ziemlich ätzend sein."

„Dann ist er jetzt nicht bei ihnen?"

Jette lachte unfroh auf. „Bei denen? Bestimmt nicht. Er ist bei einem Kumpel, der hier in Emden eine Wohnung hat. Seine Eltern leben in Münster. Er findet es schon horrormäßig, sie auf der Beerdigung treffen zu müssen. Aber er tut es für seine Oma. Genau wie sein Bruder."

„Der versteht sich auch nicht mit den Eltern?"

„Yepp."

„Reizende Familie." Büttner erinnerte sich an die stets verkniffen dreinblickende Frau, die bei ihm im Büro gesessen hatte, und natürlich an deren überheblichen Bruder. Mit solchen Leuten würde er auch nichts zu tun haben wollen. Vielleicht war dieser Christopher ja doch ein ganz vernünftiger Junge.

„Kann es sein, dass Christophers Mutter Ursula heißt?", fragte Hasenkrug. „Und hat sie vielleicht einen Bruder mit Namen Rainer?"

„Ich glaub schon", nickte Jette und ging dann gleich zu einer Gegenfrage über: „Und warum glaubt ihr, dass Christophers Oma ermordet wurde?"

„Glauben wir ja gar nicht", knurrte Büttner.

„Weil es Hinweise gibt", sagte im selben Moment Sophie Reimers und erntete dafür einen tadelnden Blick ihres älteren Kollegen.

„Was für Hinweise?", hakte Jette nach. Als Sophie Reimers abwinkte, fügte sie hinzu: „Christopher kann sich nämlich auch gut vorstellen, dass man sie umgebracht hat." Sie zögerte kurz. „Vielmehr kann er sich vorstellen, dass ihre eigene Verwandtschaft sie umgebracht hat."

Auf diese Eröffnung hin herrschte für ein paar Augenblicke erstauntes Schweigen am Tisch. Hasenkrug fing sich als erster und fragte: „Nun würde mich aber mal interessieren, womit Christopher diese Annahme begründet. Ich meine, es sind ja immerhin seine Eltern, die er da verdächtigt ... ähm ... Er meint doch seine Eltern?"

„Weiß nicht. Er sagte nur: *Ich hab echt die mieseste Familie, die es gibt. Schrecken sogar vor einem Mord innerhalb der*

Verwandtschaft nicht zurück." Jette zuckte die Schultern. „Ich glaube, er hat sie einfach alle gemeint. Außer seine Oma natürlich."

„Hatte er denn Kontakt zu seiner Oma?" Nun war auch Büttner hellhörig geworden. Zwar hatte er diesen Fall gedanklich schon ad acta gelegt, Jettes Worte aber weckten seine Aufmerksamkeit. Natürlich war es gut möglich, dass dieser Christopher nur ein Ventil für seine Trauer brauchte, da er nicht verstehen konnte, warum seine Großmutter so plötzlich hatte sterben müssen. In diesem Fall einfach seine Familie des Mordes zu bezichtigen, war dennoch kein unerheblicher Schritt. Es war kaum anzunehmen, dass dem jungen Mann solch ein weitreichender Verdacht grundlos über die Lippen kam.

„Christopher ist oft nach Emden gefahren, um seine Oma zu treffen", antwortete Jette, „weil sie sonst ja keinen Besuch bekam. Er hasst seine Eltern dafür, dass sie sie so im Stich ließen. Und noch wegen tausend anderer Sachen. Wer solche Eltern hat, braucht echt keine Feinde mehr."

„Was heißt, er hat seine Oma oft getroffen?", hakte Hasenkrug nach. „Wie oft genau?"

Jette überlegte kurz. „Zwei-, dreimal im Monat vielleicht. Ist ja nicht so weit von Bremen."

„Hat er sie im Seniorenheim besucht?", fragte Sophie Reimers über den Rand ihrer Tasse hinweg.

„Nein. Seine Oma hat ihn immer zum Essen oder auf ein Eis hier in Emden eingeladen. Sie hatte keinen Bock auf Besuch im Heim. Da rieche es so nach Tod, hat sie wohl immer gesagt." Nach einer kurzen Pause fragte sie: „Und die Obduktion hat wirklich nichts ergeben? Christopher konnte es gar nicht glauben. Jetzt kriegen sie sie am Arsch, hat er immer wieder gesagt. Aber daraus wird ja nun wohl nichts, oder?"

„Und er hat nicht gesagt, wen genau er damit meint?", fragte Hasenkrug anstatt einer Antwort.

„Nein. Aber ich kann ihn noch mal fragen, wenn ihr möchtet."

„Am besten kommt er mal zu uns ins Kommissariat und macht eine Aussage", meinte Büttner zum Erstaunen seiner Kollegen. Als diese ihn mit hochgezogenen Brauen ansahen, fügte er hinzu: „Auch wenn ein Fall zunächst nicht wie ein Fall aussieht, sollte man für Hinweise auf eine Straftat immer offen bleiben."

„Hört, hört", sagten sein Assistent und Sophie Reimers wie aus einem Munde und blinzelten sich daraufhin sichtlich zufrieden zu.

„Ich glaube, wir sollten …", begann Büttner mit einer Erwiderung, wurde jedoch vom Smartphone seiner Kollegin unterbrochen, das mit einem hellen Glockengeläut einen Anruf ankündigte.

„Sorry", murmelte Sophie Reimers und nestelte ihr Smartphone aus der Tasche. Im Laufe des Gesprächs wurde die Falte, die sich in ihre Stirn grub, immer tiefer.

Nachdem sie aufgelegt hatte, sah sie ihre beiden Kollegen mit gekräuselten Lippen an, schien noch einen kurzen Moment nachzudenken und sagte dann: „Mir scheint, wir haben eine Leiche."

10

„Keine Ahnung, was hier genau passiert ist", sagte der Brückenwärter und kratzte sich unter seiner Schiffermütze am Kopf. „Ich dacht nur, dass es 'n büschen komisch ist, wenn da plötzlich jemand aus 'm Kofferraum rausspringt und die Treppe an der Böschung runterfällt. Hat man hier nicht alle Tage, wissense."

„Tatsächlich, ist das so", brummte Büttner, der sich noch immer fragte, was er hier zu suchen hatte. Als sie an der Jann-Berghaus-Brücke eingetroffen waren, hatten sie vieles vorgefunden, nur keine Leiche. Dafür aber hatte seine Kollegin Sophie Reimers inzwischen den ganzen Polizeiapparat mobilisiert, den man gemeinhin bei einem Mordfall beanspruchte. So langsam zweifelte er wirklich daran, dass sie die Angelegenheit Waltraud Habers aus der objektiven Sicht einer Ermittlerin betrachtete.

„Jo", hörte er den Brückenwärter nun zu Hasenkrug sagen, der sich eifrig Notizen machte. „War gestern kurz vor Ende der Sonderschicht. Musste 'n Schiff ausnahmsweise durch die Brücke durch. War gerade ablaufend Wasser, wissense. Jo. Es muss wohl so gegen halb drei gewesen sein, dass der BMW hier auf die Brücke fuhr und dann einfach stehenblieb. Ich wollt schon runter, weil die

Fahrer von dem BMW mit 'nem Motorradfahrer in Streit gerieten. Hat man hier nicht alle Tage, wissense."

„Na, dann hatten Sie ja gestern Nacht ordentlich was zu gucken", erwiderte Büttner mit nicht zu überhörendem Sarkasmus in der Stimme. Er sah zu dem rotgeklinkerten Turm mit dem in der Sonne glänzenden, grünen Dach hinüber, der als Brückenwärterhäuschen fungierte. „Und Sie sind sich sicher, dass Sie auf die Distanz und noch dazu mitten in der Nacht gesehen haben, wie jemand die Treppe hinunterlief?", fragte er.

„Gefallen", hob der Brückenwärter belehrend den Zeigefinger. „Er ist die Böschung am Deich runtergefallen. Aber bestimmt nicht freiwillig, denke ich mal."

„Aber Sie sind sich sicher, dass Sie es gesehen haben."

„Jo. Sonst hätte ich es ja nicht gesacht."

„Und dieser Mann war zuvor in einem Kofferraum eingesperrt."

„Jo. Denk mal nicht, dass der freiwillig da eingestiegen ist."

Büttner nickte abwesend. Er fragte sich, was die Männer, die mit ihrem Fahrzeug angeblich mitten auf der Brücke gehalten hatten und dann ausgestiegen und zum Geländer gegangen waren, vorgehabt hatten. Noch dazu mit einem Mann im Kofferraum. Eigentlich konnte es darauf nur eine Antwort geben: Sie wollten den Mann über das Brückengeländer in die Ems schmeißen – nicht ahnend, dass an der Klappbrücke in dieser Nacht eine Sonderschicht gefahren wurde.

„Bleibt immer noch die Frage, warum Sie die Polizei erst heute Mittag gerufen haben und nicht gleich nach dem

115

Vorfall", meinte Hasenkrug mit einem Blick auf seine Armbanduhr. „Immerhin sind inzwischen mehr als zwölf Stunden vergangen."

„Jo." Wieder kratzte sich der Brückenwärter verlegen am Kopf. „Das war ja nun so. Also, das Auto war ja nun wech und der Kerl an der Böschung auch. Ich hab da unten ja noch extra nach ihm geguckt und hab ihn auch gerufen, aber der war wech. Und da dachte ich, dass die Polizei im Dunkeln ja sowieso nix sieht. Ist doch auch doof, hab ich gedacht, wenn so'n Beamter mitten in der Nacht aus seinem Bett raus muss und dann gar nix sieht. Da kann man dann doch besser warten, bis es wieder hell ist, hab ich gedacht."

„Polizisten haben auch Nachtschichten", klärte Büttner ihn auf. „Die steigen nicht extra aus dem Bett, wenn es einen Notfall gibt."

„Nee. Aber war ja auch kein Notfall. Dachte, ich melde es mal, wenn ich wieder im Dienst bin. Weil ich dann ja auch hier bin und Ihnen die Fragen beantworten kann."

„Aha. Ihre Logik hat durchaus Charme", brummte Büttner. „Aber beim nächsten Mal sagen Sie bitte gleich bei der Polizei Bescheid, wenn Sie etwas so Auffälliges beobachten."

„Jo. Wird gemacht. Kommt ja auch nicht so häufig vor, sowas. Da weiß man dann ja gar nicht so recht …"

„Schon gut", winkte Büttner ab und wandte sich an seinen Assistenten: „Hasenkrug, machen Sie bitte hier weiter, ich gehe mal zur Kollegin Reimers rüber und frage sie, was das Ganze hier überhaupt soll und vor allem, was wir als Mordkommission damit zu tun haben."

Büttner lief von der Mitte der Brücke am Geländer entlang zur Böschung, an der angeblich ein aus einem Kofferraum geflüchteter Mann hinuntergefallen war. Zwischenzeitlich war auch die Spurensicherung eingetroffen und überprüfte, inwieweit die Angaben des Brückenwärters gegebenenfalls mit der Realität übereinstimmten.

Als die Sonne hinter einer der wenig vorhandenen Wolken hervorbrach, blieb Büttner kurz stehen und schaute über die Ems in Richtung Norden. Die Aussicht von der Brücke war fantastisch. Die Sichtverhältnisse waren extrem gut. Aus Richtung Emden näherte sich ein Ausflugsschiff, dessen Passagiere es sich auf dem Sonnendeck gemütlich gemacht hatten und die schöne Aussicht genossen.

Die flache Landschaft mit seinen saftig grünen Wiesen, den roten Klinkerhäuschen und dem sich in den Wasserflächen spiegelnden, blauen Himmel, an dem Scharen von Vögeln ihre Kreise zogen, ergab in ihrer Gesamtheit ein so harmonisches Bild, dass man unweigerlich den Eindruck gewann, hier müsse die Welt noch in Ordnung sein.

Zu gerne hätte er sich an diesem herrlichen Tag der Illusion hingegeben, auf der Insel der Glückseligen zu leben.

Doch Büttner wusste es besser: Ostfriesland war ein mörderisches Pflaster. Keiner wusste das besser als er selbst.

„Schon irgendwelche Erkenntnisse?", fragte er, als Sophie Reimers nun auf ihn zugelaufen kam.

Sie deutete über das Geländer auf die Menschen in weißen Schutzanzügen hinab, die dabei waren, Spuren zu sichern. „Sie sind sich ziemlich sicher, dass hier jemand den Emsdeich runtergerollt ist. Ob freiwillig oder unfreiwillig können sie natürlich nicht sagen. Aber es gibt diverse Faserspuren."

„Eine Leiche dazu gibt es aber nicht."

„Wie bitte?"

Büttner räusperte sich. „Wissen Sie, Frau Kollegin, ich frage mich schon die ganze Zeit, warum Sie mit uns hierher gefahren sind. Mal abgesehen davon, dass der Landkreis Leer rein geografisch gesehen gar nicht unser Zuständigkeitsbereich ist, sehe ich auch nicht den kleinsten Anhaltspunkt dafür, dass hier ein Mord geschehen ist."

Hatte er erwartet, dass Sophie Reimers jetzt nach einer Ausrede suchen würde, so sah er sich getäuscht. „Weil ich vermute, dass es sich bei demjenigen welchen um Daniel handelt", sagte sie stattdessen ohne zu zögern.

„Und wer ist Daniel?"

„Daniel Kieglitz. Der Pfleger aus dem Seniorenheim."

„Der Pfleger aus … ach, der, der seinerzeit mit Hasenkrug kollidiert ist?", ging Büttner plötzlich ein Licht auf.

„Ganz genau."

„Und woraus schließen Sie, dass er es gewesen sein könnte?"

„Er ist verschwunden. Er hätte heute Morgen Dienst gehabt, ist jedoch nicht erschienen. Zu erreichen ist er auch nicht."

„Deswegen muss er ja nicht gleich tot in der Ems schwimmen."

„Aber es wäre möglich. Ich zumindest habe gleich auf einen Zusammenhang mit seinem Verschwinden geschlossen, nachdem sich der Brückenwärter bei den Kollegen gemeldet hatte. Die Vermisstenmeldung ging fast zeitgleich ein, wie man mir auf der Fahrt hierher sagte."

„Und dann haben Sie etwas voreilig einen Zusammenhang zwischen dem Mann im Kofferraum und dem Vermissten hergestellt", schlussfolgerte Büttner. „Allerdings konnten Sie vom Verschwinden des Pflegers ja noch gar nicht wissen, als sie im Stadtgarten sagten, hier gebe es eine Leiche."

„Es war so ein Gefühl."

„Es war in erster Linie vorschnell."

Sophie Reimers verschränkte die Arme vor dem Körper und setzte ein Lächeln auf, das man, wie Büttner dachte, gemeinhin einem geistig Minderbemittelten schenkte. Doch noch bevor sie etwas sagen konnte, gesellte sich ein Mitarbeiter der Spurensicherung zu ihnen und hielt ihnen schweigend eine in einem Plastikbeutel verstaute Chipkarte unter die Nase.

„Nett, dass Sie annehmen, wir würden uns auch ohne Worte verstehen, Herr Kollege", ätzte Büttner, „aber wenn Sie uns vielleicht trotzdem ein klein wenig auf die Sprünge helfen könnten, wäre ich Ihnen sehr verbunden."

„Es ist die Zugangskarte zu einem Seniorenheim in Hinte", erläuterte der Mann in belehrendem Tonfall. „Ich nehme an, dass die Karte dem Opfer aus der Tasche gefallen ist. Sie lag unmittelbar über dem derzeitigen Hochwasserpegel. Etwas tiefer, und sie wäre weggespült worden."

„Ist sie aber nicht", entgegnete Büttner trocken.

„Nee. Isse nicht", nickte der Mann.

„Und außerdem haben wir noch kein Opfer", blieb der Hauptkommissar stur.

„Na, wenn dieses kleine Kärtchen mal nicht die Bestätigung meiner Theorie ist", freute sich hingegen Sophie

Reimers und sah ihren Kollegen mit einem, wie dieser fand, etwas zu selbstgefälligen Lächeln an.

„Ist es die Karte von Daniel Kiebitz?", fragte Büttner.

„Kieglitz. Er heißt Kieglitz", korrigierte ihn Sophie Reimers.

„Es steht leider kein Name drauf."

„Womit Ihre Theorie schon wieder ins Wanken gerät, Frau Kollegin", bemerkte Büttner. „Außerdem ist diese Karte, selbst wenn sie Daniel Kieb… ähm … Kieg… also dem Pfleger gehören sollte, noch lange kein Indiz dafür, dass es sich bei seinem Verschwinden um einen Mordfall handelt. Womit sich wiederum die Frage stellt, warum ich nicht längst zu Hause bin und das herrlich zubereitete Mittagessen meiner Frau genieße."

„Gibt es Anhaltspunkte dafür, dass der Mann ins Wasser der Ems gestürzt ist?", wollte Sophie Reimers wissen, ohne auf Büttners Gejammer zu achten.

„Nein. Was aber nicht heißt, dass es nicht so gewesen sein könnte. Aber selbst wenn es so war, dann ist er vermutlich längst draußen in der Nordsee."

„Warum?", fragte Büttner.

„Die Strömung. Um die Zeit, als der Brückenwärter ihn hier gesehen haben will, war ablaufend Wasser. Die Chancen, sich daraus selbst zu befreien, gehen gegen Null. Mit viel Glück wurde er in der Nähe am Ufer angespült und konnte sich irgendwo festhalten. Wahrscheinlicher aber wäre es, dass er vom Wasser mitgerissen wurde und nun irgendwo in der Nordsee den toten Mann gibt."

„Gibt es Hinweise darauf, dass er den Deich womöglich wieder hochgeklettert ist?", fragte Sophie Reimers.

„Nein."

„Und wo ist er dann?" Büttner warf einen Blick übers Geländer, als könnte er Daniel unten irgendwo entdecken.

Der Mann von der Spurensicherung zuckte die Schultern. „Ich sach mal so, ich sach mal nix. Der kann überall und nirgends sein. Bei dieser Trockenheit findet man sowieso nicht viele Spuren. Das dürre Gras ist abgeknickt. Ob es was mit dem Vermissten zu tun hat, kann ich allerdings nicht sagen. Vielleicht ist er den Deich hochgekraxelt, vielleicht auch nicht. Wer kann das schon wissen."

„Na, dann dürfte es ja nicht allzu schwierig sein, ihn zu finden", brummte Büttner sarkastisch und zog eine Grimasse. Dann bedeutete er dem herannahenden Hasenkrug, mit ihm zum Auto zu gehen. Er nickte seiner Kollegin kurz zu und sagte: „Wenn Sie die Leiche von Daniel Kiebitz oder wem auch immer gefunden haben, geben Sie uns bitte Bescheid. Bis es soweit ist, würde ich mich jedoch gerne um die Aufgaben kümmern, für die ich bezahlt werde. Das hier", er machte eine ausladende Bewegung mit dem rechten Arm, „gehört definitiv nicht dazu."

11

„Die arme Hannelore. Sie hat so lange gekämpft und nun das." Jurine Tamminga spürte, wie sich ihre Augen mit Tränen füllten. Sie hatte so sehr gehofft, dass wenigstens ihre zweitbeste Freundin sich wieder erholen würde, nachdem Waltraud sie doch schon so unvermittelt verlassen hatte. Wie konnte das Schicksal nur so grausam sein und ihr beide Freundinnen auf einmal nehmen? Und das nach einem solch fantastischen Tag.

Gerade erst waren die Senioren gut gelaunt von ihrem Ausflug mit der MS Aurich zurückgekehrt, als Dr. Roelfes sie mit der Nachricht empfing, dass ihre Gefährtin Hannelore Wirtjes zwei Stunden zuvor im Krankenhaus verstorben sei. Wie um sich zu rechtfertigen, hatte der Doktor erklärt, er habe sich am Vormittag im Krankenhaus von den behandelnden Ärzten bestätigen lassen, dass sie nach wie vor zwar nicht außer Lebensgefahr, ihr Zustand aber dennoch stabil sei. Wieder zurück im Seniorenheim habe ihn der Anruf aus dem Emder Krankenhaus erreicht, in dem ihm mitgeteilt wurde, dass das Herz der alten Dame wohl doch zu schwach gewesen sei, um sich von dem schweren Infarkt zu erholen.

Als wäre der Tod Hannelores noch nicht genug, hatten sie zudem erfahren müssen, dass auch von Daniel nach wie vor jede Spur fehlte. Niemand hatte etwas von ihm gehört, niemand hatte ihn gesehen.

Jurine musste sich alle Mühe geben, den Doc nicht kritisch oder gar feindselig zu mustern, als dieser zuerst von Hannelore, dann von Daniel sprach. Auch sie war inzwischen der Überzeugung, dass alles, was hier passierte, kein Zufall sein konnte. Auf dem Schiff hatte sie sich darüber erneut mit Swantje verständigt. Sie hatten beschlossen, sich von dem Verschwinden Daniels nicht einschüchtern zu lassen, sondern den seltsamen Ereignissen gemeinsam auf den Grund zu gehen.

Nur hatten sie keine Ahnung, wie sie dies anfangen sollten.

Mit einem tiefen Seufzer schloss sie die Tür zu ihrem Zimmer auf. Doch gerade, als sie sie wieder hinter sich zuziehen wollte, schob sich plötzlich ein Fuß dazwischen.

Jurine sah auf und schnappte entsetzt nach Luft, als sie einen jungen, ihr fremden Mann vor sich sah, der sie mit gehetztem Blick ansah. Instinktiv setzte sie zu einem Schrei an, doch da rempelte er sie auch schon unsanft beiseite und schob seinen ganzen Körper ins Zimmer hinein. Nur den Bruchteil einer Sekunde später fiel die Tür nach einem kräftigen Tritt von ihm krachend ins Schloss.

In der Annahme, ihr letztes Stündlein habe geschlagen, nahm Jurine schützend die Hände vors Gesicht und wimmerte wie ein verletztes Tier. Als der Mann zu reden begann, brauchte sie einen längeren Moment, bis sie seinen Worten einen Sinn entnahm. Dann aber lugte sie vorsichtig zwischen ihren Armen hindurch – und sah in ein freundlich lächelndes Gesicht.

„Was wollen Sie von mir?", fragte sie mit bebender Stimme.

„Sind Sie Jurine Tamminga?"

„J-ja."

„Das ist gut." Der junge, dunkelhaarige Mann, der nicht viel älter als zwanzig Jahre alt sein mochte, wirkte erleichtert. Er zog sich einen Stuhl heran und setzte sich. Als er sich gleich darauf mit der Hand über sein Gesicht fuhr, wirkte er plötzlich sehr müde. „Ich möchte mit Ihnen über meine Oma reden", sagte er, und in seine Augen trat ein unendlich trauriger Ausdruck.

„Über Ihre ... Ihre Oma?" Jurine sah ihn verständnislos an. Sie schielte zu dem roten Alarmknopf hinüber, der sich direkt neben der Eingangstür befand. Ob sie schnell genug war, ihn zu erreichen?

„Ja. Waltraud Habers", hörte sie den Mann zu ihrer Überraschung sagen. „Sie erzählte mir mal, Sie seien befreundet."

„Sie sind der Enkel von Waltraud?" Jurine starrte ihn mit offenem Mund an, bevor sie sich mit einem tiefen Seufzer der Erleichterung auf einen Stuhl sinken ließ.

„Sie können mich gerne duzen", erwiderte er mit einem schiefen Grinsen.

„Du bist der Enkel von Waltraud?", wiederholte Jurine nun, ohne sagen zu können, warum.

„Ja. Christopher. Christopher Mettler. Ich weiß nicht, ob Oma jemals von mir erzählt hat."

„Doch." Jurine nickte entschieden. „Ja. Natürlich hat sie das. Du seist ihr Sonnenschein, sagte sie immer. Im Gegensatz zu deinen ... also ..." Sie brach mitten im Satz ab, denn sie hielt es für besser, nicht über seine Verwandten herzuziehen. „Aber warum … also …", sie deutete auf die Tür, „warum hast du das gemacht?"

Auf Christophers Gesicht erschien ein verlegener Ausdruck. „Ach so, entschuldigen Sie bitte. Ich wollte Sie nicht erschrecken, ganz bestimmt nicht. Aber da war dieser Arzt …"

„Dr. Roelfes?"

„Ja. Er wollte mich nicht zu Ihnen lassen."

„Wie bitte?" Jurine glaubte, nicht richtig gehört zu haben. Seit wann hatte der Doc darüber zu entscheiden, wer sie besuchen durfte und wer nicht!?

„Er sagte, es sei schon zu spät. Wegen der Besuchszeit und so."

„Besuchszeit?" Jurine hob erstaunt die Brauen. „Wir haben hier Besuchszeiten?"

„Keine Ahnung. Er meinte jedenfalls, Sie bräuchten Ihre Ruhe."

„So, meinte er das. Hast du ihm denn gesagt, wer du bist?"

„Ja. Er sprach mich gleich an, als ich reinkam. Ich hab gesagt, dass ich der Enkel von Oma, also von Waltraud Habers bin, und dass ich gerne mit Ihnen oder mit Hannelore Wirtjes reden würde. Da guckte er plötzlich ganz komisch und meinte, ich dürfte nicht zu Ihnen."

„Hm." Diese Aussage trug nicht gerade dazu bei, ihr Misstrauen gegenüber dem Doc zu mindern. Ganz im Gegenteil. Jurine fühlte sich plötzlich hellwach. Was war hier los?

„Ich hab dann so getan, als würde ich wieder zu meinem

Auto gehen", redete Christopher weiter, als von ihr nichts kam. „Als ich merkte, dass die Luft rein ist, bin ich wieder ins Haus zurück und habe auf den Briefkästen nach Ihrer Zimmernummer geguckt. Plötzlich aber bog er um die Ecke, also der Doktor. Ich weiß nicht, ob er mich gesehen hat, ich jedenfalls bin wie der Blitz zu Ihrem Zimmer. Deshalb hab ich auch so gedrängelt. Ich wollte nicht, dass er mich sieht und womöglich wieder rausschmeißt."

Was Jurine hier hörte, gefiel ihr nicht. Es gefiel ihr ganz und gar nicht. Die Stirn in grüblerische Falten geworfen stand sie auf, nahm eine Schüssel mit Schokoladenkugeln von ihrem Sekretär und stellte sie vor Christopher ab. „Nimm dir, wenn du magst."

„Danke. Gerne." Christopher schob sich eine der Schokokugeln in den Mund. „Mmmmh, lecker", lächelte er.

„Hab ich von meinen Kindern zu Ostern bekommen. Also vor Ostern. Sie sind über die Feiertage nach Mallorca geflogen."

Christophers Stirn umwölkte sich. „Besuchen Ihre Kinder Sie oft?", wollte er wissen.

„Ja. Meine Tochter und ihre Familie", strahlte Jurine. „Sie wollten mich sogar mit nach Mallorca nehmen, aber da hab ich gestreikt. Das ist nichts mehr für mich und meine alten Knochen. Ich wollte lieber hierbleiben und mit Waltraud …" Sie verstummte, als ihr bewusst wurde, was sie da gerade sagen wollte. Ja, sie hatte mit Waltraud und Hannelore zum Eiertrüllen gehen wollen. Aber dann …

„Oma hat mir erzählt, dass Sie am Ostersonntag immer zusammen zum Eiertrüllen gehen", sprach stattdessen Christopher ihre Worte aus. „Noch am Samstag hatte ich mit ihr telefoniert, sie hat sich so darauf gefreut." Er machte eine fahrige Geste, als er bemerkte, dass seine Stimme zu kippen drohte. Er schien nun Mühe zu haben, seine aufsteigenden Tränen zu unterdrücken.

Jurine gab vor, zur Toilette zu müssen, um ihm Zeit zu geben, sich wieder zu fangen. Für junge Männer gab es schließlich nichts Peinlicheres, als vor einer Frau in Tränen auszubrechen. Noch dazu vor einer, die sie gar nicht kannten.

Allerdings brauchte auch sie etwas Zeit, sich zu sammeln, denn ihr war bei Christophers Worten ebenfalls ganz anders geworden. Und sie hatte nicht vor, vor Waltrauds Enkel die Heulsuse zu geben. So viel Contenance musste sein.

Sie gab ihm und sich selbst fünf Minuten, dann kehrte sie ins Zimmer zurück und setzte sich wieder ihm gegenüber. Obwohl zu befürchten stand, dass sie umgehend erneut in Tränen ausbrechen würde, sagte sie: „Wusstest du, dass Hannelore auch gestorben ist?"

Christopher, der gerade an einem Stück Schokolade lutschte, gab ein gurgelndes Geräusch von sich und krächzte dann: „Was?"

„Hannelore Wirtjes. Sie hatte am Sonntag einen schlimmen Herzanfall. Sie hat es nicht geschafft. Vor wenigen Stunden ist sie gestorben."

Christopher sprang auf und lief zum Waschbecken, um sich ein Glas mit Wasser zu füllen. Er leerte es in einem Zug und sagte dann aufs leere Glas deutend: „Sorry. Ich durfte doch?"

„Sicher. So viel du willst", zuckte Jurine die Schultern.

„Und es ist sicher, dass Hannelore an einem Herzanfall gestorben ist?", fragte Christopher nachdenklich, nachdem er sich wieder gesetzt hatte.

„Warum fragst du?" Jurines Augen verengten sich zu schmalen Schlitzen. Sie spürte, dass ihre Handflächen vor Aufregung feucht wurden, und wischte sie mit hastigen Bewegungen an ihrem Rock ab. „Die Umstände ihres Todes sind tatsächlich ein wenig ... ähm ... mysteriös."

Christopher rutschte nervös auf seinem Stuhl hin und her und schien nicht zu wissen, wohin mit seinen Händen. „Ich glaube ja nicht, dass Oma irgendwie ... na ja ... verschroben war, oder?", sagte er dann.

„Waltraud? Verschroben? Wohl kaum", schüttelte Jurine den Kopf. „Wenn eine noch ganz klar im Kopf war, dann sie."

Christopher nickte, erwiderte jedoch zunächst nichts darauf. Stattdessen griff er noch einmal in die Schale mit Schokolade. „Oma", fing er dann nach längerem Schweigen zu reden an, „Oma sagte mir mal, ich solle genau hingucken, wenn sie stirbt. Sie meinte, die Leute hier im Heim sterben alle ganz plötzlich. Einfach so. Obwohl sie überhaupt nicht krank waren. Sie hatte Angst, dass auch sie eines Tages so enden würde." Er biss sich auf die Lippen, bevor er kaum hörbar hinzufügte: „Und das ist sie nun ja auch."

„Waltraud hat gesagt, du sollst genau hingucken?" Jurine wunderte sich, dass ihre Freundin offensichtlich mit ihrem Enkel über die plötzlichen Todesfälle gesprochen hatte. Ihr gegenüber hatte sie hingegen nie ein Wort darüber verloren. Ob sie sie nicht beunruhigen wollte?

Jurine schalt sich innerlich einen Hornochsen. Natür-

128

lich hatte Waltraud sie nicht beunruhigen wollen. Genauso wie sie, Jurine, ihrer Freundin gegenüber nie auch nur mit einem Wort erwähnt hatte, dass ihr hier so mancher Todesfall komisch vorkam. Vermutlich hatte Waltraud, ebenso wie sie selbst, Angst davor gehabt, als paranoide Spinnerin abgestempelt zu werden, wenn sie etwas Diesbezügliches äußerte.

Und nun hatte es Waltraud selbst erwischt. Und Hannelore womöglich auch. Wer wusste das schon?

Erneut hob Jurine zum Sprechen an, doch klopfte es in diesem Moment hart gegen die Tür, die noch vor ihrem *Herein!* aufflog. „Issich Zeit für Abbendessen", bemerkte Agata schroff, kaum dass sie im Zimmer stand. „Alle anderen schon im Speisesaal. Sie auch kommen soffort."

„Ich habe Besuch, das sehen Sie doch", antwortete Jurine nicht weniger schnippisch und deutete auf Christopher, der Agata mit unergründlichem Gesichtsausdruck musterte und dabei auf einem Stück Schokolade lutschte.

„Besuch so spätt nicht erlaubt", bemerkte Agata, wirkte nun jedoch aus irgendeinem Grund verunsichert.

„Papperlapapp", entgegnete Jurine und spürte Wut in sich aufsteigen. „Seit wann gibt es hier denn so was? Wer schickt Sie überhaupt? Doch nicht etwa Dr. Roelfes?"

Zu Jurines Verwunderung lief Agatas Gesicht nun puterrot an, und mit einem gestammelten *Ich müssen widder an Abbeit* verschwand sie zum Zimmer hinaus. Bevor sie jedoch die Tür zuzog, warf sie hochmütig den Kopf in den Nacken und sagte noch einmal spitz: „Besuch so spätt nicht erlaubt. Ich saggen Doktor Bescheid."

„Darf ich raten", zwinkerte Christopher verschmitzt,

„das war Agata. Oma hat sich immer totgelacht, wenn sie von ihr erzählt hat."

„Ja", nickte Jurine, „die kann man wirklich nur mit Humor nehmen." Sie zögerte kurz, bevor sie hinzufügte: „Gleich wird vermutlich Dr. Roelfes in der Tür stehen. Du solltest jetzt vielleicht besser gehen."

„Ich lass mich doch von so einem ...", fuhr Christopher auf, Jurine jedoch unterbrach ihn mit einer beschwichtigenden Geste. „Wir sprechen ein anderes Mal. Am besten an einem anderen Ort. Morgen vielleicht?"

„Morgen Vormittag bin ich bei der Polizei", antwortete Christopher.

„Bei der Polizei?" Jurine bekam große Augen. „Was willst du denn bei denen?"

Christopher zuckte die Schultern. „Der Vater meiner Freundin ist bei der Mordkommission, und sie meinte, dass ..."

„Dieser Hauptkommissar Büttner?", unterbrach Jurine ihn.

„Ja. Genau. Jette, also seine Tochter, hat ihm gegenüber wohl angedeutet, dass ich nicht an einen natürlichen Tod meiner Oma glaube."

„Und nun wollen sie doch ermitteln?"

„Weiß nicht. Er wollte zumindest mal hören, was ich zu sagen habe, sagt Jette."

„Und was hast du zu sagen?" Jurine konnte ihre Neugierde nicht verbergen.

„Ich denke, das wollten wir an einem anderen Ort besprechen", zwinkerte Christopher.

„Stimmt." Unwillkürlich sah Jurine zur Tür hinüber, als

erwarte sie, dass diese jeden Moment aufflog. „Nur eines wüsste ich gerne, sonst kann ich die ganze Nacht nicht schlafen: Wen genau hast du in Verdacht, Waltraud und die anderen getötet zu haben?"

„Es waren meine Eltern", antwortete er ohne zu zögern.

„Deine Eltern?" Jurine spürte ihr Herz rasen. „Deine Eltern sollen ... Sie haben hier alle umgebracht? Aber warum denn das?"

„Nicht alle. Aber meine Oma."

Jurine brauchte einige Augenblicke, um diesen ungeheuerlichen Verdacht zu verarbeiten. Dann plötzlich, wie aus dem Nichts, ging ihr ein Licht auf. „Deine Mutter heißt nicht zufällig Ursula?", fragte sie lauernd.

„Sie kennen sie?"

„Ich traf sie auf dem Friedhof, an der Kapelle. Sie schien ziemlich niedergeschlagen."

„Alles Show", behauptete Christopher und machte eine abfällige Handbewegung. „Jetzt macht sie einen auf Trauer, dabei ist sie einfach nur froh, dass Oma tot ist."

„Das sind harte Anschuldigungen", stellte Jurine fest, auch wenn sie seine Bemerkung nicht abwegig fand. Schließlich hatte auch Waltraud immer behauptet, ihre Kinder würden sie am liebsten tot sehen. Aber würden sie deshalb einen Mord begehen?

Gerade wollte sie noch etwas sagen, als nach einem kaum hörbaren Klopfen die Tür aufgerissen wurde.

„Ich habe Ihnen doch gesagt, dass um diese Zeit keine Besuche mehr erlaubt sind", sagte Dr. Roelfes, kaum dass er, gefolgt von einer triumphierend dreinblickenden Agata, das Zimmer betreten hatte. „Darum muss ich Sie bitten, das Heim jetzt unverzüglich zu verlassen." Er sprach mit gewohnt ruhiger Stimme, lediglich ein Zucken um seine Augen herum ließ auf eine gewisse Anspannung schließen.

„Diese Regelung ist mir nicht bekannt", erwiderte Jurine säuerlich.

„Sie gilt seit heute", erwiderte der Arzt in einem Ton, der keinen Widerspruch duldete.

„Dafür wüsste ich gerne den Grund", gab Jurine nicht nach.

„Morgen nach dem Frühstück haben wir eine Bewohnerversammlung. Da werden alle über die neuen Regeln informiert."

„Ich wüsste den Grund aber gerne jetzt sofort, da ich nun mal gerade Besuch habe. Ich …" Noch bevor sie den Satz beendet hatte, spürte Jurine eine Hand auf ihrer Schulter.

„Lassen Sie's gut sein, Frau Tamminga", sagte Christopher. „Ich geh dann mal. Danke für die Schokolade und einen schönen Abend noch!"

Jurine seufzte und hob grüßend die Hand.

„Cheute kein Abbendessen mehr. Anweisung vom Doktor. Am besten gleich gehen ins Bett", verkündete Agata, als Christopher dicht gefolgt von dem Arzt das Zimmer verlassen hatte. Sie hob demonstrativ ein kleines Plastikdöschen in die Luft. „Ich chabe Tabletten schon mitgebracht. Damit gutt schlafen."

Jurine nickte nur. Nach diesem anstrengenden Tag war sie todmüde.

Die Tabletten, die Agata ihr nun auf den Nachttisch stellte, würde sie trotzdem nicht nehmen. „Sicher ist sicher", murmelte Jurine.

12

Nachdem sie die beiden schweren Fahrradtaschen vom Gepäckträger genommen hatte, schmiss Swantje ihr klappriges Fahrrad beiseite, woraufhin dieses in einem der verwilderten Brombeerbüsche landete. Schlecht gelaunt suchte sie in einer der Taschen nach einer Tafel Schokolade, die sie sich in Emden an einem Kiosk gekauft hatte. Sie brauchte dringend Nervennahrung.

Dieser Tag hätte so schön werden können. Schon lange hatten sie sich alle auf die Bootsfahrt gefreut. Doch lag nach dem Tod von Waltraud Habers, dem schlechten Zustand Hannelore Wirtjes' und dem Verschwinden von Daniel von Anfang an ein dunkler Schatten auf diesem Ausflug. Und nun gab es eine Tote mehr, von der man nicht wusste, warum sie hatte sterben müssen.

Und Daniel war immer noch weg.

Mit jeder Minute, in der von ihm kein Lebenszeichen kam, hatte Swantjes Verzweiflung zugenommen. Gleich am Morgen, als Daniel nicht zum Dienst erschien, hatte sie gewusst, dass etwas Schlimmes passiert war. Und das alles nur wegen ihr. Denn wäre sie wie geplant bei ihm gewesen, wäre es gewiss anders gekommen. Shit! Wie sie diese verdammte Nacht verfluchte! Und alles nur, weil ihr blöder Zug kurz vor Emden im freien Feld liegengeblieben war! Sie hatte dann bei einer Freundin übernachtet, weil sie nach den Strapazen keine Lust mehr verspürt hatte, den langen Weg in ihre Einöde zurückzufahren.

Während des Ausflugs war sie dennoch bemüht gewesen, den alten Menschen, die diese Abwechslung von ihrem tristen Alltag so sehr genossen, nicht mit ihrer unterirdisch schlechten Stimmung die Laune zu verderben.

Nur gegenüber Jurine Tamminga war sie etwas offener und hatte mit ihr zusammen versucht, einen Plan zu schmieden, wie sie Dr. Roelfes endlich des vielfachen Mordes überführen konnten; doch war dabei nichts herausgekommen als heiße Luft. Ganz offensichtlich waren sie beide nicht zum Privatdetektiv geboren.

Ein paarmal war Swantje drauf und dran gewesen, der alten Frau von ihrem Vorhaben, die Daten des Arztes zu stehlen, zu berichten. Auch hätte sie ihr gerne ihren Verdacht mitgeteilt, dass Daniel vermutlich dessen Opfer geworden war. Aber ihre innere Stimme hatte sie davor gewarnt, allzu viel preiszugeben. Je weniger Leute von diesem Plan wussten, desto besser. Schließlich war es in diesem Seniorenheim schon lange nicht mehr klar, wem man vertrauen konnte und wem nicht.

Mit einem Blick zum wolkenlosen Himmel pustete Swantje sich eine Haarsträhne aus der Stirn. Sie war vom Radfahren völlig verschwitzt. Eigentlich machte ihr der Weg bis nach Hinte und zurück schon lange nichts mehr aus, sie hatte sich daran gewöhnt. Außerdem tat ihr die regelmäßige sportliche Betätigung ganz gut. Nur an Tagen wie diesen wünschte sie sich manchmal, ein Auto ihr eigen nennen zu können. Doch war das bei ihrem mickrigen Gehalt nicht drin.

Swantje sah sich auf dem völlig verwahrlosten Hof um, den sie seit fast zwei Jahren ihr Zuhause nannte. Auf den ersten Blick musste ein Besucher annehmen, dass man in dem baufällig wirkenden, nicht eben großen Wohngebäude unmöglich hausen konnte, ohne sich in Lebensgefahr zu begeben. Doch das täuschte, denn wenn die Außenmauern auch akute Einsturzgefahr suggerierten, so hatten sie und ihre Mitbewohner sein Innenleben doch liebevoll restauriert. Natürlich war es keine Luxusvilla, aber für ihre Zwecke reichte es vollkommen aus.

Und die beiden von dornigem Gestrüpp überwucherten ehemaligen Stallgebäude, die im Spiel von Licht und Schatten beinahe wie ein verwunschener Landsitz Dornröschens daherkamen? Swantje gluckste immer belustigt, wenn sie daran dachte, wie viele zufällig vorbeikommende Ausflügler schon verächtlich die Nase gerümpft hatten, wenn sie feststellten, dass hier tatsächlich jemand wohnte. Sie hatten ja keine Ahnung, was sich hinter den auf den unbedarften Betrachter bedrohlich wirkenden Mauern aus rotem Klinker verbarg. Und das war auch gut so.

Nach dem Genuss der Schokolade, die sie komplett aufgefuttert hatte, ging es mit Swantjes Stimmung ein wenig bergauf. Sie liebte Schokolade über alles, und wenn es ihr, so wie heute, mal so richtig schlecht ging, war sie so ziemlich das einzige Mittel, das sie aufzumuntern vermochte. Bis auf ihren Hund natürlich.

Apropos Hund. Erst jetzt ging Swantje auf, wie ruhig es blieb. Normalerweise kam ihr vier Jahre alter Mischlingsrüde Herr von Müller sofort stürmisch auf sie zugeschossen, wenn sie nach Hause kam.

Besorgt zog sie ihre Stirn in Falten. Es war ihm doch hoffentlich nichts passiert?

Mit einem flauen Gefühl im Magen lief sie durch den mit Kopfstein gepflasterten Innenhof auf das Wohnhaus zu. Als ein Windstoß einen der verfaulten Fensterläden gegen die Hauswand donnern ließ, fuhr sie erschrocken zusammen.

„Herr von Müller?", rief sie, als sie die Haustür öffnete. Sie merkte, dass ihre Stimme alles andere als fest klang. „Herr von Müller, wo bist du denn? Ich bin wieder da und hab dir einen Knochen vom Metzger mitgebracht!"

Da! Endlich! Ein erleichtertes Strahlen ging über ihr Gesicht, als sich ihr geliebter Hund nun mit einem aufgeregten Kläffen aus der Küche bemerkbar machte. War er womöglich abgelenkt gewesen?

Kaum dass sie ihre schweren Taschen abgesetzt und die Küchentür einen Spalt breit geöffnet hatte, spürte sie bereits eine große, tapsige Pfote auf ihrem Bein, und nur den Bruchteil einer Sekunde später stand der zottelig-schwarze Hund mit seinen Vorderpfoten auf ihren Schultern und schleckte ihr voller Hingabe mit der feuchten Zunge durchs Gesicht.

Lachend schob Swantje Herrn von Müller von sich. „Ich muss jetzt erstmal das Zeug ...", setzte sie zum Sprechen an, doch schon im nächsten Moment stockte ihr der Atem. Litt sie etwa unter Halluzinationen?

„Daniel?", hauchte sie kaum hörbar und starrte ihren Kollegen, der auf einem Küchenstuhl vor dem Kamin saß, mit offenem Mund an. „Daniel, was machst du denn hier? Und warum bist du gefesselt und geknebelt?"

„Feind aufgebracht, gefangen genommen und ein-gekerkert!", erklang es in militärisch-zackigem Tonfall vom Küchentisch her und Swantje wirbelte herum.

„Oh nein, Friedrich, was hast du schon wieder gemacht!?", schalt sie einen älteren, völlig zerzaust aussehenden Mann, der nun aufsprang, seine flache Hand zum Gruß an eine nicht vorhandene Mütze führte und dabei die Hacken zusammenschlug. „Kommandant, ich melde: Feind auf-gebracht, gefangen genommen und eingekerkert", wieder-holte er.

„Och, Friedrich", schimpfte Swantje, „wie oft hab ich dir denn schon gesagt, dass der Krieg zu Ende ist! Das da", sie deutete auf Daniel, „das ist Daniel und kein Feind. Ein Kollege, verstehst du?"

Nein, Friedrich verstand nicht, sondern schaute sie nur begriffsstutzig an.

„Ein Kamerad, Friedrich, Daniel ist ein Kamerad! Du musst ihn befreien!"

Ein wenig zeitverzögert spiegelte sich ein gewisses Ver-stehen in den Augen des Mannes wider. Er schaute mehr-mals von Swantje zu Daniel und wieder zurück, dann schlug er erneut die Hacken zusammen und schritt zur Tat.

„Ich bin gekommen, dich zu befreien, Kamerad!", schrie er Daniel immer wieder dröhnend wie Kanonendonner ins Ohr, während er umständlich die Fesseln löste. Zwischen-durch aber hielt er sich einen Finger vor den Mund und sagte: „Pssssssst! Wenn der Feind uns hört, sind wir ver-loren, also psssssssst!"

„Wo hast du den denn her?", fragte Daniel, als er endlich auch von seinem Knebel erlöst worden war und wackelig auf den Beinen stand. Doch noch bevor Swantje antworten konnte, hatte Friedrich ihn unterm Arm gefasst und führte ihn zum Tisch, wobei er es nicht versäumte, immer mal wieder einen Blick über die Schulter zu werfen, wohl in der Erwartung, jeden Moment den Feind durch die nicht vorhandenen Büsche brechen zu sehen.

„Melde gehorsamst, Kamerad aus Feindeshand befreit!", verkündete Friedrich, nachdem er Daniel mit einem nicht eben sanften Stoß in die Rippen bedeutet hatte, auf einem der Stühle Platz zu nehmen. Dann schlug er erneut die Hacken zusammen und ließ sich laut aufstöhnend auf der Küchenbank nieder. Die Befreiungsaktion hatte ihn sichtlich erschöpft. Herr von Müller legte sich zu seinen Füßen.

„Wie lange sitzt du hier schon? Und wie bist du hierhergekommen?", fragte Swantje, die immer noch nicht so recht wusste, ob sie wach war oder träumte. Ihr war gleichzeitig zum Lachen und zum Heulen zumute. Was für ein verrückter Tag!

„Weiß nicht", zuckte Daniel die Schultern. „Irgendjemand hat mich wohl hier abgelegt. Jedenfalls bin ich hier im Haus auf einem Sofa aufgewacht. Ich hatte keine Ahnung, wo ich mich befand, und wollte einfach nur weg. Aber als ich auf den Hof kam, hat der da", er deutete auf Friedrich, „mich mit einer Schrotflinte abgepasst."

„Hä? Wer soll dich denn einfach hier auf dem Sofa abgelegt haben? Und wieso hast du nichts davon bemerkt? Ich verstehe nur Bahnhof, ehrlich." Sie schaute ihn an, als würde sie an seinem Verstand zweifeln.

„Findest du es gut, diesen Irren mit einer Waffe herumlaufen zu lassen? Und wer ist das überhaupt?", stellte Daniel die Gegenfrage, als Friedrich erneut nach seiner Schrotflinte griff und sie liebevoll streichelte.

„Friedrich. Das ist Friedrich", antwortete Swantje und zog ihre vom Kopf abstehenden Zöpfe fest. Tausende Gedanken und Gefühle stürmten gerade unerwartet auf sie ein, und sie wusste nicht so recht, was sie zuerst fragen oder sagen sollte.

„Oh, so genau wollte ich es gar nicht wissen." Daniel zog eine Grimasse.

„So." Swantje schlug entschieden mit den flachen Händen auf den Tisch. „Und jetzt mal der Reihe nach. Erstmal mache ich uns was zu essen. Magst du ein Bier dazu?"

„Lieber ein Wasser. Ich sterbe vor Durst. Bier vielleicht später."

„Okay. Und während ich das Essen zubereite, erzählst du mir, wo du die ganze Zeit gesteckt hast. Wir haben uns Sorgen um dich gemacht."

„Ich mir auch", murmelte Daniel.

„Also, was ist passiert?" Swantje sprang von ihrem Stuhl auf, füllte ein Glas mit Wasser, stellte es vor Daniel auf den Tisch und machte sich dann an einem altertümlichen Gasherd zu schaffen.

„Zuerst wüsste ich gerne, warum du einen offensichtlich Verrückten beherbergst." Daniel warf einen kritischen Blick auf Friedrich, der nun mit seligem Gesichtsausdruck an einem kleinen, runden Tisch saß, eine Fruchtbuttermilch schlürfte und eine, nein zwei Armeen aus Zinnsoldaten befehligte, die offensichtlich in irgendwelche Kriegshandlungen verstrickt waren. Gott sei Dank hielt sich seine Lautstärke dabei in Grenzen.

„Friedrich ist mein Onkel", erklärte Swantje. „Sie wollten ihn in die Klapse stecken. Das konnte ich nicht zulassen. Also wohnt er hier bei mir. Er ist harmlos, auch wenn er mit seinem Kriegsspiel manchmal ein wenig über die Stränge schlägt."

„Ein wenig über die Stränge schlägt?" Daniel schnaubte. „Er hat mich mit der Schrotflinte bedroht, mich an einen Stuhl gefesselt und geknebelt. Wer weiß, wie lange ich noch so da gesessen hätte, wenn du nicht gekommen wärst."

Swantje konnte sich ein amüsiertes Glucksen nicht verkneifen. „Oh", lachte sie, „Friedrich hat da durchaus Durchhaltevermögen."

„Ja. Witzig", erwiderte Daniel angebissen. „Was ist denn nun eigentlich sein Problem?"

„Er war Baumfäller im Harz. Eines Tages fiel eine Kastanie anders als erwartet. Sie traf ihn am Kopf. Seither hält er sich für Napoleon. Manchmal auch für Friedrich den Großen oder Hannibal. Ist nicht das schlechteste Leben, wenn du mich fragst."

„Wie alt ist er?"

„Nicht so alt wie er aussieht. Vierundfünfzig."

Daniel musterte den Mann voller Skepsis, während Swantje jede Menge Gemüse und Wurst schnippelte und zu einem Eintopf verarbeitete. Friedrich sah wirklich deutlich älter aus. Das konnte allerdings auch daran liegen, dass sein graumeliertes Haar wirr vom Kopf abstand und sein Gesicht vor lauter Bartwuchs kaum noch zu erkennen war. Seine Klamotten wiesen zahlreiche Löcher auf, und Daniel fragte sich, warum Swantje ihn so vernachlässigt herumlaufen ließ.

„Er will es nicht anders", gab Swantje von sich, als hätte sie seine Gedanken gelesen. „Er liebt seine ollen Klamotten abgöttisch. Und er schreit schon, wenn er einen Rasierer oder eine Haarschere nur sieht. Ich vermute, dass er Angst vor Klingen und Scheren hat."

„Dafür scheint ihm die Schrotflinte mehr zu liegen", frotzelte Daniel. Er griff dankbar nach dem zweiten großen Glas Wasser, das ihm Swantje jetzt hinstellte, und trank es in einem Zug leer.

„Ach was." Swantje machte eine wegwerfende Geste und füllte das Glas erneut. „Die ist doch nicht geladen. Die Flinte ist sein Spielzeug."

„Na super", verzog Daniel das Gesicht, „wie albern von mir, mich von ihr einschüchtern zu lassen."

Swantje überging diese Spitze und sagte: „So. Und nun will ich endlich wissen, warum du dich aus dem Staub gemacht hast."

„Ich hab mich nicht aus dem Staub gemacht. Man hat mich gekidnappt", antwortete Daniel. In kurzen Sätzen erzählte er, was seit seinem Eindringen in Dr. Roelfes' Büro passiert war – soweit er sich überhaupt noch daran erinnern konnte.

„Was ist denn das bitte schön für eine total verrückte Geschichte?", bemerkte Swantje kopfschüttelnd. Sie sah ihn eine Weile skeptisch an, bevor sie fragte: „Und du bist sicher, dass man dich umbringen wollte?"

„Ich war dabei", erwiderte Daniel finster. „Du glaubst mir nicht?"

Swantje schwieg und schlug die Arme vor dem Körper zusammen, als wäre ihr plötzlich kalt. „Doch", sagte sie dann gepresst. „Aber ich wünschte, es wäre eine Lüge. Es macht mir Angst. Wo sind wir da nur reingeraten, Daniel?"

„Zumindest dürfte spätestens jetzt klar sein, dass wir mit unserer Mordtheorie nicht ganz falsch liegen. Der Doc will auf jeden Fall verhindern, dass seine Machenschaften auffliegen." Deutlich leiser fügte er hinzu: „Er geht über Leichen, Swantje, wir müssen echt aufpassen."

Swantje nickte. „Schöne Scheiße, oder?"

„Kann man sagen."

„Nun wissen wir aber immer noch nicht, warum du hier bist. Meinst du, sie wissen, dass ich da mit drin hänge? Womöglich ist das hier so eine Art Warnschuss?"

„Ich weiß gar nichts. Nichts. Das alles ist nicht logisch." Daniel lächelte bemüht. „Allerdings bin ich froh, dass ich bei dir gelandet bin. Nachdem mich dieser … also, nachdem mich Friedrich gezwungen hatte, mich hier auf den Stuhl zu setzen und mir dann Fesseln und Knebel anlegte, dachte ich, ich komme hier nie wieder raus. Und dann der Hund, der mich die ganze Zeit angeknurrt hat! Ich hatte echt Angst. Ist ein Scheißgefühl, wenn man überhaupt nicht so richtig weiß, was eigentlich mit einem passiert ist. Und vor allem, wenn man nicht weiß, was noch mit einem passieren wird."

Für eine Weile herrschte in der Küche gedrücktes Schweigen, Swantje rührte gedankenverloren in ihrem Eintopf herum. Nur Friedrich brabbelte irgendetwas vor sich hin, während Herr von Müller Schnarchgeräusche von sich gab.

„Du musst müde sein", verlegte sich Swantje schließlich auf Small Talk. Sie wollte erstmal einen klaren Kopf gewinnen, bevor sie sich weiter mit ihrer unschönen Situation auseinandersetzte.

„Müde?" Daniel lachte unfroh auf. „Ich bin fix und fertig. Mal abgesehen davon, dass ich vor Hunger sterbe." Er rieb sich sein schmerzendes Bein. „Und außerdem habe ich mich am Bein verletzt, irgendwas mit den Bändern schätze ich."

„Ja. Du siehst auch scheiße aus."

„Danke. Das hab ich jetzt gebraucht."

„Da nich für." Swantje hob den schweren Topf vom Herd und stellte ihn auf dem Tisch ab.

„Boah, das riecht einfach nur fantastisch!", freute sich Daniel und wedelte sich mit der Hand den aromatischen Dampf zu.

„Gemüseeintopf mit Würstchen. Geht immer, wenn's schnell gehen muss", stellte Swantje fest und platzierte vier Gedecke auf dem Tisch.

„Du erwartest noch jemanden?", fragte Daniel.

„Ja. Sicher. Meinen zweiten Mitbewohner. Andreas."

„Andreas?"

„Andreas." Sie grinste verschmitzt.

Daniel spürte einen Stich im Herzen, während er sich fragte, in welchem Verhältnis dieser Andreas wohl zu Swantje stand. Aber eigentlich, so befand er, sollte er sich nichts vormachen. Wenn eine Frau und ein Mann zusammenlebten, waren sie gemeinhin ein Paar.

Er hasste diesen Andreas jetzt schon.

Auch wenn ihm angesichts dieser Erkenntnis der Appetit vergangen war, löffelte er seinen Eintopf brav auf und ließ sich sogar noch einen Nachschlag geben. Erst jetzt bemerkte er, wie ausgehungert er nach dem ganzen Abenteuer war.

„Hannelore Wirtjes ist heute gestorben", sagte Swantje nach einem längeren Schweigen so unvermittelt, dass Daniel vor Schreck der Löffel aus der Hand fiel.

„Verdammter Mist!", war alles, was ihm dazu einfiel.

„Das kannste laut sagen", nickte Swantje betrübt. „Und weißt du was?"

„Nee."

„Sie war stabil. Bis der Doc sie heute besucht hat. Dann war sie plötzlich tot."

„Shit." Entsetzt legte Daniel seinen Löffel beiseite.

„Wir müssen überlegen, wie es jetzt weitergeht", stellte Swantje fest. „Die alte Jurine Tamminga und ich haben während der Bootsfahrt schon darüber nachgedacht, aber, ehrlich gesagt, ist uns nichts eingefallen." Sie schwieg für einen Moment, dann schlug sie unvermittelt mit der Faust auf den Tisch. „Verdammt, man muss da doch irgendwas machen können! Es kann doch wohl nicht sein, dass die Pharma-Lobby gemeinsam mit einem korrupten Arzt einen Menschen nach dem anderen hopps gehen lässt und alle gucken zu! Und dann will er auch noch dich umbringen!"

„Feind in Sicht!", rief Friedrich aufgebracht und sprang so abrupt vom Tisch auf, dass die Teller schepperten. „Feind in Sicht, haltet den Dieb!" Er schaute wirr um sich und tat, als würde er einen Säbel schwingen.

Swantje legte ihm beschwichtigend die Hand auf den Arm. „Schon gut, Friedrich", sagte sie betont ruhig, „der Feind ist längst vernichtend geschlagen. Tut mir leid, dass ich so laut geschrien habe. Nun setz dich wieder und iss deinen Eintopf." Sie erklärte an Daniel gewandt: „Er kann es nicht so gut haben, wenn man laut wird."

„Sag bloß. Hätte ich jetzt gar nicht gemerkt", erwiderte Daniel mit einem Seitenblick auf den wieder ruhig seinen Eintopf löffelnden Friedrich, der ihm nach wie vor alles andere als geheuer war.

„Okay, was machen wir mit dem Doc?", kam Swantje wieder aufs Thema zurück.

„Das mit den Daten können wir jetzt wohl abschreiben", stellte Daniel fest. „Der USB-Stick ist futsch, den müssen sie mir abgenommen haben. Einen zweiten Versuch können wir vergessen. Bestimmt lässt der Doc seinen Rechner jetzt nicht mehr aus den Augen."

„Und du weißt nicht, was das für Daten waren?"

„Nein. Und ehrlich gesagt habe ich nicht die leiseste Ahnung, wie man diesen Kriminellen noch auf die Spur kommen könnte. Ich hab schon alles versucht, aber die wichtigsten Daten scheinen sie auf Rechnern zu haben, die nicht ans Internet angeschlossen sind. Um denen was nachweisen zu können, müsste man also schon fast danebenstehen, wenn sie dem nächsten alten Menschen eine Spritze oder was auch immer geben."

„Du meinst, der Doc handelt nicht alleine?"

„Da bin ich sicher." Daniel überlegte kurz, ob er Swantje von seinen Recherchen in Berlin erzählen sollte, beschloss dann jedoch zu schweigen. Es hätte sie nur unnötig in Angst versetzt. Je weniger sie über die Hintergründe wusste, desto besser. „Ich glaube auch, dass Agata mit drinhängt", fügte er daher lediglich hinzu. „Sie stand neben dem Doc, als er mich beim Datenklau erwischt hat."

„Möglich wär's. Ich …" Swantje brachte ihren Satz nicht zu Ende, weil genau in diesem Augenblick die Tür aufschwang.

„Andy! Was machst du denn hier?", rief Daniel heiser aus und schaute Swantje fragend an.

„Andy", nickte Swantje. „Mein Mitbewohner."

„Dein Mitbe… Andreas ist *der* Andy!? Ich hatte keine Ahnung!"

„So siehst du auch aus", grinste Swantje. „Gut, dass du kommst, Andy", strahlte sie, „es gibt Eintopf. Er ist sogar noch heiß. Setz dich!"

„Gerne. Ich hab einen Mordshunger. War ein höllischer Tag. Hi, Daniel." Andy klopfte seinem immer noch völlig perplexen Kollegen auf die Schulter, dann schaufelte er sich ordentlich was auf den Teller.

„Wunderst du dich gar nicht, dass Daniel hier ist?", wollte Swantje wissen, nachdem Andy ein paar Happen gegessen hatte.

„Nö. Ich hab ihn ja selbst hierher gebracht", antwortete Andy unaufgeregt.

„Was!?", erklang es nun aus zwei Mündern.

„Ich hab ihn selbst hierher gebracht", wiederholte Andy schmatzend. Auf die erstaunten Blicke seiner Kollegen hin fügte er hinzu: „Erzähl ich euch später. Erstmal essen. Ich sterbe fast vor Hunger."

„Also?", drängelte Daniel, kaum dass Andy die ersten paar Löffel Eintopf geschluckt hatte. „Dürfte ich jetzt mal erfahren, warum ausgerechnet du mich hier abgeladen hast?"

„Weil ich dich unter der Brücke aufgeklaubt habe", schmatzte Andy.

„Du bist uns gefolgt?"

„Yepp." Andy schob sich einen weiteren Löffel in den Mund. „Ich hatte Nachtschicht, schon vergessen?"

„Ja und?"

„Ich hab dich während meiner Zigarettenpause aus dem Fenster springen sehen und hab mir gedacht, dass da doch was nicht stimmen kann. Also bin ich hinter dir her. Aber die beiden anderen waren schneller. Sie haben dich gepackt, du bist wie ein Mehlsack zu Boden gegangen und dann warst du auch schon im Kofferraum des BMW verstaut. Ich bin dann in sicherem Abstand mit meinem Motorrad hinter euch her."

„Hast du die Kidnapper erkannt?", fragte Swantje, die bei Andys Bericht große Augen bekommen hatte.

„Nein. Ich hab sie noch nie zuvor gesehen." Andy sah Daniel aus schmalen Augen an, dann sagte er: „Hast echt Glück gehabt, dass ich da war, Kumpel. Ich hab mich mit meinem Motorrad mitten auf der Brücke platziert und prompt meinten die Spackos, sich mit mir anlegen zu müssen. Gott sei Dank ging dann ja plötzlich die Alarmglocke los und die haben sich abgemacht. Ich weiß nämlich nicht, ob ich aus diesem Streit als Sieger hervorgegangen wäre. Waren echt finstere Typen."

„Ja, es war wirklich gut, dass gerade das Schiff unter der Brücke durchfahren wollte", nickte Daniel. „Eine Verkettung glücklicher Umstände nennt man das wohl."

„Du warst ziemlich stoned. Als ich dich unter der Brücke fand, hab ich zuerst gedacht, du wärst tot, so steif und verdreht hast du dagelegen. Aber du warst nur bewusstlos. Und das nicht zu knapp. War gar nicht so einfach, dich so auf dem Motorrad festzuzurren, dass du nicht runterfällst."

„Und die Typen?", fragte Swantje. „Die waren dann weg oder was?"

„Ich nehme an, dass die gepeilt haben, dass da jemand im Brückenhäuschen sitzt, wenn die Brücke aufgeht. Auf jeden Fall haben sie die Biege gemacht, so schnell konnste gar nicht gucken."

„Und dann hast du ihn einfach hierher gebracht und auf dem Sofa abgelegt?", rief Swantje entrüstet aus. „Du hättest auf ihn aufpassen müssen, Mann!"

„Quatsch. Er war doch schon wieder am Aufwachen. Und ich musste zurück zum Dienst. Gott sei Dank war die Nacht ruhig. Ich glaube, Agata hat gar nicht mitgekriegt, dass ich weg war."

„Dafür hat Friedrich mitbekommen, dass ich hier war", erwiderte Daniel und zog mit einem Seitenblick auf Swantjes Onkel eine Grimasse.

„Hast du ihm gesagt, dass er Daniel fesseln und knebeln soll?", fragte Swantje mit finsterer Miene.

„Feind aufgebracht und gefangen genommen!", rief Friedrich begeistert, als er seinen Namen hörte.

„Echt? Friedrich hat dich gefangen genommen?", lachte Andy und schlug sich amüsiert auf die Schenkel. „Der Kerl ist aber auch zu cool für diese Welt! Nee, hab ich nichts mit zu tun. Friedrich schlief noch, als ich gegangen bin."

„Ja. Danke auch", knurrte Daniel.

„Sei doch froh", zuckte Andy die Schultern. „Nachher wärst du noch abgehauen und die Typen hätten dich erneut gekrallt. Du kannst echt nirgends sicherer sein als in Friedrichs Obhut."

„Da hast du auch wieder recht", nickte Swantje und erntete dafür von Daniel einen empörten Blick. „Noch jemand Eintopf?"

„Wir sollten besprechen, wie es jetzt weitergeht", meinte Daniel, während er Swantje seinen Teller hinhielt.

„Ja", stimmte sie zu, „wir brauchen einen Plan. Aber die Nacht ist ja noch lang."

13

„Hi, Paps, das ist Christopher!" Als Jette am frühen Vormittag mit ihrem neuen Freund das Büro ihres Vaters betrat, schien sie bester Laune zu sein. Fröhlich kraulte sie Heinrich, der bei ihrer Ankunft von seiner Decke aufgesprungen war und sich nun gebärdete, als hätte er sie seit Ewigkeiten nicht gesehen. Auch Christopher schien er gut leiden zu können, denn er schleckte aufgeregt dessen Hand, nachdem er sich von Jette genügend Streicheleinheiten abgeholt hatte.

„Moin." Hauptkommissar David Büttner blickte erst sie, dann ihn kritisch an und versuchte gar nicht erst, sein Missfallen zu verstecken. Inzwischen hatte er sich bei seiner Frau Susanne beschwert, dass sie ihm vom neuen Freund seiner Tochter nichts erzählt habe. Die aber hatte nur mit den Schultern gezuckt und gesagt: „Ich hatte einfach keine Lust auf deine tagelange schlechte Laune, wenn du von ihm erfährst."

„Welche schlechte Laune?", hatte er missmutig gefragt.

„Die, die du immer hast, wenn Jette einen netten jungen Mann mit nach Hause bringt?", hatte sie vorgeschlagen und ihn dabei spöttisch angesehen.

Mit einem gebrummten *Ich weiß wirklich nicht, was du meinst* hatte er daraufhin nach Heinrich gepfiffen und mit ihm einen langen Spaziergang gemacht.

Nun saß er an seinem Schreibtisch, schimpfte seinen Hund im Stillen einen elenden Verräter und bedachte Christopher mit einem Blick, als wäre dieser soeben als frauenmordender Serienkiller in die Annalen der Kriminalgeschichte eingegangen. Zu allem Überfluss sah der Kerl mit seinen verwuschelten, dunklen Haaren und den lachenden, blauen Augen auch noch richtig sympathisch aus. Schlimmer hätte es wahrlich nicht kommen können.

„Guck nicht so böse, Paps", zwinkerte Jette ihm zu, „nachher bekommen wir wegen dir noch schlechtes Wetter."

„Moin zusammen", erklang es von der Tür her, als nun auch Sebastian Hasenkrug hereinschneite. „Na, Jette, alles klar bei dir?" Er gab ihr und Christopher die Hand und wandte sich dann Heinrich zu, der sein Glück, so viele geliebte Menschen auf einmal um sich scharen zu können, nicht fassen konnte und freudig kläffend von einem zum anderen sprang.

„Alles bestens", strahlte Jette und drückte ihrem Freund einen Kuss auf die Wange, woraufhin vom Schreibtisch ihres Vaters her ein missbilligendes Schnauben zu hören war. „Das ist Christopher", ließ sie sich nicht beirren. „Ich hab ihn überreden können, dass er mal mit euch spricht. Wegen seiner Oma, ihr wisst schon." Ein Schatten legte sich über ihr Gesicht. „Ist echt scheiße, das alles."

„Bisher gibt es keine Hinweise, dass sie eines gewaltsamen Todes gestorben ist", stellte Hasenkrug fest und bedeutete den jungen Leuten, auf den Besucherstühlen Platz zu nehmen.

„Wie geht es Tonja?", fragte Jette, sobald sie sich gesetzt hatten.

„Bis auf die morgendliche Übelkeit meinst du?"

Jette verzog das Gesicht. „Echt bitter, wenn man die ganze Zeit kotzen muss. Ich glaube, ich werde lieber nicht schwanger."

„Das glaube ich aber auch!", rief Büttner gereizt aus und fixierte Christopher mit einem so empörten Blick, als hätte der soeben angekündigt, mit Jette noch am selben Tag mindestens Zwillinge zeugen zu wollen. Doch alles, was er an Reaktion erntete, waren drei grinsende Gesichter.

Büttner setzte gerade zu einer wenig freundlichen Bemerkung an, als seine Sekretärin Frau Weniger mit einem Tablett voller dampfender Tassen und Gebäck zur Tür hereinkam. „Schön, dass du mal wieder da bist, Jette", freute sie sich und gab auch Christopher mit einem freundlichen Lächeln die Hand, nachdem Jette ihn vorgestellt hatte. „Hab euch ja gar nicht kommen sehen, war gerade im Archiv. Ich bringe euch gleich mal einen Kaffee, wenn ihr mögt."

„Sie sind super, Frau Weniger!", strahlte Jette.

„Irgendwas nicht in Ordnung, Chef?", fragte die Sekretärin, als ihr Blick auf Büttner fiel, der nun schmollend an einem Schokoriegel knabberte. Sie legte ihm einen Pappordner auf den Tisch. „Ich habe Ihnen mal die Akte Waltraud Habers mitgebracht. Herr Hasenkrug hat mich darum gebeten."

„So, hat er das." Büttner nickte abwesend, doch als seine Augen Christopher streiften, der bei Frau Wenigers Worten sichtlich zusammengezuckt war, riss er sich mit dem Anflug eines schlechten Gewissens zusammen. Eigentlich konnte einem der junge Mann, der sehr an seiner Oma gehangen hatte, ja leidtun. Und wenn man dann noch einen so schwerwiegenden Verdacht gegen die eigenen Eltern hegte … Schnell sagte er nach einem Räuspern: „Ja, danke schön. Mal sehen, was wir da machen können."

Jette trank in Ruhe ihren wenig später von Frau Weniger gebrachten Kaffee aus, dann erhob sie sich von ihrem Platz und sagte zu ihrem Vater: „Du bist ein Schatz, Paps. Toll, dass du dir anhörst, was Chris zu sagen hat. Ich lasse euch jetzt alleine, hab mich mit ein paar Mädels in der Stadt verabredet. Wir sehen uns zum Abendessen, okay?" Als sie ihm einen Kuss auf die Stirn drückte, war Büttner wieder versöhnt. Zwar bekam auch Christopher einen Kuss, aber immerhin herrschte nun Gleichstand. Und außerdem würde Jette sich Zeit für ein gemeinsames Abendessen nehmen. Das war mehr, als er zu hoffen gewagt hatte. Also beschloss er, ab jetzt zumindest leidlich guter Stimmung zu sein.

„Meine Tochter deutete an, dass Sie Ihre Eltern in Verdacht haben, etwas mit dem Ableben Ihrer Großmutter zu tun zu haben", kam Büttner gleich zum Thema, nachdem Jette den Raum verlassen hatte. „Dürften wir erfahren, womit Sie diese Annahme begründen?"

Christopher zuckte kurz zusammen, als in diesem Moment sein Smartphone eine eingehende Nachricht ankündigte. „Ich guck mal schnell nach", sagte er, „der Signalton gehört zu meinem Bruder. Wer weiß, was der wieder … oh nein", stöhnte er Sekunden später, und seine Gesichtsfarbe wurde um eine deutliche Nuance blasser. „Bitte, Sie müssen was tun!", wandte er sich flehend an Büttner.

„Was ist los?", fragte der alarmiert.

„Sie wollen sie verbrennen."

„Was?"

„Meine Oma. Sie soll morgen verbrannt werden. Das können sie doch nicht machen! Oma wollte das nie. Sie können doch nicht einfach Omas Wunsch ignorieren!" Der junge Mann schien nun den Tränen nahe.

„Da soll wohl was vertuscht werden", mutmaßte Hasenkrug. „Eine verbrannte Leiche kann man nicht obduzieren."

„Der Leichnam von Frau Habers wurde bereits obduziert", stellte Büttner zutreffend fest. Er lehnte sich im Stuhl zurück und legte die Stirn in Falten. „Seltsam ist es dennoch. Und dann schon morgen. Sie scheinen es ziemlich eilig zu haben, unabänderliche Tatsachen zu schaffen."

„Aber das sag ich doch!", rief Christopher erregt aus. „Sie wollen den Mord vertuschen! Bitte, Sie müssen das verhindern!"

„So einfach ist das leider nicht", entgegnete Büttner. „Zumal die Obduktion ja schon stattgefunden hat. Von der Staatsanwaltschaft wird uns keiner grünes Licht dafür geben, eine Verbrennung zu verhindern."

„So ist es", nickte Hasenkrug und klopfte nervös mit den Fingern auf seinem Schreibtisch herum. „Aber verdächtig ist es. Höchst verdächtig sogar. Frau Mettler und ihr Bruder haben nichts dergleichen angekündigt, als sie hier waren. Sie werden wissen, warum."

„Onkel Rainer war auch hier?", wunderte sich Christopher.

„Ja. Mit Ihrer Mutter zusammen. Warum?"

„Dann haben sie gemeinsame Sache gemacht", erklärte

Christopher. „Obwohl sie sich auf den Tod nicht leiden können, haben sie gemeinsame Sache gemacht. Das sieht diesem geldgeilen Arschloch ähnlich."

„Sie meinen Ihren Onkel?", fragte Büttner.

„Wen denn sonst. Er war schon die ganze Zeit hinter Omas Geld her."

„War Ihre Oma denn reich?", hakte Hasenkrug nach. „Ich meine, sie lebte in Hinte im Seniorenheim, das zwar einen guten, aber keineswegs überragenden Standard hat. Wenn sie sich etwas anderes hätte leisten können …"

„Oma hat kürzlich geerbt."

„Hä? Wie das?" Büttner wunderte sich, dass jemand eine über achtzigjährige Frau zur Erbin erklärte.

„Ein Heimbewohner und sie haben sich gut verstanden. Er hatte keine Erben und hat alles meiner Oma vermacht unter der Auflage, dass ihre Kinder nichts davon kriegen. Also wollte auch Oma ein Testament machen, um genau das zu verfügen."

„Aber?"

„Sie ist nicht mehr dazu gekommen. Der Notartermin sollte irgendwann in diesen Tagen sein."

„Und darum glaubst du, dass deine Eltern oder dein Onkel sie umgebracht haben?" Büttner verzichtete nun auf das förmliche Sie.

„Oder alle zusammen", befürchtete Christopher. „Rainer und meine Mutter können sich zwar nicht ausstehen, aber wenn es ums Geld geht …"

„Hm. Um wie viel Geld handelt es sich bei der Erbschaft denn?", wollte Büttner wissen.

„Rund zweihundertfünfzigtausend Euro."

Büttner pfiff durch die Zähne. „Nicht schlecht. Menschen wurden schon für weniger ermordet."

„Und von wem hat sie diese Summe geerbt?", fragte Hasenkrug.

„Von Franz Lüpkes."

„Und warum hat er ausgerechnet deine Großmutter zur Erbin bestimmt?"

„Sie hat ihm immer seinen Schnaps ins Heim geschmuggelt", grinste Christopher.

„Verstehe." Auch auf den Gesichtern der Polizisten zeigte sich nun ein Schmunzeln.

Büttner blätterte in der Akte und überflog das Protokoll der Vernehmung von Rainer Habers. „Dein Onkel hat zu Protokoll gegeben, dass er für die Heimkosten deiner Oma aufkomme", stellte er fest und hob fragend den Blick.

„Das war ja auch der Grund, warum meine Eltern überhaupt von der Erbschaft erfahren haben", nickte Christopher. „Nachdem sie das Geld von Franz erhalten hatte, hat sie meinem Onkel mitgeteilt, dass er zukünftig nicht mehr zu zahlen braucht."

„Wie hat dein Onkel darauf reagiert?"

„Oma war wenige Tage später tot", antwortete Christopher trocken. „Mehr muss ich dazu ja wohl nicht sagen."

„Ein bisschen seltsam ist das alles schon", konstatierte Hasenkrug nachdenklich. Er überlegte einen Moment, dann fragte er: „Woran ist denn dieser Franz Lüpkes gestorben?"

„Vermutlich auch an seinem Geld."

„Bitte?" Büttner erinnerte sich an die Aussage seiner Kollegin, Franz Lüpkes sei womöglich von seinen Verwandten umgebracht worden. Von diesem Ermittlungsdetail aber musste Christopher nichts erfahren.

Christopher zuckte die Achseln. „Na ja, ursprünglich wollte er seine Ersparnisse dem Heim vermachen. Er hat sich dort sehr wohl gefühlt, sagte Oma. Durch die Geschichte mit dem Schnaps aber hat er es sich anders überlegt."

„Wusste jemand von der Änderung des Testaments?", fragte Büttner.

„Im Heim haben sie erst davon erfahren, als er schon tot war. Gestorben ist er übrigens wie Oma. Einfach so, ohne Grund."

„Wann genau ist er gestorben?"

„Mitte Januar."

„Und nur drei Monate später deine Oma."

„Ja. Kurz nach der Testamentseröffnung."

„Hm." Büttner und Hasenkrug warfen sich einen bedeutsamen Blick zu. „Nur schade, dass wir so gar keine konkreten Anhaltspunkte haben, um in dieser Sache zu ermitteln", sagte Ersterer dann. „Es klingt mir alles nach ein bisschen zu viel Zufall. Dennoch sind uns die Hände gebunden."

„Was ist denn mit dem verschwundenen Pfleger?", fragte Christopher, nachdem sie alle drei für einen längeren Augenblick nachdenklich geschwiegen hatten.

„Welcher verschwundene Pfleger?" Büttner musterte den jungen Mann aus schmalen Augen.

„Daniel."

„Woher weißt du von Daniel?"

Christopher zögerte kurz, bevor er die Schultern zuckte

und antwortete: „Weiß nicht mehr genau. Von Frau Tamminga vielleicht? Keine Ahnung."

„Von Frau Tamminga? Was hast denn du mit dieser Dame zu tun?", wunderte sich Büttner.

„Ich war gestern bei ihr. Ich wollte sie kennen lernen. Sie war die beste Freundin meiner Oma."

„Und nebenbei wolltest du herausfinden, ob auch sie gegebenenfalls deinen Verdacht teilt", schlussfolgerte Hasenkrug.

„Ja."

„Und? Teilt sie ihn?"

„Ich glaube nicht."

„Ganz schön wirr das Ganze", stellte Büttner fest.

„Aber trotzdem ist es doch interessant, dass alle, die Oma näher kannten, davon ausgehen, dass bei ihrem Tod jemand nachgeholfen hat." Christopher zögerte kurz, bevor er noch mal auf seine Frage zurückkam: „Was ist denn nun mit diesem Daniel? Ist er wieder da?"

„Nein", antwortete Büttner knapp und hatte auch nicht vor, mehr zu verraten.

„Aber Sie suchen nach ihm", stellte Christopher mehr fest, als dass er fragte.

„Worauf willst du hinaus?" Büttner beugte sich lauernd über den Tisch.

„So langsam müsste doch auch der sturste Staatsanwalt drauf kommen, dass in diesem Heim etwas ganz gewaltig stinkt. Diverse tote Senioren, ein verschollener Pfleger, ein Leichnam, der möglichst schnell verbrannt werden soll … Wie Sie selbst sagten, alles ein bisschen viel Zufall." In einem plötzlichen Anfall von Verzweiflung riss Christopher seine Hände hoch und ließ sie gleich wieder sinken. „Was soll denn noch passieren, damit hier endlich mal jemand wach wird?"

„Wir bleiben dran", hörte Büttner sich sagen und wunderte sich im nächsten Moment über sich selbst. Hatte er nicht schon viel zu viel Zeit und Energie in diesen Fall gesteckt, der eigentlich gar keiner war? War ihm nicht schon seine Kollegin Sophie Reimers mit ihrer Beharrlichkeit so unangenehm auf die Nerven gefallen, dass er Zweifel an ihrer Kompetenz hegte? Und außerdem: Hatte er sich nicht geschworen, das Seniorenheim Hinte nie wieder gegenüber dem Staatsanwalt auch nur anzudeuten?

Soweit das Rationale. Sein Bauchgefühl allerdings sagte ihm, dass alle, die dem ganzen Schlamassel skeptisch gegenüberstanden, recht hatten. Irgendetwas war ganz gewaltig faul im Staate Ostfriesland.

Doch was sollte er tun, solange die Indizien so vage waren, dass sie selbst im ZDF-Vorabendprogramm zu keinem Krimi gereicht hätten? Schließlich konnte er sich weder Beweise noch Indizien backen, auch wenn er solchen Leuten wie diesem Rainer Habers ganz gerne mal mit ein wenig Ermittlungs- und Verhörtätigkeit auf den Wecker gefallen wäre.

Darüber hinaus war es ihm alles andere als unwichtig, was seine Tochter von ihm denken würde, wenn er ihren Freund jetzt so einfach abbügelte. Dies war vielleicht sogar das stärkste Argument, das ihn jetzt dazu bewog, Christopher gegenüber noch einmal zu betonen: „Wir bleiben dran, das verspreche ich dir."

Hasenkrugs gerunzelte Stirn übersah er geflissentlich, als

er nun, genauso wie Christopher, aufstand und diesem aufmunternd auf die Schulter klopfte. „Ich habe zwar noch keine Ahnung, wie wir es anstellen, hier ein wenig Licht ins Dunkel zu bringen, aber einen Versuch ist es allemal wert."

Christopher nickte ihm dankbar zu und sagte: „Jette hat recht. Sie sind mit Abstand der coolste Typ, den man sich als Vater wünschen kann."

Büttner schluckte. Er war sich sicher, dass er mindestens eine Packung seiner geliebten Schokoriegel hergeben würde, um diesen Satz noch einmal aus Jettes Mund zu hören. Aber so als Zitat war es ja auch schon mal nicht schlecht.

Eigentlich konnte er diesen Christopher doch ganz gut leiden, befand er.

14

An diesem Tag fiel es Swantje schwer, sich auf ihre Arbeit zu konzentrieren. Dumpf vor sich hinbrütend saß sie im Personalzimmer und nippte an ihrem schal schmeckenden Kaffee. Längst war ihre Tätigkeit im Seniorenheim mehr als nur ein Job. Spätestens seit dem Tod von Hannelore Wirtjes, der so unmittelbar und überraschend auf den von Waltraud Habers und noch dazu unter mysteriösen Umständen gefolgt war, herrschte sowohl unter den Bewohnern als auch unter den Mitarbeitern eine seltsam gedrückte Stimmung.

Swantje begriff schnell, dass diese nicht in erster Linie von Gefühlen der Trauer herrührte. Vielmehr schien das Heim ein Hort der Verunsicherung und des Misstrauens zu werden. Fast war es, als traue sich keiner mehr, dem jeweils anderen in die Augen zu sehen. Menschen, die bisher einen offenen oder auch freundschaftlichen Umgang miteinander gepflegt hatten, schauten sich kaum noch an und wenn, dann mit einer gehörigen Portion Skepsis im Blick. Natürlich war jedem klar, dass es wenig Sinn machte, nun alles und jeden des Mordes zu verdächtigen. Aber was machte schon Sinn, wenn die Angst zum täglichen Begleiter wurde?

Der Einzige, der sich von dieser Stimmung nach wie

vor völlig unbeeindruckt gab, war Dr. Roelfes. Wie alle anderen fragte auch Swantje sich, ob er die Häufung der plötzlichen Todesfälle einfach als gegeben und zu seinem ärztlichen Alltag gehörend hinnahm oder ob er nur deshalb so ruhig war, weil er als Einziger genau wusste, was hier vor sich ging. Was wiederum bedeuten würde, dass der Verdacht, den so mancher gegen ihn hegte, berechtigt war. Allerdings musste er sich seiner Sache in diesem Fall ziemlich sicher sein. Denn wer rannte schon gut gelaunt und tiefenentspannt über die Gänge, wenn er befürchten musste, in Kürze eine lebenslange Haftstrafe wegen mehrfachen Mordes absitzen zu müssen!?

Seit Daniel ihr erzählt hatte, dass womöglich auch Agata an dem Mordkomplott gegen ihn beteiligt gewesen war, betrachtete sie ihre Kollegin mit anderen Augen. Genau wie beim Arzt war an ihrem Verhalten jedoch nicht die geringste Veränderung festzustellen. Sie war unfreundlich und bockig wie immer. Im Heim ging das Gerücht, sie habe ein Verhältnis mit dem Doc. Einer der Bewohner wollte die beiden gar gesehen haben, wie sie eines Tages völlig zerzaust und vor sich hin kichernd aus der Wäschekammer gekommen waren.

Doch so sehr Swantje dem Arzt inzwischen auch misstraute, so konnte sie sich die beiden schwerlich als Liebespaar vorstellen. Was natürlich nichts hieß, denn grundsätzlich konnte sie sich keinen Mann vorstellen, der die stets missgelaunte und so unmöglich geschminkte Agata auch nur ansatzweise attraktiv fand. Andererseits: Ihres Wissens war Dr. Roelfes nach seiner Scheidung schon seit fast zwei Jahren Single. Gegebenenfalls litt er unter sexuellem Notstand. Gut möglich also, dass er in dieser Situation nicht so genau hinschaute, mit wem er als Mann in den besten Jahren seine Bedürfnisse befriedigen konnte.

Swantje klopfte sich bei dieser Schlussfolgerung gedanklich selbst auf die Finger. Was, um Himmels Willen, ging sie das Sexualleben des Doktors an? Es konnte ihr reichlich egal sein, wer es hier mit wem trieb. Und selbst wenn an den Gerüchten über eine sexuelle Beziehung der beiden etwas dran war, dann hieß das ja noch lange nicht, dass sie auch gemeinsam Menschen umbrachten.

Swantje schüttelte sich wie ein nasser Hund. Sie musste aufpassen, dass sie trotz der unerklärlichen Vorfälle der letzten Tage einen klaren Kopf behielt. Schon alleine, um den Plan nicht zu gefährden, den sie sich gemeinsam mit Daniel und Andy ausgedacht hatte. Also würde sie sich ab sofort zusammenreißen und sowohl dem Doc als auch den Mitarbeitern und Senioren des Heims genauso begegnen wie immer. Keiner durfte den Verdacht schöpfen, dass sie hier noch andere Interessen verfolgte, als einfach nur ihren Job zu machen. Schließlich hatten sie im Falle von Daniel gesehen, wohin eine allzu offensichtliche Einmischung in die Angelegenheit anderer führen konnte. Und ganz gewiss hatte sie keine Lust, irgendwann als Wasserleiche aus den Tiefen der Ems gefischt zu werden.

Swantje seufzte und goss sich einen weiteren Kaffee ein. Nach einer nahezu schlaflosen Nacht, in der sie sich im Bett hin und her gewälzt und versucht hatte, einen klaren Gedanken zu fassen, brauchte sie dringend einen Energieschub – oder ein Bett, aber das konnte sie für die nächsten Stunden vergessen.

„Guten Morgen", sagte jemand von der Tür her, und Swantje schaute hoch. „Morgen", murmelte sie müde, fügte jedoch mit einem Lächeln hinzu: „Wenigstens bleibt mir Agata heute erspart. Schön, dass du heute Dienst hast, Antonina." Sie musterte die zart gebaute, dunkelhaarige Pflegerin anerkennend von oben bis unten. „Wie machst du das nur, dass du selbst in dieser ollen Pflegekleidung so toll aussiehst?"

Antonina lachte ihr ansteckendes Lachen, das auch Swantjes Stimmungsbarometer sofort steigen ließ. „Unmöglich, dass ich toll aussehe. Ich fühle mich heute so schlapp wie ein nasser Lappen", sagte sie. „Habe Besuch von meiner Verwandtschaft aus Polen. Da bleibt nicht viel Zeit zum Schlafen, kann ich dir sagen. Ist noch Kaffee da?"

„Nimm dir", deutete Swantje auf die Thermoskanne, die zumindest noch halb voll sein musste. „Schmeckt allerdings wie Spülwasser. Keine Ahnung, wer den gekocht hat."

„Macht nichts. Heute trinke ich alles, Hauptsache, es macht wach."

„Das kannst du bei dem Kaffee hier vergessen", maulte Swantje. „Ich glaube, der bewirkt genau das Gegenteil." Sie unterstrich ihre Worte mit einem herzhaften Gähnen.

Nach dem ersten Schluck stieß Antonina einen polnischen Fluch hervor, dann brach sie in Gelächter aus. „Okay, macht nicht wach. Ist wirklich ungenießbar, diese Brühe." Sie schüttete den Inhalt der Tasse ins Spülbecken, dann machte sie sich an der Kaffeemaschine zu schaffen. „Ich brühe uns schnell einen neuen auf, bevor wir zu den Alten müssen."

Swantje warf einen Blick auf die Uhr. Nur noch eine Viertelstunde bis zur ärztlichen Visite. „Du sprichst wirklich toll deutsch", stellte sie zusammenhanglos fest, als nun das gluckernde Geräusch der Maschine ertönte. „Komisch. Du bist genauso lange beziehungsweise genauso kurz in Deutschland wie Agata. Aber du sprichst tausendmal besser. Bist du außergewöhnlich begabt oder ist sie einfach außergewöhnlich unbegabt im Fremdsprachenlernen?"

Antonina machte eine wegwerfende Handbewegung. „Agata hat auf nichts Lust. Nicht auf den Job, nicht auf Deutschland, nicht auf uns. Und natürlich auch nicht auf die deutsche Sprache. Hör einfach nicht hin, wenn sie was sagt. Sie ist sowieso nur böse, ganz egal, ob auf Deutsch oder auf Polnisch."

„Ihr seid wohl auch nicht gerade befreundet", stellte Swantje fest.

Antonina zuckte mit den Schultern. „Wenn ich Freunde wie Agata bräuchte, wäre ich arm dran." Sie zögerte einen kurzen Moment und fragte dann auffallend unbeteiligt: „Ist Andy gar nicht da? Ich dachte, er hat heute Dienst."

„Hat sich krankgemeldet", antwortete Swantje so ruhig wie möglich. Natürlich war Andy alles andere als krank, aber sie hatten es für besser befunden, dass er bei Daniel blieb. Am liebsten wäre sie selbst ebenfalls zu Hause geblieben, doch hätte das vielleicht ein wenig komisch ausgesehen. Und da sie auf gar keinen Fall auffallen oder sich unangenehme Fragen gefallen lassen wollten, war sie heute widerwillig zum Dienst erschienen.

„Oh je. Was hat er denn?", fragte Antonina besorgt.

„Keine Ahnung. Woher soll ich das wissen?"

„Ich dachte nur." Antonina schwieg für einen längeren Moment, dann fragte sie: „Gibt es Neues von Daniel?"

Swantje zuckte unmerklich zusammen. „Nein", log sie und hoffte, dass auch ihr Gesichtsausdruck dabei ausreichend sorgenvoll rüberkam, „noch nichts. Es ist wirklich …" Sie brach mitten im Satz ab, denn sie wollte die arme Antonina nicht mehr belügen als unbedingt notwendig. Aber wenn Daniel, Andy und sie ihren am gestrigen Abend gefassten Plan umsetzen wollten, musste sie hier und da mal zur Notlüge greifen. Niemand durfte wissen, dass er wieder aufgetaucht war. Absolut niemand.

„Gerade ist wieder die Nichte von Frau Tamminga zu Besuch gekommen", sagte Antonina, nachdem sie sich einen frisch aufgebrühten Kaffee eingeschenkt, probiert und zufrieden genickt hatte. „Du weißt schon, diese Polizistin."

Swantjes Herz tat einen Sprung, nur konnte sie selbst nicht sagen, ob aus Freude oder aus Furcht. Natürlich konnte sie die Gelegenheit nutzen und Sophie Reimers auf die richtige Fährte setzen. Schließlich war es schon längst kein Geheimnis mehr, dass die Kommissarin, ebenso wie sie selbst, beim Tod Waltraud Habers' an ein Verbrechen glaubte. Insofern war sie vielleicht für jeden Hinweis dankbar, der auch die Staatsanwaltschaft trotz ergebnislos verlaufener Obduktion davon überzeugen konnte, an diesem Fall dranzubleiben.

Andererseits war sie keine gute Lügnerin. Bestimmt würde die erfahrene Ermittlerin ihr schon an der Nasenspitze ansehen, dass sie mehr über Daniels Verbleib wusste, als sie zugab.

Sollte sie also riskieren, ihr wie unbeabsichtigt über den

Weg zu laufen? Oder hielt sie sich lieber bedeckt und verließ sich darauf, dass Daniel die Sache schon richtig anging, während sie einfach nur wie immer ihren Job machte und dabei unschuldig aus der Wäsche guckte?

„Wir müssen dann mal los", unterbrach Antonina ihre Gedanken und zeigte auf die Uhr an der Wand. „Der Doc dreht gleich seine Runde und wird wenig begeistert sein, wenn wir ihm dabei nicht zur Seite stehen."

Swantje nahm schnell einen ordentlichen Schluck von dem frischen Kaffee, den ihre Kollegin ihr hingestellt hatte, dann sprang sie auf. Bisher hatte sie es immer gut gefunden, dass Dr. Roelfes sich einmal in der Woche die Zeit nahm, mit jedem Bewohner des Heims auch außerhalb seiner Sprechstunde zu sprechen und von Zimmer zu Zimmer zu gehen. Doch nun, da sie wusste, dass er diese übermäßige Fürsorge vermutlich nur an den Tag legte, um sich sein nächstes Opfer auszuwählen, schnürte ihr alleine der Gedanke an diese Visite die Eingeweide zusammen.

Bewundernd hatte sie immer feststellen müssen, wie feinfühlig der Doc sich der Sorgen und Nöte seiner Patienten annahm. Froh, dass sie endlich mal jemanden zum Plaudern hatten, erzählten die alten Menschen ihm nahezu alles. Am allerwenigsten ging es dabei um ihre gesundheitlichen Probleme. Vielmehr offenbarten sie ihm ihre ganze Lebensgeschichte, berichteten von Kindern und Enkeln – und manchmal eben auch davon, dass diese sie ins Heim abgeschoben hatten und sich seither in keiner Weise mehr um sie kümmerten.

Ein gefundenes Fressen für jemanden, der stets auf der

Suche nach einem neuen Opfer für seine Medikamentenversuche war.

„Du bist so nachdenklich", stellte Antonina fest, als sie nun über die Gänge eilten, um den Arzt vor seinen Praxisräumen abzupassen. „Willst du reden?"

„Ich? Nachdenklich?", erwiderte Swantje ein wenig zu überhastet. „Nee, nee. Ich bin nur müde. Dein Kaffee war super, nur leider musste ich ihn ja stehenlassen."

„Keine Sorge, bestimmt kriegst du bei all unseren Schützlingen einen angeboten", lachte Antonina, während sie sich im Gehen ihr langes Haar zu einem Pferdeschwanz zusammenband. „Sie sind doch immer ganz wild darauf, dass wir ihnen so lange wie möglich Gesellschaft leisten. Sie versuchen, die eingeplanten zehn Minuten bis ins Endlose auszudehnen." Ihre Stirn umwölkte sich, als sie leise hinzufügte: „Hoffentlich muss ich im Alter nie so einsam sein. Da ist man doch besser tot."

„Ich weiß nicht, ob sie wirklich alle so einsam sind", entgegnete Swantje. „Einige von ihnen ja." Sie biss sich auf die Lippen, bevor sie hervorpresste: „Aber die werden hier ja rasant weniger."

Hatte sie geglaubt, dass Antonina sich nun bedauernd zum Tod von Waltraud Habers und eventuell auch zu den anderen plötzlich Verstorbenen äußern würde, so wurde sie eines Besseren belehrt, denn ihre Kollegin zuckte lediglich mit den Schultern und sagte: „Sie können doch froh sein, sonst müssten sie ja noch länger den Gedanken ertragen, dass sie keinen Nutzen mehr haben."

Swantje schnappte nach Luft. „Dass sie … dass sie keinen Nutzen mehr haben?" Sie blieb stehen und stemmte empört die Hände in die Hüften. „Das kann doch nicht dein Ernst sein, Antonina! Du kannst doch unsere Bewohner unmöglich in nützlich und unnütz einteilen! Ich finde nicht …"

„Nun reg dich ab", unterbrach Antonina sie mit einer beschwichtigenden Geste. „Natürlich meine ich nicht, dass sie wirklich unnütz sind. Da hab ich wohl den falschen Begriff gewählt. Hm." Sie senkte den Kopf und legte nachdenklich die Spitze ihres Zeigefingers an die Stirn. „Gibt es denn ein besseres Wort als unnütz?", fragte sie ein paar Augenblicke später.

„Kommt drauf an, was du sagen willst", antwortete Swantje verstimmt und setzte ihren Weg zur Visite fort. Für sie war klar, dass die angeblichen Sprachmängel nur eine billige Ausrede waren. Antonina sprach beinahe akzentfrei und verfügte über einen größeren Wortschatz als so mancher Deutsche. Irritiert musterte sie sie aus den Augenwinkeln. Sollte sie sich so in ihrer Kollegin getäuscht haben? Brachte sie tatsächlich keinerlei Mitleid auf für die Menschen, die man einfach so aus dem Leben gerissen hatte? Vor ihrem inneren Auge erschien das lachende Gesicht von Waltraud Habers. Keineswegs war sie des Lebens überdrüssig gewesen, sondern hatte mit ihrer guten Laune und ihrem Ideenreichtum stets noch andere angesteckt. Für die Gemeinschaft des Seniorenheims war es ein herber Verlust, dass es sie und ihre fantasievolle Freizeitgestaltung nun nicht mehr gab.

Leider konnte sie Antonina jetzt nicht mit diesen Gedanken konfrontieren, denn inzwischen hatten sie die Praxisräume erreicht. Der Arzt verabschiedete sich gerade von Agata, die auf ihren klackernden Schuhen ungewohnt hastig davonlief und ihre Kolleginnen keines Blickes würdigte.

„Moin, die Damen", lächelte Dr. Roelfes, „pünktlich wie die Maurer. Dann kann es ja losgehen." Er sah Swantje direkt in die Augen, als er nun fragte: „Sie haben nicht zufällig etwas von Ihrem Kollegen Daniel gehört?"

Swantje ärgerte sich, dass sie es nicht schaffte, seinem durchdringenden Blick gleichmütig standzuhalten. Stattdessen schaute sie schnell weg und spürte das Blut heiß in ihr Gesicht schießen. Sie stammelte: „N-nein. Nein ... ähm ... wieso sollte ausgerechnet ich ...?"

Als sie ihren Blick wieder hob, bemerkte sie, dass weder Dr. Roelfes noch Antonina sie überhaupt noch beachteten. Leise miteinander tuschelnd hatten sie sich bereits auf den Weg zu ihrem ersten Patienten gemacht.

Sie folgte ihnen mit einem mulmigen Gefühl im Bauch.

15

„Das werdet ihr nicht tun. Wenn es hier etwas zu ermitteln gibt, dann überlasst es bitte der Polizei!" Sophie
Reimers sah beschwörend von einem zum anderen. Natürlich konnte sie verstehen, dass ihre Tante wissen wollte,
wer ihre beiden Freundinnen auf dem Gewissen hatte.
Gesetzt den Fall, dass überhaupt jemand sie auf dem Gewissen hatte. Aber dass sie sich nun gemeinsam mit Ubbo
Mannsen und Elske Langen zu einer privaten Ermittlerin
aufschwang, die es sich zum Ziel gesetzt hatte, einen Arzt
des mehrfachen Mordes zu überführen, das ging dann
doch ein wenig zu weit. Zumal es für dessen Schuld nicht
die geringsten Anhaltspunkte gab.

Und dann ausgerechnet mit Elske Langen, auf die
nun wirklich kein Verlass war. Das Einzige, auf das man
sich bei ihr verlassen konnte, war ihre Unzuverlässigkeit.
Schließlich litt die alte Dame zunehmend unter Demenz.
Noch wurde sie in diesem Seniorenheim geduldet, aber das
auch nur, weil sie sich hier so wohlfühlte und alle, inklusive
des Pflegepersonals, angesichts ihres stetig schlechter
werdenden Zustands ein Auge zudrückten. Lange würde
das allerdings nicht mehr funktionieren, denn Elske neigte
inzwischen dazu, ihren Tag- und Nachtrhythmus zu ver-
tauschen. Immer häufiger verließ sie mitten in der Nacht

das Heim und musste gesucht werden. Oft hatte sie dabei sogar nur ihr Nachthemd an. Kurz gesagt, sie wurde zu einem Problem, das man hier auf Dauer nicht würde meistern können.

Und nun sollte diese Frau plötzlich Mitglied einer Gruppe von Hobbydetektiven sein?

Sophie Reimers runzelte gereizt die Stirn, als ihr Blick auf Ubbo Mannsen fiel, der sich genüsslich einen Doornkaat nach dem anderen hinter die Binde kippte. Es war erstaunlich, was dieser alte Seebär vertrug. Andere würden bei seinem Konsum schon komatös unter dem Tisch liegen. Er aber zeigte nicht mal die geringsten Anzeichen von Sprachausfällen, sondern quasselte so gut gelaunt in die Runde wie ein frischer Frühlingsmorgen.

Als Jurine ihm vor wenigen Tagen vorgeschlagen hatte, die Morde an den Heimbewohnern aufzuklären, sagte er sofort zu, bestand jedoch darauf, dass auch Elske zum Team gehöre. Er kümmerte sich rührend um seine späte Liebe, die er vermutlich sogar noch hätte erobern können, wenn ihm der fortschreitende Gedächtnisverlust seiner Angebeteten nicht einen Strich durch die Rechnung gemacht hätte. Dennoch ließ er sich nicht entmutigen und kämpfte um jede Minute, die er mit Elske zusammen sein konnte. Natürlich nahm er damit auch dem Pflegepersonal viel Arbeit ab, was ein weiterer Grund sein dürfte, warum die Demenzkranke überhaupt noch hier war.

„Du sachst doch selber, dass die Polizei nix unternimmt", sagte Ubbo mit seiner nörgelnden Stimme. „Also muss sie sich auch nicht wunnern, wenn andere ihren Job machen."

„Es gibt keinen Job zu machen", insistierte Sophie Reimers,

um dann jedoch weniger streng hinzuzufügen: „Zumindest liegt laut Staatsanwaltschaft kein Ermittlungsgrund vor.“

„Nu, dann müssense sich ja nicht wunnern, wenn andere das tun“, wiederholte Ubbo und nickte zufrieden.

Sophie Reimers wollte gerade etwas erwidern, als ihr Smartphone einen Anruf signalisierte. „Herr Büttner, was führt Sie zu mir?“, sagte sie wenig später. „Ach was … Ja, verstehe … Naja, scheint mir nicht besonders vielversprechend zu sein. Aber ich bin dabei. Ja. Bis dann.“

„Büttner? Ist das nicht dieser Kommissar?“, fragte Jurine und sah ihre Nichte neugierig an.

„Genau“, bestätigte Sophie. Sie zögerte kurz, fügte dann aber hinzu: „Sie ermitteln jetzt doch in diesem Fall. Anscheinend haben sich neue Anhaltspunkte ergeben.“ Sie sah mit strengem Blick von einem zum anderen. „Ihr seid jetzt also raus. Verstanden?“

„Und was sind das für neue Anhaltspunkte?“, fragte Ubbo anstatt einer Antwort.

„Das geht euch nun wirklich nichts an.“

„So. Je nu.“ Ubbo zuckte die Schultern, steckte sich den Stumpen einer erkalteten Zigarre in den Mund und wiegte den Kopf hin und her.

Aus Erfahrung wusste Sophie, dass dieses *Je nu* immer dann zur Anwendung kam, wenn Ubbo anderer Meinung war als andere. Selten verhieß das etwas Gutes. „Und weil es nun mal so ist, wie es ist, fahre ich jetzt zu den Kollegen, während ihr euch am besten nach draußen in die warme Sonne setzt und es euch gutgehen lasst.“

„Ist gleich Visite“, murmelte Ubbo, während Elske Sophie nun wie ein erleuchteter Engel anstrahlte, in die

Hände klatschte und erfreut ausrief: „Waltraud kommt gleich zum Eiertrüllen. Ich bin da richtig gut drin. Wann geht es denn los?"

Jurine legte ihrer Freundin eine Hand auf den Arm und sagte: „Lass gut sein, Elske. In diesem Jahr gibt es kein Eiertrüllen."

Natürlich wusste sie, dass Elske diesen Hinweis bereits im nächsten Moment vergessen haben würde, aber sie gab sich dennoch stets Mühe, sie zu behandeln, als wäre noch alles normal. Es war nicht schön zuzusehen, wie ein Mensch, der einem nahestand, geistig nach und nach zerfiel. Und ganz gewiss war es nicht einfach, mit einem Menschen umzugehen, dessen einzige Erinnerungen bereits Jahre, wenn nicht gar Jahrzehnte zurücklagen. Jeder hier im Raum wusste, dass es nur noch eine Frage der Zeit war, bis Elske nicht einmal mehr ihre engsten Freunde erkennen würde; mit der unausweichlichen Konsequenz, dass sie dieses Seniorenheim würde verlassen müssen.

„Okay, Tantchen, ich verlasse mich auf dich, dass ihr hier keinen Unsinn baut", sagte Sophie in einem so ermahnenden Tonfall, wie ihn in der Regel nur Erwachsene gegenüber von bockigen Kindern anwenden. Als sie nun die Klinke der Tür hinabdrückte, wurde diese bereits von der anderen Seite geöffnet, und noch ehe sie sich's versah, stand Dr. Roelfes nebst seiner Entourage im Zimmer. Der Blick, mit dem er sie nach dem ersten Überraschungs-moment musterte, war nicht eben freundlich.

„Ich nehme an, Sie sind aus rein privaten Gründen hier", sagte er ohne weitere Begrüßung. „Oder stiften Sie Ihre Tante etwa zum Kriminalisieren an?"

„Dazu muss uns keiner anstiften", kam es von Ubbo, noch bevor Sophie Reimers etwas antworten konnte.

Zwischen den Augen des Arztes bildete sich eine steile Falte. „Soweit ich mich erinnere, hatte ich Sie gebeten, dass jeder zur Visite auf seinem eigenen Zimmer ist."

„Woran man sich ja nicht unbedingt halten muss", gab Ubbo provokant zurück. „Ist ja schließlich kein Kinnergarten hier, auch wenn so mancher das wohl glaubt. Wenn ich keine Lust auf Ihre Visite habe, habe ich keine Lust drauf. So einfach ist das." Er deutete mit einem kurzen Nicken auf Jurine und Elske. „Das gilt natürlich auch für die Damen. Und für jeden annern hier im Heim."

„Mein regelmäßiger Besuch kann nur zu Ihrem Nutzen sein", bemerkte Dr. Roelfes und heischte mit einem schnellen Blick auf die Pflegerinnen nach Zustimmung. Während Antonina sofort beipflichtend nickte, kostete es Swantje allem Anschein nach Überwindung, denn sie zuckte nur hilflos mit den Schultern.

„Kann ich bei Waltraud und Hannelore nicht erkennen", erwiderte Ubbo und fixierte den Arzt aus schmalen Augen, während alle anderen im Raum – außer Elske, die nun leise ein Kinderlied vor sich hin summte – die Luft anhielten. Ganz offensichtlich war der alte Seemann auf Krawall gebürstet.

Zu aller Überraschung aber überging Dr. Roelfes nach einem Blick auf die Schnapsflasche und Ubbos gefülltes Glas diesen Einwand. Anscheinend hatte er beschlossen, sich nicht von einem Mann, der unter Alkoholeinfluss stand, provozieren zu lassen.

Sophie Reimers, die sich den Auftritt des Arztes aus rein

beruflichem Interesse nicht hatte entgehen lassen wollen und nach wie vor in der Tür stand, suchte bei jedem Satz des kurzen Schlagabtausches nach Anzeichen eines schlechten Gewissens. Nichts. Zwar war dem Mediziner anzumerken, dass er sich über Ubbo Mannsen ärgerte, doch war das bei dessen provokativem Verhalten alles andere als überraschend.

„Also denn", sagte die Polizistin und nickte allen zu. „Ich bin dann mal weg. Wenn hier irgendetwas passiert, was die Mordkommission wissen sollte, dann gebt mir bitte umgehend Bescheid. Je schneller wir diesen Fall abschließen können, desto besser."

Eigentlich hatte Sophie diese Bemerkung gemacht, um Dr. Roelfes doch noch aus der Reserve zu locken, der aber zog lediglich eine Augenbraue hoch.

Sophie Reimers fiel auf, dass nicht nur Antonina, sondern auch Swantje von ihren Worten überrascht schien, wenn auch auf unterschiedliche Weise. Während Antonina sehr verunsichert wirkte, schien Swantje innerlich zu triumphieren, denn sie reckte ihren angewinkelten Arm dicht am Körper in die Luft und riss ihn dann mit einem stummen Ja auf den Lippen wieder herunter.

„Neue Anhaltspunkte", hickste Ubbo Mannsen, der den übermäßigen Schnapskonsum so langsam zu merken schien.

„Darf man fragen, in welche Richtung Sie ermitteln?", reagierte Dr. Roelfes nun doch.

„Dürfen Sie", nickte Sophie Reimers, als sie schon fast zur Tür hinaus war, „nur werde ich Ihnen darauf keine Antwort geben."

„Wäre ja auch zu schön gewesen", entfuhr es Swantje.

„Sie sagen es", nickte der Arzt und zeigte dabei zu aller Verwunderung ein entspanntes Lächeln. „So", wechselte er mit einem kurzen Klatschen in die Hände das Thema, „und jetzt wüsste ich gerne, wie es Ihnen geht. Wenn alles in Ordnung ist oder Sie meine Frage nicht beantworten wollen, kann ich ja gleich weitergehen."

Ubbo schien nicht so recht zu wissen, wie er sich jetzt verhalten sollte. Er liebte Arztgespräche, konnte er dann doch endlich all seine Leiden aufzählen, die seinen Körper immer wieder heimsuchten. Andererseits hatte er sich vorgenommen, mit diesem Arzt höchstens noch übers Gefängnis zu reden. Er war also in einer echten Zwickmühle. Nervös an seiner Zigarre kauend zögerte er noch ein paar Momente, letztlich aber stand ihm das Überleben näher als sein Ehrgeiz als Privatdetektiv. Also räusperte er sich vernehmlich, griff sich dann an die Leiste und lallte empört: „Da zwickt es. Aber Agata wollte mir da nichts gegen geben."

„Dürfte die richtige Entscheidung von Agata gewesen sein", nickte der Arzt. „Ein paar weniger Schnäpse, und ruckzuck ist alles wieder im Lot." Noch bevor Ubbo eines seiner zahlreichen anderen vermeintlichen Leiden benennen konnte, wandte sich Dr. Roelfes an Elske, die inzwischen ein ganzes Medley von Kinderliedern in Endlosschleife herunterträllerte und dabei glückselig aus dem Fenster schaute. „Bei Ihnen alles in Ordnung, Frau Langen?", fragte er mit einem nachsichtigen Lächeln. Als Elske nicht reagierte, wiederholte er seine Frage noch zweimal, gab es dann jedoch auf.

Sein Blick aber sprach Bände. Genau wie alle anderen wusste er, dass die Stunden der alten Frau hier im Heim gezählt waren. Doch sprach auch er das Unvermeidliche nicht aus, sondern fixierte nun Jurine, die ihre Hände auf fast aggressive Weise im Schoß knetete und den Arzt unverwandt und wenig freundlich anstierte.

„Ist bei Ihnen auch alles in Ordnung, Frau Tamminga?"

„Noch besser wäre es, wenn meine Freundinnen noch lebten", antwortete sie unumwunden.

„Ich kann Ihren Kummer verstehen, aber …"

Jurine schoss so pfeilschnell von ihrem Stuhl hoch, dass sie hinterher selbst nicht hätte sagen können, wie sie mit ihren arthritischen Gelenken dazu in der Lage gewesen war. „Machen Sie hier bloß keinen auf Unschuldslamm!", zischte sie in Richtung des Arztes und wedelte ihm mit dem Finger vor der Nase herum. „Ich schwöre Ihnen, dass ich Ihnen das schmutzige Handwerk lege, und wenn es das Letzte ist, was ich tue! So!" Keuchend ließ sie sich zurück auf ihren Stuhl sinken und wischte sich den kalten Schweiß von der Stirn. Dann vergrub sie das Gesicht in den Händen und brach unvermittelt in Tränen aus.

„Wir sollten ihr eine Beruhigungsspritze geben", murmelte Antonina, während Swantje zu Jurine eilte, ihr den Arm um die Schultern legte und ihr etwas ins Ohr flüsterte.

Jurine nickte kaum merklich, bevor sie mit tränenerstickter Stimme zwischen den Fingern hervorpresste: „Kein Mensch gibt mir hier eine Spritze! Kein Mensch, versteht ihr? Euch ist es nur recht, wenn wir alle krepieren. Aber den Gefallen tu ich euch nicht. Ich nicht!"

„Ich weiß wirklich nicht, was hier los ist", entgegnete Dr. Roelfes und hob hilflos die Schultern. „Es ist völlig normal, dass man nach einem Schuldigen sucht, wenn einem großes Leid zugefügt wurde. Aber das, was Sie hier an versteckten Unterstellungen bringen …"

„Unterstellungen? Was heißt hier Unterstellungen?", begehrte nun Ubbo Mannsen auf und fuchtelte drohend mit seiner Zigarre in der Luft herum. Ebenso wie Jurine war auch er von seinem Stuhl hochgesprungen, was ihm jedoch offensichtlich nicht guttat, denn er schwankte und wäre um ein Haar gestürzt, wenn Swantje ihn nicht geistesgegenwärtig unter dem Arm gegriffen und gestützt hätte. „Sind doch alles Verbrecher hier, alles Verbrecher!", grölte Ubbo aufgebracht. „Aber wir kriegen euch! Wir kriegen …!" Noch bevor er das letzte Wort ausgesprochen hatte, gaben seine Knie unter ihm nach, sodass auch Swantje ihn nicht mehr halten konnte. Mit einem letzten Schnauben brach er kraftlos in sich zusammen.

Für einen kurzen Moment waren alle im Raum wie erstarrt, ein erstickter Schrei vom Fenster her aber brachte sie wieder zur Besinnung. Während Dr. Roelfes rasch zu dem alten Mann sprang, um dessen Vitalfunktionen zu überprüfen, starrte Elske, die Hände vor den Mund geschlagen, voller Entsetzen auf ihren am Boden liegenden Freund.

„Ubbo!", schrie sie mit vor Panik vibrierender Stimme auf. „Oh, mein Gott, Ubbo, was ist mit dir!? Nein, nein, nein, Sie dürfen ihn nicht umbringen! Sie dürfen Ubbo nicht umbringen!" Wie aus einem Reflex heraus griff sie nach einer auf dem Tisch stehenden Blumenvase und zerschmetterte sie im nächsten Moment auf dem Kopf des

Arztes, der nun seinerseits zusammensackte. „Nein, nein, Sie dürfen ihn nicht umbringen!", schrie Elske wie besessen. Sie drosch weiter mit den nackten Händen auf den offensichtlich bewusstlosen Doktor ein, dem inzwischen Blut aus dem Hinterkopf rann. „Nicht Ubbo! Nicht so wie Waltraud! Nicht so wie Waltraud!"

Swantje, die herbeigeeilt war und Elske mit einem festen Griff um die Oberarme nach hinten riss, um Antonina die Versorgung der am Boden liegenden Männer zu ermöglichen, stutzte. Langsam drehte sie die nun von heftigen Schluchzern geschüttelte Elske zu sich und sah ihr eindringlich ins Gesicht.

„Du hast gesehen, wie der Doktor unsere Waltraud umgebracht hat?", fragte sie mit vor Aufregung heiserer Stimme.

Die alte Frau nickte. Dann überließ auch sie sich der Ohnmacht.

16

Die Nacht war außergewöhnlich mild für diese Jahreszeit. Daniel saß auf den Stufen des kleinen, von außen nicht eben anheimelnd aussehenden Häuschens, das seine Kollegin Swantje mit Andy, Friedrich und Herrn von Müller bewohnte.

In der vergangenen Nacht hatte er geschlafen wie ein Stein, doch war das allenfalls der totalen Erschöpfung geschuldet, die er nach dem ungewollten Abenteuer auf der Jann-Berghaus-Brücke erlebt hatte. Seither hatte er das Gefühl, nie wieder im Leben ein Auge zumachen zu können, so sehr wühlten ihn die Ereignisse immer noch auf.

Daniel schaute in den sternenklaren Himmel hinauf und lachte bitter auf. „Sei froh, dass dein Abenteuer ein so gutes Ende genommen hat", hatte Andy zu ihm gesagt. Eindeutig ein Satz, der seine jetzige Situation nur unzureichend beschrieb. Das angebliche Ende des Abenteuers war allenfalls dessen Beginn. Und kein Mensch, am allerwenigsten er selbst, wusste, wo und wann es enden würde.

Ganz offensichtlich wollte ihn irgendjemand aus dem Weg räumen. Und ebenso offensichtlich war es nicht der Doc alleine. Hatten seine Widersacher aus der Zeit in Berlin vielleicht herausgefunden, dass er hinter den Hackerangriffen auf ihre Computer steckte? Dann hatten sie auch bemerkt, dass er ihren kriminellen Machenschaften auf die Schliche gekommen war. Er wusste nicht, wie es ihnen gelingen konnte, schließlich war er stets auf eine optimale Tarnung bedacht gewesen. Aber dass es so war, stand außer Frage. Womöglich kontrollierten sie jetzt im Gegenzug seine Rechner, ganz sicher auch sein Smartphone. Er musste also höllisch aufpassen und darauf achten, dass seine Geräte ausgeschaltet blieben.

Damals, als er in Berlin damit begann, einige Computer von Ärzten in der Pflegebranche zu hacken, hatte er nichts Großes dahinter vermutet. Einige ominöse Todesfälle in unterschiedlichen Pflegeheimen, ganz ähnlich, wie sie nun in Hinte vorkamen, hatten sein Misstrauen geweckt.

Schnell war er darauf gekommen, dass an seinem Verdacht etwas dran war. Anscheinend wurden in mehreren Pflegeheimen nicht angemeldete Medikamententests an den Bewohnern durchgeführt, ohne dass diese davon wussten. Nicht wenige von ihnen waren bereits verstorben.

Als immer mehr Fakten darauf hindeuteten, dass nicht nur Ärzte, sondern vor allem auch große Pharmaunternehmen in die Sache verstrickt waren, war ihm die Sache zu heiß geworden. Also hatte er die recherchierten Daten anonym an die Ermittlungsbehörden und einige Medienorgane verschickt. Er musste nicht lange warten, bis die Staatsanwaltschaft Ermittlungen anordnete.

Daniel wog sich in Sicherheit, schließlich brachten nun andere Schritt für Schritt ans Licht, was er nur hatte vermuten können. Er war lediglich noch ein interessierter, ansonsten aber völlig unbeteiligter Zuschauer.

Unter anderem geriet damals auch Dr. Roelfes ins

Fadenkreuz der Ermittler, für den damit ein wahrer Spieß-rutenlauf begann. Mit dem Ergebnis allerdings, dass ihm persönlich nichts nachgewiesen werden konnte, obwohl es auch in Pflegeheimen seines Zuständigkeitsbereiches zu ominösen Todesfällen gekommen war.

Als Arzt in Berlin war Dr. Roelfes trotz des für ihn positiven Ausgangs der Ermittlungen verbrannt. Also suchte er sich einen neuen Job weit weg von allem, in der ostfriesischen Provinz.

Daniel, der nie an die Unschuld des Arztes geglaubt hatte, folgte ihm, ohne dass Dr. Roelfes eine Ahnung hatte, wer nun mit ihm im Hinteraner Pflegeheim zusammenarbeitete.

Als es kaum nach dem Dienstantritt des Arztes auch hier zu seltsamen Sterbefällen kam, fühlte Daniel sich in seinem Verdacht bestätigt. An einen Zufall konnte und wollte er nicht glauben. Vielmehr lag der Verdacht nahe, dass der Doc gemeinsam mit irgendwelchen Pharmaunter-nehmen jetzt an der Stelle weitermachte, an der er in Berlin aufgehört hatte.

Also machte sich Daniel wieder an die Arbeit. Mit dem Ergebnis, dass Dr. Roelfes nun offensichtlich nicht mehr der einzige Gejagte war, sondern auch er selbst.

Gut möglich, dass die ganzen Verdächtigungen, die im Hinteraner Pflegeheim ganz offen diskutiert wurden und abermals die Polizei aufgeschreckt hatten, dazu führten, dass man ihm in den Verbrecherkreisen persönlich auf die Schliche gekommen war und einen Zusammenhang zu den Vorkommnissen in Berlin herstellte. Um zu ver-hindern, dass auch die hiesigen Machenschaften ans Licht kamen, hatte man ihn verschleppt und in der Ems versenken wollen.

Dank Andy war dieses Vorhaben missglückt. Doch Daniel war sich sicher, dass sie ihn nicht in Ruhe lassen würden. Ganz im Gegenteil, sie würden nun erst recht alles daran setzen, ihn zu finden und auszuschalten. Es stellte sich also die Frage, ob er hier auf dem Hof tatsächlich sicher war.

Was war zum Beispiel, wenn Andy ein doppeltes Spiel trieb? Mit Vehemenz hatte sein Kollege darauf bestanden, dass er nicht zur Polizei ging. Denen sei nicht zu trauen, hatte er gemeint, und letztlich würden sie ihm, Daniel, seine Geschichte sowieso nicht abnehmen.

Swantje hatte Andy in dieser Meinung bestärkt und gemeint, man solle die Sache nun endlich zu Ende führen und den Doc genau dorthin liefern, wohin er gehörte, nämlich ans Messer. Dafür aber sei es zum einen unabdingbar, dass sie endlich Beweise fänden, zum anderen, dass Daniel in der Versenkung bleibe. Nur so könne der Plan gelingen. Aber ob sie damit richtig lag?

Schließlich hatten sie es hier ganz offensichtlich nicht nur mit ein paar Kleinkriminellen zu tun, wie Andy einer war, sondern mit einer Mafia, der es zur Wahrung ihrer Interessen auf eine Leiche mehr oder weniger vermutlich nicht ankam.

Was wiederum die Frage aufwarf, ob er es überhaupt verantworten konnte hierzubleiben. Schließlich brachte er damit auch Swantje in eine nicht kalkulierbare Gefahr – und Andy, wenn der denn tatsächlich so harmlos war, wie er behauptete.

Daniel hatte inzwischen herausgefunden, wo genau er sich befand, nämlich in der hintersten Ecke des Rheiderlands, irgendwo im Niemandsland an der deutsch-niederländischen Grenze. Dort nämlich, wo sich Fuchs und Hase Gute Nacht sagten. An dem Ort, an den sich ganz gewiss niemand verirrte, selbst wenn er sich verirrt hatte.

Er war im ostfriesischen Bullerbü. Nur ohne dessen Beschaulichkeit.

Eigentlich ein perfektes Versteck. Doch war es perfekt genug?

Blieb also die Frage, ob er an dem Plan, den er am vorherigen Abend mit Swantje und Andy zur Überführung des Doktors ausgeheckt hatte, festhalten sollte. Oder war es womöglich besser, sich von allem hier wortlos zu verabschieden und somit wenigstens seinen beiden Kollegen eine Chance zu geben, der lauernden Gefahr zu entkommen? Dann würde er die Sache von einem anderen Ort alleine zu Ende bringen – oder sie von jetzt ab vielleicht doch lieber auf sich beruhen lassen?

Nein, ermahnte er sich schon im nächsten Moment selbst, auf gar keinen Fall konnte er die alten Menschen im Stich lassen. Wen hatten sie denn noch, außer ihm? Gerade mit denen, die keine Angehörigen oder Freunde hatten, wurde in diesem System doch umgegangen wie mit Aussätzigen, die es möglichst schnell aus dem Blick und damit aus dem Bewusstsein zu schaffen galt. Allenfalls taugten sie noch zu medizinischen Versuchsobjekten. Sie brauchten dringend eine Lobby. Also würde er sich darum kümmern, dass ihnen Gerechtigkeit widerfuhr. Ob mit Andy und Swantje oder ohne, das wusste er in diesem Moment noch nicht zu sagen.

Daniel stöhnte auf, als er ein schmerzhaftes Stechen im Bein verspürte. Das lange Sitzen tat ihm nicht gut. Also stand er langsam auf, bewegte sich ein wenig und blickte zum Himmel hinauf. Es dämmerte bereits, und die ersten Vögel zwitscherten ein vielstimmiges Konzert, das einem hier draußen mangels weiterer Geräuschkulisse als unnatürlich laut erschien.

Mit einem leichten Humpeln machte er sich auf den Weg durchs überwucherte Gelände. In der Dunkelheit wäre es faktisch einer fahrlässigen Körperverletzung gleichgekommen, sich hier zu bewegen. Selbst mit einer Taschenlampe in der Hand lief man immer noch Gefahr, über irgendwelche Ranken zu stolpern, in plötzlich auftauchende Vertiefungen zu treten oder mit einem der zahllos herumstehenden Gegenstände zu kollidieren. Inzwischen aber war es schon wieder so hell, dass man eine Inspektion des Anwesens riskieren konnte, ohne sich dabei zwangsläufig zu verletzen.

Sein Weg führte ihn an einem baufälligen Unterstand vorbei, der Kohorten von alten Fahrzeugen und landwirtschaftlichen Geräten barg. Bei näherem Hinschauen entpuppten sich die Maschinen jedoch als ein einziger Haufen verrosteter Schrott.

Daniel fragte sich, warum man alles so dermaßen hatte verkommen lassen. Swantje selbst lebte hier erst seit rund zwei Jahren, wie sie ihm erzählt hatte. Als sie hier einzog, gehörte der landwirtschaftliche Betrieb längst der Vergangenheit an, angeblich hatte nach dem plötzlichen Tod des alleinstehenden Bauern niemand einen Anspruch oder auch nur Interesse an dessen Besitz angemeldet. Bei der zuständigen Gemeinde hatte man die Kosten für Abriss und Entsorgung gescheut. Daher war man einfach nur froh gewesen, dass sich irgendwer des Schandflecks annahm. Also hatte man es Swantje bis auf Weiteres kostenlos überlassen.

Das ganze Gelände erinnerte Daniel an Bilder aus Tschernobyl oder Fukushima, wo man in seiner Not einfach alles hatte stehen und liegen lassen, um sich vor dem überall lauernden, unsichtbaren Tod in Sicherheit zu bringen. Der Anblick war gruselig und faszinierend zugleich. Vielleicht war genau das der Grund, warum Swantje und ihre Mitbewohner bisher nichts unternommen hatten, um aus diesem Trümmerhaufen wieder ein passables Anwesen zu machen.

Mit vorsichtigen Schritten, immer darauf achtend, wohin er trat, näherte sich Daniel einem der verfallenen Stallgebäude. Zumindest nahm er an, dass die von Efeu überwucherten Außenmauern einst die Kubatur für einen Kuhstall oder ähnliches bildeten.

Ob er sich in die Ruine hineintrauen durfte, ohne Angst haben zu müssen, von einem der roten Klinkersteine erschlagen zu werden? Wohl eher nicht.

Gerade wollte er sich wieder vom Gebäude abwenden, um einen anderen Teil des riesigen Grundstücks zu inspizieren, als aus dem kaum noch vorhandenen Dach plötzlich ein Blitz herausgeschossen kam.

Da! Schon wieder! Was konnte das sein? Er ließ seinen Blick zum Horizont schweifen, über den die ersten Sonnenstrahlen hervorlinsten, und kam zu dem Schluss, dass diese vermutlich von irgendetwas im Stall reflektiert wurden. Doch was mochte das sein?

Obwohl es eigentlich völlig irrelevant war, worin sich an diesem Morgen die Strahlen der aufgehenden Sonne brachen, war seine Neugierde geweckt. Er lief zur Giebelseite des Gebäudes vor, weil er hier das Tor vermutete. Und tatsächlich: Als er um die Ecke bog, entdeckte er ein hohes Holztor, von dessen morschen Balken die grüne Farbe beinahe gänzlich abgeblättert war. In das Tor eingelassen war eine einen Spalt breit offenstehende Tür, deren Riegel beiseite geschoben war. Erstaunlicherweise zeigte dieser Riegel keinerlei Spuren von Rost auf, sondern sah so aus, als wäre er erst vor Kurzem hier angebracht worden. Bei genauerem Hinsehen schien auch die Restauration der Tür noch nicht allzu lange her zu sein, denn im Gegensatz zum Rest des Tores erstrahlte sie in einem frischen, grünen Farbanstrich. Oder war sie sogar ganz neu?

Daniel schlängelte sich an den wuchernden Brombeerranken vorbei und erreichte schließlich den Eingang. Vorsichtig zog er die Tür ein weiteres Stück auf. Doch kaum dass er hindurchgeschlüpft war, entfuhr ihm ein überraschter Schrei.

17

Heinrich hatte seinen Spaß. Nicht so Hauptkommissar David Büttner. Im Gegensatz zu seinem Hund verspürte er nicht die geringste Lust, sich schon wieder in diesem Seniorenheim aufhalten zu müssen. So langsam hatte er die Faxen dicke von einem Fall, der nach wie vor nicht wirklich einer war, dafür aber Unmengen an Zeit und Energie verschlang. Andererseits erschien ihm ein Gespräch mit Dr. Roelfes längst überfällig, und er konnte dies sogleich erledigen, wenn er schon mal hier war.

Seit ihn an diesem Morgen der Anruf erreicht hatte, im Heim habe es einen Tag zuvor eine Prügelei gegeben, wurde er das wenig ansprechende Bild in sich verkeilter alter Menschen nicht mehr los. Aus irgendeinem Grund war ihm plötzlich die Szene aus der Verfilmung von Michel aus Lönneberga vor seinem geistigen Auge erschienen, in dem der kleine Rabauke einer Prügelei auf dem Markt von Vimmerby beiwohnte.

In der Hoffnung, dass sich die Keilerei der Senioren als weniger ausgelassen und umfangreich herausstellte als die in der schwedischen Provinz, hatte er sich mit seinem Hund schlecht gelaunt auf den Weg nach Hinte gemacht.

Während er mit einer Tasse in der Hand in dem zweckmäßig aber gemütlich eingerichteten Speisezimmer darauf wartete, dass ihm der im gestrigen Handgemenge zu Boden gegangene Dr. Roelfes für ein Gespräch zur Verfügung stehen würde, beobachtete er seinen Hund. Dieser genoss sichtlich den Aufenthalt, genau wie die Menschen, um die er freudig herumsprang, um sich von ihnen wahlweise mit Streicheleinheiten oder Leckerlis aller Art verwöhnen zu lassen.

Büttner registrierte voller Verdruss, dass ihm noch niemand ein Stück des köstlich aussehenden Kuchens angeboten hatte, während Heinrich gefühlt schon die halbe Torte intus hatte. Doch auch, wenn er seinem Hund dieses Übermaß an Zuwendung ein wenig neidete, so erfreute er sich doch an den glücklichen Alten, die sichtlich Spaß an dem Tier hatten. Nicht zum ersten Mal fragte er sich, warum Haustiere in solchen Einrichtungen eigentlich nicht erlaubt waren. Tiere machten alte Menschen glücklich und umgekehrt, das war nicht zu übersehen. Also wäre die logische Konsequenz daraus doch eigentlich, dass man sich diese glückliche Fügung in den Heimen zunutze machte, um den häufig alleinstehenden und manchmal auch von Trauer und Einsamkeit geplagten Senioren ein wenig Freude und Zuwendung zu schenken.

Doch im Bereich der Pflege regierte eine andere Form der Logik. Hier ging es um Funktionalität im Sinne der Betreiber.

„Hunde sind hier eigentlich nicht erlaubt", hörte er wie auf Bestellung eine Stimme von der Tür her sagen.

Büttner stellte seine Tasse ab und stand auf, während Dr. Roelfes ihm mit ausgestreckter Hand entgegenkam.

„Moin", sagte er und gab dem Mediziner die Hand. „Mein Hund darf das. Als Polizeihund ist er für die Ermittlungen unerlässlich", flunkerte er.

„Welche Ermittlungen?", konterte der Arzt. „Ich bin davon ausgegangen, dass sie längst eingestellt wurden."

„Nun, dann können Sie ab jetzt davon ausgehen, dass wir sie wieder aufgenommen haben", entgegnete Büttner und hoffte bei dieser kleinen Notlüge inständig, dass Dr. Roelfes nicht ausgerechnet zu den Golf- oder Tennis-partnern des Staatsanwalts gehörte.

„Dürfte ich Sie in mein Büro bitten", beeilte sich der Doktor zu sagen, als nun einige der Senioren neugierig zu ihnen hinüberblickten.

„Ich nehme an, mein Hund kann den Herrschaften weiterhin Gesellschaft leisten? Sonst müsste ich ihn mit in Ihr Büro nehmen. In der Hitze des Autos kann ich ihn un-möglich lassen, Sie verstehen …"

„Ja, ja, natürlich, kein Problem. Überhaupt kein Problem", antwortete der Arzt und schob Büttner, der den grinsenden Senioren noch schnell verschwörerisch zuzwinkerte, zur Tür hinaus.

Auf dem Weg zum Büro des Arztes kam ihnen ein sicht-lich abgehetzter Sebastian Hasenkrug entgegen. „Was ist passiert?", rief er ihnen schon aus ein paar Metern Ent-fernung entgegen.

Büttner hatte ihn über den tatsächlichen Anlass des Be-suches bewusst im Unklaren gelassen, da er befürchtete, dass sein Assistent seinen freien Tag in diesem Fall lieber zu Hause verbracht hätte. Da er während der Vernehmung des ominösen Arztes aber ungern selbst die Notizen machen wollte, hatte er Hasenkrug in dem Glauben gelassen, es handele sich um einen dringenden Einsatz.

„Dr. Roelfes hat gestern nur knapp einen Anschlag auf sein Leben überlebt", antwortete er daher und erntete dafür verständlicherweise einen irritierten Blick des Arztes. „Also", fügte er schnell hinzu, als dieser jetzt zum Widerspruch ansetzte, „so kamen die Schilderungen von der Pflegerin namens Swantje Klaaßen zumindest bei mir an."

„Swantje hat Sie also über die Vorfälle informiert", stellte Dr. Roelfes fest, nachdem sie sich alle in seinem Büro gesetzt hatten. „Mir scheint, die junge Frau hat ein wenig übertrieben."

„Wirklich?", tat Büttner verwundert. „Sie rief heute Morgen ziemlich aufgeregt bei uns an. Es muss einigermaßen dramatisch gewesen sein, wenn man ihren Schilderungen Glauben schenken kann." Tatsächlich hatte Swantje ihm lediglich ausrichten lassen, dass es infolge eines Handgemenges zu mehreren Ohnmachtsanfällen gekommen sei, unter anderem dem von Dr. Roelfes. Zugleich hatte sie ihn – zugegebenermaßen in einem völlig übertrieben verschwörerischen und daher nur bedingt glaubhaften Tonfall – darauf hingewiesen, dass sie ihm gerne ein paar Beweise für die Schuld des Arztes am Tod mehrerer Senioren zukommen lassen würde, wenn sie am späten Vormittag zum Dienst erscheine.

Auf Büttners berechtigte Frage hin, um welche Art von Beweisen es sich denn handele, hatte die junge Frau einfach aufgelegt. Dieses Verhalten hatte ihn nicht eben zu Begeisterungsstürmen veranlasst, aber dennoch dazu geführt, seine Neugierde zu wecken. Sollte sie tatsächlich stichhaltige Beweise für die Schuld des Arztes haben – woran er so seine Zweifel hegte – dann war es besser, an Ort und Stelle zu sein, bevor der Doktor womöglich seinem Fluchtinstinkt nachgab und zur Fahndung ausgeschrieben werden musste.

Den damit einhergehenden Papierkram wollte sich Büttner gerne ersparen und vor dem Staatsanwalt lieber als der dastehen, der zur richtigen Zeit am richtigen Ort gewesen war. Nicht aus Eitelkeit, sondern weil es in Sachen übereilter Obduktion vielleicht ein bisschen was wieder gutmachen würde.

„Vielleicht schildern Sie uns jetzt einfach mal Ihre Version der Vorfälle, damit wir einen Eindruck bekommen, was hier vorgefallen ist", sagte er nun an den Arzt gewandt.

„Zunächst einmal wüsste ich gerne, in welcher Sache Sie eigentlich jetzt doch wieder ermitteln", entgegnete der Arzt. „Geht es immer noch um Waltraud Habers? Gibt es neue Hinweise?"

Büttner ignorierte den irritierten Blick seines Assistenten und meinte: „Dazu später. Jetzt erstmal zu den gestrigen Ereignissen, bitte."

Der Arzt nickte, musste sich aber anscheinend zunächst sammeln und schob abwesend ein paar Dinge auf dem Schreibtisch hin und her. Dann lehnte er sich aufseufzend in seinem Stuhl zurück und sagte: „Ihre Kollegin Frau Reimers war zu Besuch bei ihrer Tante, Jurine Tamminga. Sie schienen gemeinsam mit Ubbo Mannsen und Elske Langen, die ebenfalls hier leben, irgendein Komplott gegen mich auszuhecken."

„Ein Komplott gegen Sie?" Büttner hob erstaunt die Brauen. „Wie genau muss ich mir das vorstellen?"

Genau wie sein Chef, ging nun auch Sebastian Hasenkrug in Habachtstellung. Die halbprivaten Alleingänge ihrer Kollegin waren ihnen schon die ganze Zeit ein Dorn im Auge. Wenn sie hier tatsächlich schon wieder eigenmächtig und ohne konkreten Anlass tätig geworden war, wurde es Zeit für ein ernstes Gespräch.

„Aus irgendeinem Grund scheinen sie der Ansicht zu sein, dass ich für einige der Todesfälle in diesem Heim persönlich verantwortlich bin."

„Und? Sind Sie das?", fragte Büttner frei heraus.

„Meine Aufgabe ist es, dafür zu sorgen, dass es den Menschen auch im Alter gutgeht", antwortete der Arzt erstaunlich sachlich. „Nichts anderes tue ich hier. Ich habe wirklich keine Ahnung, wie man auf diese ungeheuerliche Unterstellung kommen kann." Der Arzt wirkte nun ehrlich zerknirscht und fügte dann mit einem flehenden Blick auf Büttner hinzu: „Bitte, Sie müssen mir glauben, ich habe mit diesen Todesfällen nichts zu tun. Auch wenn es angesichts der damaligen Ereignisse in Berlin vielleicht alles ein wenig seltsam anmutet."

„Welche Ereignisse in Berlin?" Büttner stand auf dem Schlauch.

Der Arzt musterte ihn und Hasenkrug misstrauisch. „Ich hatte angenommen, deswegen seien Sie hier?"

„Wenn Sie uns bitte aufklären könnten", erwiderte Hasenkrug.

Dr. Roelfes zögerte kurz und wand sich unbehaglich auf seinem Stuhl, schien sich dann jedoch für die Flucht nach vorne zu entscheiden und berichtete den Polizisten, was in Berlin vorgefallen war. Er endete mit den Worten: „Ich weiß, dass mich das alles nicht unverdächtiger macht, aber ich bin heute genauso unschuldig wie damals."

Die Überraschung von Büttner und Hasenkrug hätte nicht größer sein können. Nach dem Bericht des Arztes sahen sie ihren Fall, der bisher nie wirklich einer war, in ganz neuem Licht. Büttner räusperte sich und meinte: „Ehrlich gesagt, hatten wir davon bislang keine Ahnung. Sie werden verstehen, dass wir es überprüfen werden. Zunächst einmal aber vielen Dank für Ihre Offenheit." Er überlegte, ob er noch weiter auf das Gesagte eingehen sollte, entschied sich jedoch dagegen. Das alles musste erstmal sacken, bevor sie jetzt in hektische Betriebsamkeit übergingen.

Also sagte er ohne Überleitung: „Kommen wir jetzt mal zum Punkt. Warum kam es gestern zu dem Handgemenge und wer waren die Beteiligten?"

Dr. Roelfes wirkte zunächst irritiert. Vermutlich wunderte er sich, dass nicht weiter auf seine Beichte eingegangen wurde. Nach einem tiefen Atemzug aber antwortete er: „Es war kein Handgemenge im eigentlichen Sinne. Besagter Ubbo Mannsen greift gerne mal zur Flasche. Gerne auch mal ein bisschen öfter. So auch gestern Abend. Irgendwann fing er an, mich böse zu beschimpfen, dann kippte er plötzlich vom Stuhl. Ich habe mich sofort über ihn gebeugt, woraufhin mir anscheinend Elske Langen eine Blumenvase über den Schädel gezogen hat, weil sie angeblich der Meinung war, ich hätte die Absicht, Herrn Mannsen zu töten. Nachdem nun auch ich bewusstlos am Boden lag, verabschiedete sich wohl auch Elske Langen vor lauter Aufregung für ein paar Minuten aus dieser Welt. Das war's. Inzwischen sind alle wieder wohlauf." Der Arzt betastete vorsichtig ein Pflaster, das an seinem Hinterkopf klebte. „Geblieben ist lediglich eine Platzwunde, die fachmännisch versorgt wurde."

„Das war alles?", fragte Hasenkrug empört mit einem finsteren Blick auf seinen Chef. „Kein Tötungsdelikt, kein Mordversuch? Nicht einmal der Ansatz davon? Und dafür lasse ich zu Hause alles stehen und liegen?"

„Könnte man denn den Angriff mit der Vase als bewussten Tötungsversuch werten?", ignorierte Büttner den Ausbruch seines Assistenten und sah den Arzt, der mit hängenden Schultern in seinem Sessel saß, prüfend an. „Möchten Sie vielleicht Anzeige erstatten?"

Dr. Roelfes schüttelte den Kopf. „Nein, ganz sicher nicht. Frau Langen leidet unter einer schnell fortschreitenden Demenzerkrankung. Kein Gericht dieser Welt würde sie als schuldfähig einstufen. Ich würde es auch gar nicht wollen." Er straffte seinen Körper und setzte sich aufrecht hin. „Wenn es nach mir ginge, wäre die Sache längst vergessen. Ich weiß wirklich nicht, warum Swantje einen solchen Wirbel um nichts machen musste."

„War Swantje denn im Zimmer anwesend, als es geschah?", fragte Hasenkrug.

„Ja. Ich hatte sie, genauso wie Antonina, gebeten, bei der Visite dabei zu sein."

„Sie machen hier eine Visite?", wunderte sich Büttner. „Ist das nicht eher ungewöhnlich?"

„Vielleicht. Mir geht es darum, möglichst nahe an den Bewohnern und ihren eventuellen Beschwerden zu sein.

Manche zögern zu lange, bis sie bei bestimmten Beschwerden die ärztliche Sprechstunde aufsuchen. Durch das persönliche Gespräch im vertrauten Umfeld kann man dem entgegenwirken, indem man ihnen die Möglichkeit gibt, ein wenig über sich selbst zu plaudern. Da ergibt dann eins das andere. So wird in der Regel nichts übersehen."

„Klingt plausibel", nickte Büttner. „Und engagiert." Er konnte sich nicht helfen, aber er fand den Arzt auch nach seiner unverhofften Beichte nicht nur vernünftig, sondern auch sympathisch. Nun, man musste die weiteren Entwicklungen abwarten.

„Und für Sie steht völlig außer Frage, dass die hier registrierten plötzlichen Todesfälle der letzten Monate allesamt eine natürliche Ursache haben?", wollte Hasenkrug wissen. „Sie sahen nie einen Anlass, bei dem einen oder anderen Fall genauer hinzusehen?" Er blätterte in seinen Notizen, bevor er sagte: „Uns wurden die Namen Gertrud Meier, Geeske Habbena und Franz Lüpkes genannt. Und natürlich Waltraud Habers und Hannelore Wirtjes. Können Sie bestätigen, dass der Tod bei diesen Personen eher unerwartet kam? Wie man uns sagte, waren sie alle gesund."

Der Arzt verdrehte die Augen. „Erfahrungsgemäß gibt es kaum einen Menschen über siebzig, der wirklich gesund ist. Die Frage ist lediglich, unter welchen Krankheiten er leidet. Die von Ihnen genannten Personen hatten natürlich auch ihre gesundheitlichen Probleme. Herr Lüpkes und Frau Habbena zum Beispiel litten unter Herzproblemen. In beiden Fällen nichts Dramatisches, aber dennoch ist ein plötzlicher Tod in solchen Fällen nie ganz auszuschließen."

„Aha. Und Frau Habers? Man hört, sie habe sich bester Gesundheit erfreut, genauso wie Frau Wirtjes.“

„Ja. Frau Habers war, bis auf minder schlimme arthritische Beschwerden, tatsächlich erstaunlich gesund, was auch an ihrem sonnigen Gemüt gelegen haben mag. Eine stabile Psyche und eine optimistische Einstellung haben immer auch Auswirkungen auf das körperliche Befinden.“ Der Arzt nickte kaum merklich. „Ja, bei Frau Habers war auch ich erstaunt, als sie so plötzlich verstarb.“

„Und Frau Wirtjes?“

„Sie litt unter Herz-Kreislauf-Problemen, allerdings ausgeprägter als bei ihren Leidensgenossen. Hinzu kamen chronische Verdauungsbeschwerden. Sie hatte es wahrlich nicht leicht. Im Trio mit Frau Habers und Frau Tamminga aber hatte sie neuen Lebensmut gefasst. In den letzten Wochen ihres Lebens war sie für ihre Verhältnisse gesundheitlich erstaunlich stabil.“

„Es heißt, all die Genannten hatten wenig bis keinen Kontakt zu ihren Familien. Können Sie das bestätigen?“, fragte Hasenkrug.

„Ja. Sie schienen ihren Verwandten eher im Weg zu sein, wie sie mir erzählten. Aber auch das ist im Alter leider nichts Ungewöhnliches.“

„Insgesamt scheint es sich bei den Bewohnern dieses Heims um eine recht ausgelassene Gruppe zu handeln“, stellte Büttner fest. „Fast kommt es einem so vor, als sei man unter eine Gruppe giggelnder Teenager geraten, wenn man das Treiben hier mal für eine Weile beobachtet. Täuscht mein Eindruck, oder herrscht hier tatsächlich eine außergewöhnlich gute Stimmung?“

Noch bevor Dr. Roelfes auf diese Frage antworten konnte, wurde plötzlich die Tür des Büros schwungvoll aufgerissen. Ein Herr in dunklem Zweireiher stürmte mit hochrotem Kopf hinein und wetterte mit erhobenem Zeigefinger sofort los: „Ich weiß wirklich nicht, was Sie sich dabei denken, Herr Kommissar, aber das wird Konsequenzen haben! Wenn ich mit Ihnen fertig bin, dann werden Sie sich nach einer neuen Beschäftigung umsehen können, das ist so sicher wie das Amen in der Kirche!"

„Und sonst, Herr Habers? Alles in Ordnung mit Ihnen?", reagierte Büttner betont gelassen auf den tobenden Mann, während Hasenkrug von seinem Stuhl hochgesprungen war, um sofort dazwischengehen zu können.

Rainer Habers trat noch ein paar Schritte näher an Büttner heran und fuchtelte ihm nun mit seinem Zeigefinger vor der Nase herum. Seine Augen traten fast aus ihren Höhlen, als er ihm zuzischte: „Ihre Frechheiten werden Ihnen schon vergehen, das schwöre ich, so wahr ich hier stehe."

„Wenn Sie hier keine Ruhe geben, muss ich die Polizei rufen", mischte sich nun ein sichtlich verunsicherter Dr. Roelfes ein und erntete dafür seinerseits irritierte Blicke von Büttner und Hasenkrug.

„Die Polizei zu holen ist eine, sagen wir mal, interessante Idee", zog Büttner eine Grimasse, blieb aber weiterhin gelassen auf seinem Stuhl sitzen. „Ich würde aber behaupten, dass uns mit einer Beruhigungsspritze eher geholfen wäre. Wenn Sie so nett wären, eine vorbereiten zu lassen, Dr. Roelfes."

„Wenn Sie glauben, dass …!", donnerte Rainer Habers

erneut los, wurde nun jedoch von Hasenkrug so unsanft zurückgestoßen, dass er im nächsten Moment auf einem unmittelbar hinter ihm stehenden Sofa landete. Diese unerwartete Attacke verschlug ihm anscheinend die Sprache, und er starrte Hasenkrug nun aus großen Augen an. Der nutzte die Gunst des Augenblicks, um zu sagen: „So, Herr Habers, und nun atmen Sie mal tief durch, bemühen sich um einen angemessenen Tonfall und erzählen uns, welches Problem Sie eigentlich mit uns haben. Vielleicht gelingt es uns ja, es aus der Welt zu schaffen, ohne dass sich die Mordkommission nach einem neuen Vorgesetzten umsehen muss."

„Wohin haben Sie meine Mutter gebracht, Herr Hasenpflug?", presste Rainer Habers zwischen den Zähnen hervor, nachdem er ein paarmal tief durchgeatmet hatte.

„Krug. Mein Name ist Hasenkrug."

„Ich will wissen, wohin Sie meine Mutter gebracht haben!"

„Wenn Sie uns verraten, warum ausgerechnet *wir* Ihre tote Mutter irgendwohin bringen sollten, dann können wir Ihnen vielleicht auch sagen, ob wir sie tatsächlich irgendwohin gebracht haben. Gerne können wir dann auch später gemeinsam nach ihr gucken gehen, denn weglaufen wird sie von da ja nicht so schnell", entschied sich Büttner für eine ordentliche Portion Sarkasmus.

„Sie haben keine Ahnung, wo sie ist?", fragte Rainer Habers, während sich in seinem Blick eine ganz gehörige Dosis Irritation breit machte.

„Im Krematorium?", schlug Hasenkrug vor. „Wenn ich Ihrer Erinnerung ein wenig auf die Sprünge helfen darf:

Sie wollten sie entgegen ihren ausdrücklichen Willen einäschern lassen. Wie seltsam, dass Ihnen das entfallen ist. Oder ist das womöglich bereits geschehen und Sie suchen an der ganz falschen Stelle nach ihr?"

„Sie haben meine Mutter nicht?", wiederholte der Mann.

„Gemeinhin pflegen wir keine Leichen mit uns herumzutragen", antwortete Büttner schnippisch. „Ihren Worten entnehme ich jedoch, dass es womöglich jemand anderer tut?"

„Das wäre nicht richtig", stellte Hasenkrug trocken fest.

„Überhaupt nicht richtig", nickte Büttner. „Was meinen Sie, Herr Doktor?"

„Ich würde mich in diesem Fall mutig hervorwagen und rundweg behaupten, es wäre falsch", ging der auf das wenig pietätvolle Geplänkel ein.

„Sie ist verschwunden. Der Leichnam meiner Mutter ist aus dem Krematorium verschwunden", klärte Rainer Habers sie auf.

„Das ist blöd", erwiderte Büttner, und die anderen beiden nickten.

„Wer könnte denn ein Interesse daran haben, die Leiche Ihrer Mutter zu entführen?", wurde Hasenkrug wieder ernst.

„Ich dachte, dass Sie sie erneut …"

„Nö", kam es unisono von den Polizisten, und Büttner hob abwehrend die Hände.

„Dann weiß ich auch nicht …" Der gerade noch so selbstbewusst wirkende Rainer Habers sah nun hilflos von einem zum anderen.

„In diesem Fall sollten wir sie suchen gehen", meinte

Büttner. Er warf einen Blick auf seine Armbanduhr. „Ich bin hier noch zu einem weiteren Gespräch verabredet. Hasenkrug, wenn Sie bitte alles Notwendige in die Wege leiten würden?"

„Okay. Fahndungsaufruf nach einer Leiche. Haben wir auch selten", antwortete der. Er wandte sich an Rainer Habers: „Ist sie denn mit oder ohne ihren Sarg unterwegs?"

„Mit. Der Sarg ist auch weg. Deswegen dachte ich ja …"

„Machen Sie sich keine Sorgen, Herr Habers", meinte Büttner, „wir werden Ihre Mutter schon wohlbehalten wiederfinden." Er stutzte. „Also, so wohlbehalten, wie es in ihrem Zustand eben möglich ist", fügte er dann stirnrunzelnd hinzu.

18

Jetzt wusste er auch, was er den Arzt noch hatte fragen wollen. Und vermutlich hätte er auch daran gedacht, wenn dieser unsympathische Rainer Habers nicht wie der wild-gewordene King Kong ins Büro gestürzt und sich mit seinem Platzhirschgehabe noch unbeliebter gemacht hätte, als er sowieso schon war.

Zwar war David Büttner redlich bemüht gewesen, der ganzen Situation die Schärfe zu nehmen, und seiner An-sicht nach war es ihm zunächst auch ganz gut gelungen. Die kleinlaute Phase des Herrn hatte jedoch nicht all-zu lange angehalten. Kaum dass Hasenkrug den Raum zwecks Sargsuche verlassen hatte, war Habers wieder zu alter Form aufgelaufen und hatte ihnen und dem Rest der Welt mit allem Möglichen gedroht, sollte man seine ver-blichene Mutter nicht umgehend der finalen Verbrennung zuführen – als wäre es Aufgabe der Polizei, dabei behilflich zu sein, potenzielle Beweismittel zu vernichten. Denn auch, wenn die Obduktion von Waltraud Habers zu keinem Er-gebnis geführt hatte, so glaubte auch Büttner inzwischen nicht mehr daran, dass die Dame eines natürlichen Todes gestorben war. Das sagte ihm sein Bauchgefühl. Allein, es fehlten die Beweise.

Doch die wollte ja angeblich die junge Dame liefern, die

ihm jetzt gegenübersaß und geräuschvoll an einem mit-gebrachten Smoothie schlürfte. Mit ihrem ersten Satz, den sie nach dem Eintreten formulierte, hatte sich zumindest schon mal die verbliebene Frage an den Arzt erübrigt, denn ganz offensichtlich war der Altenpfleger Daniel immer noch verschollen. Und wenn man dieser Swantje glauben sollte, steckte auch hinter dessen Verschwinden niemand anderes als Dr. Roelfes.

Er musterte Swantje, die nun die Glasflasche mit dem giftgrünen Inhalt beiseite stellte. Sie mochte vielleicht ein paar Jahre älter sein als seine Tochter Jette und trat mindestens ebenso selbstbewusst auf. Zumindest war das offensichtlich ihre Absicht, doch verrieten das regelmäßige Zucken ihres linken Augenlids sowie die Tatsache, dass sie laufend mit den Handflächen über ihre Jeans strich, dass sie nervöser war, als sie vermutlich zugeben würde. Außerdem hatte sie einen seltsam verhärteten Ausdruck um den Mund, der ihr etwas Vergrämtes gab. Das mochte der Gesamtsituation geschuldet sein oder zu ihrem Naturell gehören. Büttner tippte auf Ersteres, denn niemand, der zwei so lustige Zöpfe trug, war von Natur aus mit sich und der Welt unzufrieden.

„Sie wollten mir etwas mitteilen", versuchte er Swantje zum Weiterreden zu bewegen, als sie ihm nun unverwandt in die Augen sah.

„Ja", nickte sie, „es will mir nicht in den Kopf, dass die Polizei einfach untätig zuschaut, wie hier ein Mensch nach dem anderen auf unerklärliche Weise und einfach so über Nacht stirbt." Als Büttner nichts erwiderte, fügte sie nach kurzem Zögern fast bockig hinzu: „Und wie ich gerade schon sagte, verstehe ich nicht, warum nicht endlich nach meinem Kollegen Daniel gesucht wird. Dass es zwischen den Morden und seinem Verschwinden einen Zusammenhang gibt, dürfte ja wohl auf der Hand liegen."

„So, dürfte es das." Büttner räusperte sich. „Nach all den Indizien, die uns bisher vorliegen, beziehungsweise eben nicht vorliegen, deutet nicht viel darauf hin, dass die alten Menschen, von denen Sie hier offensichtlich sprechen, einem Verbrechen zum Opfer gefallen sind. Soweit zu Punkt eins. Punkt zwei: Nach Ihrem Kollegen wird inzwischen gesucht. Das habe ich veranlasst, nachdem es entsprechende Hinweise auf eine mögliche Entführung gab."

„Oh. Das hat mir keiner gesagt." Swantje schien ehrlich überrascht zu sein. „Und was sind das für Hinweise?"

„Das kann ich Ihnen leider nicht sagen. Laufende Ermittlungen, Sie verstehen."

„Dr. Roelfes hat ein Ferienhaus in Westgroßefehn. Er vermietet es an Feriengäste", sagte Swantje, ohne ihn anzusehen.

„Und wofür sollte es gut sein, dieses zu wissen?", fragte Büttner.

„Gut möglich, dass er Daniel dorthin verschleppt hat."

„Sie verdächtigen also tatsächlich Dr. Roelfes, Ihren Kollegen entführt zu haben." Büttner sah sie prüfend an. Diese junge Frau schien wirklich davon überzeugt zu sein, dass der Arzt an allem, was hier geschah, schuld war. Genauso überzeugt, wie die Heimbewohnerin Jurine Tamminga und mit ihr seine Kollegin Sophie Reimers. Womöglich hatte der Arzt also gar nicht so unrecht, wenn er von einem Komplott gegen ihn sprach.

Swantje nickte nun entschieden, doch ein wenig sah es so aus, als müsste sie sich mit dieser Geste selbst Mut zusprechen. „Ja", sagte sie, „ich glaube, dass er Daniel in seiner Gewalt oder schon getötet hat. Und ich schätze, dass Sie in seinem Ferienhaus dafür die Beweise finden."

„In Westgroßefehn."

„Ja."

„Warum?"

„Bitte?"

„Warum Sie glauben, dass Dr. Roelfes Herrn Kiebitz …"

„Kieglitz."

„… dass er Daniel in seinem Ferienhaus gefangen hält? Mir fehlt das Motiv."

„Daniel ist ihm auf die Schliche gekommen. Er hat in der Nacht Daten aus seinem Computer kopiert und ist dabei vom Doc erwischt worden. Seitdem ist er verschwunden."

Büttner pfiff durch die Zähne und beugte sich vor. Das gab der Sache eine ganz neue Dimension. „Und wieso erfahren wir davon erst jetzt?", wollte er wissen. Vor allem aber fragte er sich, warum der Doktor es nicht erwähnt hatte.

„Es war …Ich bin … also …" Swantje senkte den Kopf und zupfte nun nervös an einem ihrer Zöpfe herum.

„Ich höre? Wenn es so ist, wie Sie sagen, frage ich mich, warum Sie uns einen so wichtigen Hinweis verschwiegen haben. Das nennt man gemeinhin Behinderung der polizeilichen Ermittlungen und ist kein Kavaliersdelikt."

„Aber ich wusste doch gar nicht, dass Sie nach ihm suchen."

„Nee, junge Frau, so nicht", schüttelte Büttner den Kopf.

„Womöglich hätten wir schon früher nach ihm gesucht, wenn Sie uns diesen Hinweis früher gegeben hätten. Falls ihm also in der Zwischenzeit etwas zugestoßen sein sollte, tragen Sie zumindest eine Mitschuld daran."

Büttner wunderte sich, dass Swantje auf diese Eröffnung alles andere als überrascht oder gar erschrocken reagierte. Ganz im Gegenteil, sie zuckte auf seine Bemerkung hin nur gelassen mit den Schultern. Welches Spiel spielte sie?

„Nun?"

„Was?"

„Ich wüsste gerne, woher Sie die Information von Daniels Datenklau vom Computer des Arztes haben. Ich denke, der junge Mann ist verschwunden. Woher wissen Sie also davon?"

Swantje wand sich auf ihrem Stuhl, als wäre der plötzlich extrem ungemütlich geworden. Anscheinend lief das Gespräch nicht so, wie sie es sich vorgestellt hatte.

„Eigentlich wollte ich Daniel bei der Aktion unterstützen", sagte sie nun. „Doch ich blieb unterwegs mit dem Zug stecken. Und da hat er es eben alleine gemacht, obwohl das nicht vereinbart war. Das Risiko, dabei erwischt zu werden, war viel zu groß."

„In der Nacht?"

„Hier ist immer jemand wach."

„Hatte Daniel Dienst in dieser Nacht?"

„Nein. Agata und Andy. Und Agata steckt mit Sicherheit auch mit drin."

„Wer ist Agata und warum steckt sie Ihrer Ansicht nach mit drin?", hakte Büttner nach.

„Agata ist auch Pflegerin hier. Wir … also ich bin mir

ziemlich sicher, dass Agata mit dem Doc ein Verhältnis hat. Wieso sonst hätte er mitten in der Nacht hierher kommen sollen? Normalerweise passiert das nur in Notfällen. Den gab es aber nicht in dieser Nacht."

„Und daraus schließen Sie, dass Dr. Roelfes Daniel entführt hat?" Büttner sah sie skeptisch an. „Das könnte auch auf jeden anderen zutreffen."

Swantje lief puterrot an. „Wer … wer sollte Daniel denn sonst entführt haben? Schließlich hat er ihn beim Datenklau erwischt", stammelte sie nun alles andere als selbstsicher.

Büttner schwieg und machte sich Notizen. Er hatte an dem, was Swantje zu Protokoll gab, so seine Zweifel. Irgendetwas war ganz gewaltig faul an der Sache.

Swantje schaute ihn feindselig an. „Sie glauben mir nicht, oder?", lachte sie gespielt auf. „Alle glauben immer, dass der Doc der netteste Mensch der Welt ist, weil er sich ja so toll um die alten Menschen kümmert. Aber das ist er weiß Gott nicht." Sie beugte sich über den Tisch und sah Büttner fest in die Augen. „Eine unserer Bewohnerinnen, Elske Langen, hat beobachtet, wie der ach so sympathische Dr. Roelfes Waltraud Habers ermordet hat. Deshalb ist sie ja auch so in Panik geraten, als sich der Doc gestern über Ubbo Mannsen beugte. Sie dachte, nun bringt er auch ihren besten Freund um."

Büttner überlegte kurz, was er von dieser Aussage halten sollte, dann erwiderte er: „Hat Elske Langen Ihnen das so erzählt? Was genau will sie denn beobachtet haben?"

„Am besten fragen Sie sie selbst."

„Ich hörte, dass diese Dame schwer demenzkrank sei. Damit fällt sie als Zeugin leider von vornherein aus."

Swantje rollte entnervt mit den Augen, warf mit einer verzagten Geste die Arme in die Luft und ließ sich in den Stuhl zurücksinken. „War ja klar, dass jetzt so was kommt. Ich sehe schon, dass Sie keinerlei Interesse daran haben, den alten Leuten Gerechtigkeit widerfahren zu lassen."

„Und ich sehe, dass Sie sich hier in irgendetwas verrennen", entgegnete Büttner. „Darf ich fragen, welches Hühnchen Sie mit dem Doktor zu rupfen haben, dass Sie mit allen Mitteln versuchen, ihn uns gegenüber als Verbrecher dastehen zu lassen?"

„Weil er ein Verbrecher ist!"

„Ja, das behaupten Sie. Greifbare Indizien oder gar Beweise für diese Behauptung liefern Sie aber nicht."

„Und was ist mit dem Haus in Westgroßefehn?", fragte Swantje.

„Was soll damit sein?"

„Wie, was soll damit sein?" Sie blitzte ihn empört an. „Daniel wird dort vom Doc gefangen gehalten, das soll sein!"

„Hm. Ich wundere mich nur … oh, Entschuldigung!" Büttner griff nach seinem Handy, das hektisch blinkend einen Anruf signalisierte.

Mit jedem Satz, der am anderen Ende gesprochen wurde, wurde sein Gesicht nachdenklicher. „Okay", sagte er schließlich, „schicken Sie ein paar Einsatzkräfte hin. Und sagen Sie Hasenkrug Bescheid. Er soll zum Kommissariat kommen. Von da aus fahren wir gemeinsam weiter."

„Ist was passiert?", fragte Swantje lauernd, als der Kommissar den Anruf beendet hatte.

Büttner stand auf und ging zur Tür. „Bitte halten Sie sich zu unserer Verfügung, Frau … ähm …"

„Klaaßen."

„Frau Klaaßen. Ich muss zu einem Einsatz. Nichts für ungut."

„Und was ist nun mit Daniel?", rief Swantje ihm aufgebracht hinterher.

Doch eine Antwort blieb Büttner ihr schuldig.

19

„Weiß Swantje davon?" Nach wie vor konnte Daniel nicht glauben, was sich hinter den bröckelnden Mauern des ehemaligen Stallgebäudes verbarg. Eigentlich hatte er Swantje gleich am Morgen zur Rede stellen wollen, doch war sie, als er sich nach dem ersten Schock auf den Weg zum Wohnhaus machte, gerade auf ihrem Fahrrad vom Hof geradelt. Er hatte ihr noch hinterhergerufen, sie solle kurz anhalten, es sei dringend, was jedoch lediglich dazu führte, dass sie ihm mit einer Geste zu verstehen gab, in Zeitnot zu sein. Also war er zu Andy ins Zimmer gerannt, der ihn jedoch auflaufen ließ. Ganz egal, was Daniel ihm auch an den Kopf warf, er hatte sich mit einem *Sprich mich später noch mal drauf an* in seinem Bett umgedreht und weitergeschlafen. Erst rund drei Stunden später war er gesprächsbereit.

„Ob Swantje davon weiß?" Andy legte die kleine Schippe, die er in der Hand hielt, beiseite und lachte laut auf. „Hallo? Swantje wohnt hier, schon vergessen? Wie also sollte all das an ihr vorbeigehen? Ob du es glaubst oder nicht, das alles hier", er machte eine ausladende Bewegung mit den Armen, „war ganz alleine ihre Idee. Als ich hier einzog, gab es das alles schon, nur noch nicht ganz so schön, wie es jetzt ist. Mein grüner Daumen, weißt du."

„Aber wieso macht sie so was? Ich meine, das kann ihr ganz gewaltig Ärger einbringen."

Andy warf ihm einen fast mitleidigen Blick zu. „Zunächst einmal gibt es ihr ein gutes Gefühl, okay? Das Gefühl nämlich, helfen zu können."

„Helfen zu können? Das hier ist illegal! Wenn das auffliegt, wandert sie in den Knast!", rief Daniel aufgebracht.

„Und warum genau sollte sie auffliegen?" Andy guckte ihn jetzt alles andere als freundlich an. „Wenn du hiervon auch nur ein Wort ausplauderst, Alter, dann sorge ich höchstpersönlich dafür, dass du hochkant über das Geländer der Jann-Berghaus-Brücke fliegst", sagte er und fuhr mit der Klinge eines Pflanzmessers symbolisch an seiner Kehle entlang. „Und ich garantiere dir, dass dir in den Tiefen der Ems auch dein Seepferdchen-Abzeichen nicht helfen wird."

„Bleib mal locker, Mann!" Daniel ließ sich schwer auf einen der herumstehenden Holzhocker sinken und fuhr sich erschöpft durch die blonden Haare. So langsam machte sich trotz des Adrenalins, das seinen Körper am frühen Morgen schier überflutet hatte, die schlaflose Nacht bemerkbar.

„Locker bleiben. Pah! Das sagt der Richtige", schnaubte Andy.

„Aber ... ein ganzes Gewächshaus voller Gras! Ich fasse es nicht! Ich fasse es wirklich nicht!", rief Daniel und warf theatralisch die Arme in die Luft.

„Boah, was bist denn du nur für ein Spießer!", stöhnte sein Kollege. „Nun sag bloß, du hast noch nie einen Joint geraucht!?"

„Nee, hab ich nicht." Daniel war es egal, ob er deshalb von einem Kerl wie Andy als Spießer bezeichnet wurde. Vielleicht war er sogar ein Schisser, wenn es um Drogen ging, das konnte sein. Aber das war allemal besser, als irgendwann für ein paar Kilo Gras in den Bau zu wandern. Oder ein paar Zentner?

Kopfschüttelnd richtete er sich auf und sah sich um. Die Grundfläche des gläsernen Gewächshauses, in dem sie sich befanden, maß ganz sicher vierzig Quadratmeter, wenn nicht sogar mehr. Die unterschiedlich hohen Cannabispflanzen standen in Töpfe eingepflanzt auf Holzbohlen. Es mussten hunderte sein. Ein grünes Meer aus Pflanzen, wohin das Auge reichte.

„Hier muss immer alles stimmen", sagte Andy ungefragt. „Temperatur, Luftfeuchtigkeit, Lichteinfall, Belüftung. Sonst wird das nichts." Lächelnd ließ er das Blatt einer Pflanze durch die Finger gleiten. „Aber Swantje macht das schon richtig. Ich habe viel von ihr gelernt. Hätte allerdings nie gedacht, dass man auf so viel achten muss, damit die Pflanzen so wachsen und gedeihen, wie sie sollen. Jetzt haben wir's raus. Die Ernte wird ständig besser."

„Danke für die Nachhilfe", erwiderte Daniel säuerlich und zog seine Jacke aus, die in diesem bestimmt fünfundzwanzig Grad warmen Glaspalast völlig überflüssig war. „Hab aber gerade keinen Bedarf an unnützem Wissen."

Andy schaute ihn nachdenklich an. „Schon mal einen Gedanken daran verschwendet, wofür Swantje diesen Aufwand betreibt?", fragte er.

Daniel verzog das Gesicht. „Das dürfte ja wohl auf der Hand liegen."

„Ach ja? Dann sag mal, du Schlaumeier!"

„Geld. Wer Drogen anbaut, will damit Geld verdienen, und das nicht zu knapp."

„So einfach ist das also." Andy nickte. „Klar, für Typen wie dich gibt es nur diese eine Variante, das hätte ich mir denken können."

„Was soll das heißen, für Typen wie mich? Drogen sind Drogen, oder vielleicht nicht? Und dass man sie anbaut, weil sie sich gut verkaufen lassen, dürfte ja wohl offensichtlich sein."

Andy zog die Stirn in Falten, legte seine Hand ans Kinn und schaute Daniel mit gesenktem Kopf prüfend an. „Was ich nicht verstehe", sagte er dann, „bist du wirklich so naiv oder verarschst du mich gerade?" Er lachte kurz auf und beantwortete seine Frage dann selbst: „Na gut, zu deinen Gunsten nehme ich jetzt mal an, dass du so naiv bist. Schade eigentlich. Wenn Swantje das mitkriegt, wirst du bei ihr schlechte Chancen haben."

„Hä?"

„Du stehst doch auf sie", grinste Andy. „Man müsste schon blind sein, um das nicht zu bemerken. Schade nur, dass Swantje nicht auch auf dich steht."

Daniel spürte, wie ihm das Blut heiß ins Gesicht schoss. Er ärgerte sich maßlos darüber, dass er sich dadurch ausgerechnet vor Andy zum vermeintlich verklemmten Deppen machte. „Aha. Und das weißt ausgerechnet du." Er musterte sein Gegenüber abschätzend von oben bis unten. Leider musste er dabei feststellen, dass Andy vermutlich anziehend auf Frauen wirkte. Er hatte eine große, athletische Gestalt, ein markantes Gesicht, dichtes, wenn auch sehr kurzgeschnittenes Haar. Außerdem waren seine Arme und – soweit er es erkennen konnte – auch sein Oberkörper auf vielfältige Art tätowiert. Ja, er konnte sich tatsächlich vorstellen, dass Swantje auf so etwas stand, was seine Laune nicht eben hob.

„Auf dich fährt sie aber auch nicht gerade ab, oder?", bemerkte er dennoch und wagte damit einen Schuss ins Blaue. Vielleicht erfuhr er ja auf diesem Wege, ob die beiden tatsächlich ein Paar waren oder ob er sich noch Hoffnungen machen konnte.

„Stimmt", antwortete Andy zu seiner Überraschung. „Aber im Gegensatz zu dir war mir das von Anfang an klar."

„Was war dir klar?"

„Schon gut, Alter, ich sehe schon. Du hast wirklich keinen Plan." Er schnaubte verächtlich und machte sich nun mit seinem Pflanzmesser an einer der größeren Cannabispflanzen zu schaffen.

„Dann klär mich auf."

Andy hob das Messer an und streckte ihm mit einem belehrenden Gesichtsausdruck die Spitze entgegen. „Schon mal was davon gehört, dass es Frauen gibt, die nicht auf Männer stehen, Kollege? Oder passt das auch nicht in deine Spießer-Welt?"

Daniel brauchte einen Moment, bevor ihm die Bedeutung dieser Aussage klar wurde, dann aber riss er nach Luft schnappend den Mund auf und starrte Andy aus großen Augen an. „Swantje ist ... so eine?", krächzte er erschüttert und ärgerte sich im nächsten Moment ganz fürchterlich über sich selbst. Spätestens jetzt musste Andy ihn für einen totalen Schwachmaten halten. Dabei hatte er mit seiner Bemerkung lediglich sein Erstaunen zum Ausdruck bringen wollen. Keineswegs aber sollte Andy denken, dass er in irgendeiner Weise homophob war. Vorurteile, welcher Art auch immer, waren ihm fremd. Aber das würde ihm sein Kollege nach dieser missglückten Reaktion ganz sicher nicht mehr abnehmen.

„Ich weiß wirklich nicht, warum ich dich hierher gebracht habe", sagte Andy. „Du passt nicht in unsere Welt und wir nicht in die deine."

„Mir war auch sofort klar, dass du ein Arschloch bist", murmelte Daniel kaum hörbar, dann wechselte er lieber das Thema und fügte deutlich lauter hinzu: „Und wo liegt jetzt der angeblich karitative Ansatz für das alles hier?"

„Medizin", sagte Andy knapp.

„Medizin."

„Yepp." Andy schnitt eine Blüte von einer der Pflanzen ab, roch kurz daran und streckte sie Daniel entgegen, der ihn jedoch ignorierte. „Swantje versorgt damit schwerkranke Menschen. Zum Beispiel solche, die starke Schmerzen haben oder gerade eine Chemotherapie machen und sich die Seele aus dem Leib reihern."

„Du machst Witze." Natürlich hatte Daniel schon davon gehört, dass gewisse Arten von Hanf sich auch zur Behandlung bestimmter Krankheiten eignen. Doch wusste er genauso, dass Medikamente, die den entsprechenden Wirkstoff enthielten, nur unter strenger ärztlicher Kontrolle verschrieben wurden. Ganz sicher aber war es niemandem erlaubt, das Zeug einfach so an irgendwelche Patienten zu verteilen.

„Nee, damit macht man keine Witze. Die Leute kommen von überall her, Swantje und ich haben uns schon einen richtig großen Kundenkreis aufgebaut", sagte sein Kollege nicht ohne Stolz.

„Also geht es doch ums Geld. Wusste ich's doch."

„Einen Scheißdreck weißt du!", brauste Andy auf und funkelte Daniel wütend an. „Wir geben das Zeug natürlich kostenlos aus. Viele Patienten sind von diesem chemischen und vollkommen wirkungslosen Pharmamüll, den sie auf irgendwelche Heilsversprechen ihrer korrupten Onkologen hin in sich hineingeschaufelt haben, oft schon so pleite, dass sie sich kaum noch was zu essen kaufen können. Denkst du vielleicht, diese armen Säue nehmen wir noch zusätzlich aus? Nee. Wer uns was für den Stoff geben will, der tut es, alle anderen haben sicherlich einen guten Grund, es nicht zu tun."

„Ich dachte nur …"

„Nee, gedacht hast du ganz sicher nicht, sonst würde nicht so ein Müll aus dir rauskommen."

Für eine ganze Weile herrschte nun Schweigen im Gewächshaus. Während Andy kurz zum Telefonieren rausging und danach konzentriert die Überwachungsgeräte für Temperatur und Luftfeuchtigkeit überprüfte, dachte Daniel über das nach, was er soeben erfahren hatte. Für ihn erschloss sich hier eine ganz neue Welt.

Wenn es stimmte, was sein Kollege sagte, dann konnte er Swantje nur bewundern. Denn dann riskierte sie praktisch, eine saftige Strafe zu bekommen, nur weil sie anderen Menschen helfen wollte. Fast schämte sich Daniel nun dafür, ein so durch und durch ignoranter Mensch

217

zu sein. Zwar hatte auch er einen sozialen Beruf gewählt, aber niemals hätte er den Pfad der Legalität verlassen, um anderen das Sterben zu erleichtern. Klar, oft tat es auch ihm weh, zusehen zu müssen, wie viel Schmerz und Leid manche Menschen durchzustehen hatten, bis sie ihre ewige Ruhe fanden. Doch deswegen würde er niemals zum Gesetzesbrecher … Er stutzte, als ihm nun die Widersinnigkeit seiner Gedanken in den Sinn kam. Vertrauliche Daten vom Rechner anderer Leute zu stehlen, gehörte auch nicht gerade zu den legalen Handlungen des Lebens. Kein Grund also, sich hier zum Moralapostel aufzuschwingen, auch wenn er fand, dass dieses Gewächshaus voller Drogen noch mal eine ganz andere Dimension hatte als das Stehlen von Daten. Oder?

Er gab sich einen Ruck und sagte: „Wenn es so ist, wie du sagst, ist das hier eine ziemlich coole Aktion."

Er wartete auf eine Erwiderung, doch Andy verzog lediglich das Gesicht. Deshalb fuhr er fort: „Es gibt allerdings auch Cannabis-Präparate, die von Ärzten verschrieben werden."

„Ja. Die kriegt nur längst nicht jeder", konterte Andy. „Nur diejenigen eben, denen der Arzt welche verschreibt. Was passiert aber, wenn sein Quartalsbudget gerade mal wieder am Limit ist oder er die Meinung vertritt, mit ein bisschen Aspirin sei dem Patienten auch geholfen? Dann guckt der Patient in die Röhre. Du glaubst gar nicht, wie oft das vorkommt."

„Der Arzt muss auch die Gefahren einer Cannabis-Einnahme abwägen", gab Daniel zu bedenken.

„Gefahren? Ha!" Andy klopfte sich mit dem Zeigefinger

an die Schläfe. „Welche Gefahren denn? Erstens bringt Cannabis niemanden um, und zweitens sind die Menschen, die wir damit versorgen, in den meisten Fällen doch sowieso unheilbar krank. Was also haben sie zu verlieren, he? Das ist doch, als würdest du einem Fünfundneunzigjährigen seine tägliche Packung Zigaretten verbieten, weil er davon in einigen Jahren sterben könnte. Alles nur Dummgequatsche von irgendwelchen Wichtigtuern." Er grinste breit. „Von Leuten wie du, die sich nie getraut haben, auch nur ein bisschen über die Stränge zu schlagen, und all die beneiden, die cooler sind."

Daniel beschloss, diese spitze Bemerkung einfach zu übergehen. Er war eben auf eine andere Art cool, dachte er, und grinste in sich hinein. Oder war es vielleicht üblich, ständig in irgendwelchen Computern herumzufuhrwerken, wenn dessen Besitzer nichts davon wussten?

Ihm kam ein Gedanke, den er sogleich aussprach: „Verteilt ihr das Zeug auch im Seniorenheim?"

„Nee. Zu riskant", antwortete Andy, ohne zu zögern. „Stell dir vor, wir werden erwischt. Dann gehe ich in den Bau und Swantje ist ihren Job los." Wieder zeigte sich ein breites Grinsen auf seinem Gesicht. „Außerdem: Stell dir mal die Gesichter vor, wenn ständig der süßlich-geile Geruch von Joints durchs Heim wabern würde. Was sollen denn die Leute denken!"

„Dass dort nur die Alt-Hippies wohnen", lachte Daniel, wurde jedoch sofort wieder ernst. „Wenn man euch hier erwischt, ergeht es euch auch schlecht."

„Jo. Nur tendiert die Gefahr, hier mitten im Nirgendwo erwischt zu werden, gegen Null."

„Einer quatscht immer."

„Stimmt. Aber kaum einer unserer Kunden weiß, wo genau wir sitzen. Denen erzählen wir irgendwas, wenn sie fragen. Aber eigentlich fragt kaum jemand, weil sie es in der Regel gar nicht so genau wissen wollen."

„Klingt, als hättet ihr alles gut durchdacht", nickte Daniel.

„Hey, Alter, war das ein Lob, oder was?", frotzelte Andy. „Fehlt jetzt nur noch, dass du mich bittest, 'ne Tüte zu drehen."

„Warum nicht", zuckte Daniel die Schulter. „Wenn ich schon mal an der Quelle sitze …"

„So gefällst du mir schon viel besser", nickte Andy und machte sich gleich ans Werk.

20

Hauptkommissar David Büttner wusste nicht zu sagen, wann er das letzte Mal in einem der östlich der Stadt Leer gelegenen Fehndörfer gewesen war. Eigentlich fand er es extrem hübsch hier in den ehemaligen Moorgebieten, die in früheren Jahrhunderten unter großen Entbehrungen der Bevölkerung kultiviert worden waren. Entlang der als *Wieken* bezeichneten Kanäle entstanden damals ungewöhnlich langgestreckte Dörfer. Die ersten Siedler zogen schiffbare Kanäle zur Entwässerung, über die sie mit ihren Tjalken und Poggen Torf in die Städte brachten und Waren für ihren Bedarf wieder nach Hause transportierten. Die nach wie vor existierenden Klappbrücken, Schleusen, Gulfhäuser und Windmühlen verliehen den Dörfern noch heute den pittoresken Charme der Vergangenheit.

„Irgendwo hier muss es sein", stellte Sebastian Hasenkrug fest und nickte anerkennend, als sie eine der diversen Klappbrücken passierten. „Ziemlich nette Gegend hier. Ich glaube, ich muss dringend mal mit Tonja eine Radtour entlang der Fehnroute machen."

„Mit Baby im Gepäck?", fragte Büttner zweifelnd.

„Noch ist es ja nicht da. Außerdem ist es doch auch dann kein Problem", erwiderte sein Assistent, „alles eine Frage der Logistik."

„Also, mich scheucht hier keiner auf dem Fahrrad die Kanäle entlang", entschied Büttner. „Wozu gibt es schließlich die gut ausgebauten Straßen? Gerade dachte ich, ich könnte meine Frau mal wieder zu Kaffee und Kuchen hierher ausführen. Mit dem Auto versteht sich."

„Klar, alles andere wäre ja auch mit Bewegung verbunden", stichelte Hasenkrug. „Oh, da muss es sein." Er deutete auf ein kleineres Gulfhaus, vor dem sich mehrere Streifenwagen eingefunden hatten. Rund hundert Meter weiter blieb er vor dem rotweißen Flatterband der Polizeiabsperrung stehen.

„Sind Sie fündig geworden?", fragte Büttner eine uniformierte Polizistin, nachdem er ausgestiegen war. Der anonyme Anrufer, der ihn während seines Gesprächs mit Swantje erreichte, hatte genau wie diese behauptet, der vermisste Daniel würde hier im Ferienhaus von Dr. Roelfes gefangen gehalten.

„Nee, eigentlich nicht", schüttelte die Polizistin den Kopf.

Mit gerunzelter Stirn registrierte Büttner einen jungen Kollegen, der über das Ufer des Wieks gebeugt stand und sich in hohem Bogen erbrach.

„Keine Ahnung, was ihm den Appetit verdorben hat", meinte die Polizistin, die seinem Blick gefolgt war. „Sieht alles ganz nett aus da drinnen im Haus."

„Sein erster Einsatz?"

„Ja. Als es hieß, man könne hier eventuell eine Leiche finden, wurde er schon auf dem Revier ganz grün im Gesicht." Sie strich sich eine Haarsträhne aus dem Gesicht, bevor sie hinzufügte: „Na ja, das haben wir ja alle einmal durchgemacht."

„Allerdings hätte es gereicht, sich bei einem tatsächlichen Leichenfund zu übergeben", knurrte Büttner. „Es schon im Vorfeld auf den reinen Verdacht hin zu tun, halte ich für maßlos übertrieben."

„Welche Leiche überhaupt?", wollte nun Hasenkrug wissen. „Mir ist nur etwas von einem potenziellen Entführungsopfer bekannt."

„Jo. Das kommt auch noch dazu", nickte die Polizistin.

„Wozu?"

„Na, dass er das mit dem Kotzen besser hätte sein lassen."

„Ach so." Büttner wusste zwar nicht genau, worauf die Kollegin mit dieser Bemerkung abzielte, aber es war ihm auch egal. Wichtig war nur, dass bisher offensichtlich keine Leiche in dem Ferienhaus des Arztes gefunden worden war. Es hätte ihm ein wenig den Tag vermiest.

„Ist wohl was los hier", hörte Büttner einen Mann neben sich sagen, als er sich gerade auf den Weg ins Haus machen wollte. Er drehte sich um und erblickte drei Männer um die siebzig, die aussahen wie einer längst vergangenen Zeit entsprungen. Vor seinem inneren Auge sah Büttner sie mehr als ein Jahrhundert zuvor mit von schwerer Arbeit gebeugtem Rücken und schwieligen Händen auf einer der mit Torf beladenen Tjalken stehen und den Launen des unwirtlichen Nordseewetters trotzen. Alle drei trugen engmaschig gestrickte Pullover, Hosen aus grobem Wollstoff und blaue Wollmützen sowie klobige Stiefel an den Füßen. Fast konnte man angesichts dieser für das warme Wetter eher unpassenden Kleidung annehmen, dass sie als einzige von einem unmittelbar zu erwartenden Kälteeinbruch Kenntnis hatten und schon mal entsprechend vorbauten.

„Polizeieinsatz", antwortete Büttner wortkarg.

„Ist wohl jemand tot", gab der Mann nicht auf, während seine beiden Kumpel scheinbar teilnahmslos in Richtung Kanal blickten und ab und zu an ihrer Zigarette zogen.

„Wie kommen Sie darauf, dass hier jemand tot ist?", fragte Büttner neugierig.

„Weil die doch letzte Nacht einen hier reingeschleppt haben." Alle drei nickten.

„Einen reingeschleppt? Hier ins Haus?"

„Jo."

„Wie genau muss ich mir das vorstellen?"

„Na, im Sarg ja wohl."

„Im Sarg?" Büttner war plötzlich hellwach. „Sie haben gesehen, wie jemand einen Sarg ins Haus getragen hat?" Ihm fiel der verschwundene Leichnam von Waltraud Habers ein, den er beinahe schon wieder aus dem Gedächtnis verdrängt hatte.

„Jo."

„Und Sie haben nicht die Polizei gerufen?"

Nun war es an den Männern, irritiert zu gucken. „Warum denn die Polizei? Nur weil jemand tot ist, oder was?"

„Ist es hier üblich, dass nachts Särge in die Häuser getragen werden?", stellte Büttner die Gegenfrage.

Die Männer sahen sich fragend an, dann schüttelten sie unisono den Kopf.

„Sehen Sie, und deswegen habe ich gefragt, ob Ihnen daran nichts komisch vorgekommen ist", meinte Büttner.

Einer der Männer kratzte sich an der Schläfe, bevor er fragte: „Wann haben Sie das denn gefracht?"

„Vergessen Sie's." Büttner machte eine wegwerfende

Handbewegung, dann winkte er Hasenkrug, der sich mit einem der Kollegen unterhielt, mit ins Haus zu kommen. „Ach, eine Frage hätte ich doch noch", wandte er sich erneut an die drei Männer. „Haben Sie sehen können, wer den Sarg ins Haus getragen hat?"

„Nee. War ja dunkel."

„Ganz dunkel?"

Einer der Männer deutete nach oben: „Bis auf die Straßenfunzeln da. Geben aber kaum Licht. Hab mich schon bei der Gemeinde beschwert. Brichst dir ja die Haxen im Dunkeln."

„Waren die Sargträger denn eher Männer oder Frauen?", ließ Büttner nicht locker.

„Jo. Eins von beiden."

„So genau wollte ich es gar nicht wissen." Ohne ein weiteres Wort wandte Büttner sich ab. Hasenkrug aber, der im Auto von seinem Chef über die Vorkommnisse aufgeklärt worden war, hatte offenbar noch nicht genug und sagte: „Ein Zeuge behauptet, in diesem Haus würde ein junger Mann gefangen gehalten. Haben Sie davon irgendwas mitbekommen?"

„Hier? Nö", meinte der eine.

„Wieso denn das nu auf einmal? Liegt der in dem Sarg, oder was?", meinte der andere, während der dritte nur stumm den Kopf schüttelte.

„Also nichts bemerkt?", vergewisserte sich Hasenkrug nochmals.

„Nö", kam es nun dreifach zurück, und einer der Männer fügte hinzu: „Ist hier auch nicht üblich."

„Ich liebe den Mitteilungsdrang der Ostfriesen", brummte

Büttner, der dem wenig aufschlussreichen Gespräch ohne große Erwartungen zugehört hatte.

„Also, von dem gesuchten Daniel Kieglitz fehlt jede Spur", teilte ihnen die von Frau Weniger informierte und bereits anwesende Sophie Reimers mit, als die beiden Kommissare nur wenig später das großzügige, geschmackvoll eingerichtete Wohnzimmer betraten. „Sieht nach einem Fehlalarm aus."

„Und einen Sarg haben Sie auch nicht entdeckt?", fragte Büttner.

„Einen Sarg?"

„Ja", nickte Hasenkrug. „Da draußen hat einer der Nachbarn behauptet, man habe in der letzten Nacht einen Sarg ins Haus getragen."

„Sie meinen den mit Waltraud Habers?", vergewisserte sich die Polizistin.

„Ich hoffe", antwortete Büttner. „Alles andere würde mehr Arbeit bedeuten."

„Bisher haben wir aber …", setzte Sophie Reimers zu einer Erwiderung an, wurde jedoch vom Ruf eines Kollegen aus dem Kellergeschoss unterbrochen: „Ich hätte da einen Sarg gefunden, wenn ihr mal gucken wollt."

Die Anspannung war spürbar, als sich die drei Kommissare und zwei weitere Polizisten nur wenig später um den Sarg herum versammelt hatten. Der Kollege hatte den Sarg bereits geöffnet, den Deckel mit einem angeekelten Gesichtsausdruck jedoch gleich wieder fallen lassen und nur gerufen: „Ist wohl besser die Gerichtsmedizin kommt!" Büttner und Hasenkrug hatten angesichts dieser Reaktion lieber darauf verzichtet, einen Blick in den Sarg zu werfen.

Das sollte dann besser Dr. Wilkens oder jemand von der KTU übernehmen.

Wie nicht anders zu erwarten, wirkte das Behältnis aus Eichenholz in dem bis auf wenige Getränkekisten leeren Kellerraum denkbar deplatziert. Und gruselig. Angesichts der schummrigen Beleuchtung und dem muffig-modrigen Geruch, der hier unten herrschte, konnte sich Büttner des Gedankens nicht erwehren, dass sich womöglich gleich der Sargdeckel von selbst öffnen und ein Untoter unter grausig klingendem Wehklagen der Kiste entsteigen würde.

Ganz offensichtlich hatte er zu viele Horrorfilme gesehen.

„Wenn wir mal dran dürften", meldeten sich zwei Mitarbeiter der KTU, die Minuten später eintrafen. Im Schlepptau hatten sie die Gerichtsmedizinerin Dr. Anja Wilkens, die nun allen zulächelte und sagte: „Na, da schauen wir doch mal, wen wir hier haben."

„Wer will?" Einer der KTUler schaute augenzwinkernd in die Runde, doch alles, was er damit erreichte, war, dass plötzlich alle so taten, als seien sie gar nicht anwesend. Er lachte kurz auf, dann hob er den Sargdeckel an.

„Boah, Scheiße, was ist denn das!?", stieß Sebastian Hasenkrug angeekelt hervor, obwohl ihm Verwesungsgeruch nicht fremd war. Wer diesen erbärmlichen Gestank einmal in der Nase gehabt hatte, vergaß ihn nie wieder, ob er wollte oder nicht.

„Die ist nicht mehr frisch", stellte Dr. Wilkens ebenso treffend wie emotionslos fest, während sie ihren Mundschutz noch dichter vor die Nase zog. „Und wenn mich nicht alles täuscht, hatte ich diese Dame erst kürzlich auf meinem Tisch. Waltraud Habers hieß sie, richtig?"

Die Ärztin sah von Büttner zu Hasenkrug und wieder zurück und wartete auf eine Bestätigung ihrer Annahme. Die aber hatten rasch weggeschaut, und keiner von beiden schien sich überwinden zu wollen, einen Blick auf den nicht mehr sehr schön anzusehenden Leichnam zu werfen.

„Hasenkrug, nun stellen Sie sich nicht so an, wenn Frau Doktor Wilkens Sie um Ihre Meinung bittet", näselte Büttner ins vor das Gesicht gepresste Taschentuch, während er selbst auf dem Absatz kehrtmachte und der Kellertreppe zustrebte.

„Frau Habers, ja", hörte er seinen Assistenten nur Sekunden später unter einem nicht zu überhörenden Würgereiz sagen. Es gab Dinge, an die man sich selbst als hartgesottener Kriminalbeamter nicht gewöhnt, dachte Büttner. Wie gut, wenn man Untergebene hatte.

„Sieh an, also doch der Herr Doktor", sagte Hasenkrug, als sein Chef und er sowie Sophie Reimers wieder am Ufer des Kanals standen und tief die frische Luft in ihre Lungen sogen. „Na ja, stille Wasser sind bekanntlich tief. Hätte ich von dem Kerl trotz seiner abenteuerlichen Vergangenheit nicht gedacht. Aber letztlich hat doch jeder so seine Leichen im Keller."

Während Hasenkrug über sein vermeintlich gelungenes Wortspiel unterdrückt zu kichern anfing, schaute Büttner den Kanal hinab, auf dem einige Kinder in mehreren Schlauchbooten auf und ab fuhren und laut jauchzend versuchten, sich gegenseitig zum Kentern zu bringen. Auch Sophie Reimers erwiderte zunächst nichts auf die Anmerkung ihres Kollegen, sondern tippte abwesend auf ihrem Smartphone herum.

„Ich glaub nicht daran, dass er es war", sagte Büttner schließlich.

„Mir scheint es offensichtlich zu sein", entgegnete Hasenkrug.

„Zu offensichtlich", sprang Sophie Reimers ihrem älteren Kollegen zur Seite. „So dämlich kann der gar nicht sein. Ich würde mal behaupten, dass man ihm die Leiche untergeschoben hat."

„Und wer soll das gewesen sein?", fragte Hasenkrug.

„Genau die, die ihm den angeblichen Mord anhängen wollen", antwortete Büttner. „Ich tippe mal auf den anonymen Anrufer selbst. Oder auf Swantje Klaaßen."

„Von einer Leiche im Sarg hat sie aber nichts gesagt", gab Hasenkrug zu bedenken. „Sie war vielmehr der Überzeugung, dass Dr. Roelfes hier ihren Kollegen gefangen hält. Was jedoch eindeutig nicht der Fall ist."

„So eindeutig nun auch wieder nicht", meldete sich ein hinzugestoßener Kollege der KTU zu Wort. „Zwar haben wir keinen jungen Mann gefunden, dafür aber jede Menge Blut im Badezimmer."

„Blut? Im Badezimmer?", fragte Büttner alarmiert. „Zeigen Sie mal!"

„Na ja, nicht wirklich Blut", dämpfte der Kriminaltechniker die Erwartungen, als sie nun gemeinsam aufs Haus zuliefen. „Im Bad wurde gründlich geputzt. Unter Schwarzlicht aber konnten wir es noch sichtbar machen."

„Und Sie glauben, dass es von dem vermissten Altenpfleger Daniel Kiebitz stammt?", fragte Büttner.

„Kieglitz", wurde er sogleich von seinem Assistenten korrigiert.

„Hellsehen kann ich nicht", antwortete der KTUler. „Das werden die Analysen zeigen."

„Ich brauche die Ergebnisse heute noch."

„Ist klar. Das sehen wir dann. Uns fehlt Vergleichsmaterial."

„Dann holen Sie sich welches aus seiner Wohnung. Irgendwo wird er ja gemeldet sein. Auf jeden Fall muss ich so schnell wie möglich wissen, ob er hier im Haus war. Die Sache wird immer verworrener." Er stieß mit voller Wucht einen auf dem Rasen des Vorgartens herumliegenden Tennisball weg, der nun wie ein Geschoss auf einen Kollegen zuhielt. „Achtung!", riefen alle gleichzeitig, doch da war es schon zu spät.

„Tor", brummte Büttner, als besagter Polizist sich den vom Treffer schmerzenden Magen hielt. Dann verschwand er im Haus.

21

„Aber wer macht denn sowas!?" Jurine Tamminga war offensichtlich fassungslos, doch war sich Sophie Reimers nicht sicher, ob sie ihr nicht doch etwas vorspielte. „Man kann doch nicht einfach einen Sarg mit einem Menschen drin klauen! Das ist ja schlimmer als Sodom und Gomorrha!"

Sie schwieg ein paar Augenblicke betreten, dann jedoch schlug sie völlig unvermittelt mit der flachen Hand auf den kleinen Beistelltisch neben ihrem Sessel. „Und ich sag noch, dass der Doktor nichts Gutes im Schilde führt!", wetterte sie. „Und was macht ihr?" Sie funkelte ihre Nichte wütend an und gab sich gleich selbst die Antwort: „Ihr guckt in aller Seelenruhe zu, wie der Kerl einen nach dem anderen von uns abmurkst, und tut nichts dagegen. Nichts, Sophie, gar nichts! Ihr solltet euch schämen! Nur ihr seid schuld, dass es soweit hat kommen können! Die arme Waltraud, das hat sie nicht verdient! Und Daniel ist bestimmt auch längst irgendwo verbuddelt."

„Nun beruhige dich wieder", seufzte die Polizistin. „Du weißt doch selbst, dass es so einfach nicht ist. Wir tun, was wir können, aber bei dieser unklaren Sachlage sind uns einfach die Hände gebunden."

„Unklare Sachlage?", wollte sich ihre Tante nicht beruhigen. „Nennst du das eine unklare Sachlage? Wie viele

Morde müssen denn noch passieren, damit ihr endlich klarseht? Ich bin so enttäuscht von dir, Sophie, maßlos enttäuscht!" Erschöpft ließ sich die alte Frau in ihren Sessel zurücksinken und schloss die Augen. Sie hatte sich in ihrer Wut völlig veurausgabt.

Sophie Reimers musterte die beiden anderen Personen, die sich im Zimmer aufhielten. Ubbo Mannsen, der ein Glas Rum in seiner Hand schwenkte, und Elske Langen schienen von den Entwicklungen ehrlich überrascht zu sein, reagierten allerdings auf unterschiedliche Art. Während Ubbo angesichts Jurines Tirade nur stumm den Kopf schüttelte und den Schock zum Anlass nahm, sich noch ein Glas mehr zu gönnen, sagte Elske wie in einer Endlosschleife: „Und wieso sagt mir keiner, dass Waltraud tot ist? Und wann kommt eigentlich Hannelore zurück?" Sie schien mit der Situation restlos überfordert zu sein.

Dennoch startete die Polizistin einen Versuch, etwas aus ihr herauszubekommen. Sie mussten in der Sache endlich vorankommen, denn inzwischen nahm die Geschichte Formen an, die auf gar keinen Fall mehr tragbar waren. Entführungen von Leichen und das ominöse Verschwinden eines Altenpflegers gehörten nun wahrlich nicht mehr zu den Dingen, die sie tolerabel fand. Jetzt konnte jedes Detail wichtig sein, auch wenn es von einer dementen Dame kam.

Sie fasste die alte Frau bei den Schultern und sah ihr direkt in die Augen. „Elske, hast du wirklich gesehen, wie Dr. Roelfes Waltraud umgebracht hat?"

Elske lächelte versonnen und sagte: „Moin. Wer sind Sie denn wohl? Wurden wir uns schon vorgestellt?"

Jurine schrak aus ihrem Sessel hoch, während Ubbo

sämtliche Farbe aus dem Gesicht wich. Ganz langsam, fast wie in Zeitlupe, ließ er sein noch halbvolles Glas auf den Tisch sinken. Dann schlug er unvermittelt die Hände vors Gesicht und brach in Tränen aus.

„Oh mein Gott, es ist soweit", verkündete Jurine mit Grabesstimme. „Jetzt erkennt sie uns nicht mehr." Sie erhob sich ungewöhnlich schwerfällig und baute sich direkt vor ihrer Zimmernachbarin auf, die, ihre Stirn in Falten gelegt, immer noch auf eine Antwort von Jurines Nichte wartete.

„Moin, Elske", sagte Jurine und strich ihrer Freundin über die Wange.

„Oh", strahlte Elske. „Moin, Waltraud. Gehen wir jetzt zum Eiertrüllen?"

„Eiertrüllen fällt heute leider aus", sagte Sophie mit einem Kloß im Hals und beschloss, die alte Dame künftig in Ruhe zu lassen. Man hätte Elske von vornherein nicht mit der Sache belasten dürfen. Bei all dem psychischen Stress war es ja kein Wunder, dass sie sich noch schneller als angenommen in ihre eigene Welt zurückzog. Sie wünschte Elske von ganzem Herzen, dass es wenigstens eine gute Welt war.

„Zeit für Kaffee zu trinken", erklang es in munterem Tonfall von der Tür her. Sophie blickte erstaunt auf. Keiner hatte Agata reinkommen hören. „Ich chaben Kuchen gefunden in Schrank in Küche. Dachte, chönnte nicht schaden essen nach grosses Schock."

„Was ist denn mit der los?", entfuhr es Jurine, als Agata nun über das ganze Gesicht strahlte. Augenscheinlich erging es ihr gerade genauso wie ihrer Nichte, die die polnische Pflegerin noch nie hatte lächeln sehen. War die Welt denn jetzt völlig aus den Fugen geraten?

„Ich einfach mal schneiden Kuchen auf", verkündete Agata gut gelaunt und machte sich mit einem großen Messer ans Werk. „Chaben schon Stuck probiert für gucken, ob noch gutt. Ist sehr gutt. Können essen Rest davon." Als erstes reichte sie Elske ein Stück, die sich mit einem Lächeln bedankte und sagte: „Moin, Fräulein. Wurden wir uns denn schon vorgestellt?"

Agata lachte herzlich auf. „Sie heute gutt drauf, Frau Langen. Bestimmt wir werden noch gutte Freunde." Dann verteilte sie die anderen Teller.

„Und wenn der vergiftet ist?", murmelte Jurine und wandte rasch den Blick von ihrem Kuchen ab, als erwartete sie, alleine von dessen Anblick tot umzufallen.

Auch Sophie Reimers blieb skeptisch und sah der Polin prüfend in die Augen. „Haben Sie etwas genommen, Agata? Ihre Pupillen sind ungewöhnlich geweitet", stellte sie fest.

„Genommen? Ich? Was ich soll chabben genommen?", fragte Agata mit kugelrunden Augen. „Ich nur essen Kuchen." Sie wühlte in der Tasche ihres Schwestern-kittels. „Und ich chabben das chier. Ist für Aufchellen von Stimmung, Doktor sacht."

„Dr. Roelfes hat Ihnen das verschrieben?", vergewisserte sich Sophie Reimers, drehte die Tablettendose mit den Psychopharmaka kurz in der Hand und gab sie dann an Agata zurück. „Na ja, dann wird es ja wohl richtig sein." Sie grinste schief. „Und es scheint tatsächlich zu wirken."

Ubbo Mannsen indes achtete auf gar nichts mehr, sondern schaufelte den Kuchen in sich hinein, als gäbe es kein Morgen. Inzwischen hatte Agata ihm schon das dritte Stück auf den Teller gelegt. Anscheinend brauchte er jetzt eine gehörige Portion Nervennahrung, was nur allzu verständlich war. Für ihn musste die Erkenntnis, dass Elskes Gedächtnis wohl nicht mehr zu retten war, die Hölle sein. Solange hatte er gehofft, dass sich ihr Zustand wieder besserte. Und nun das. Das Alter hatte wenig Schönes.

Nach dem Kaffeetrinken begleitete Agata den immer noch schluchzenden Ubbo und die wie ein Sonnenschein strahlende Elske auf ihre Zimmer, während Jurine Tamminga und Sophie Reimers schweigsam zurückblieben. Agata hatte den Rest des Kuchens dagelassen, doch die beiden Frauen hatten nicht mal ihr erstes Stück angerührt. Nicht weil sie tatsächlich Angst hatten, vergiftet zu werden, sondern ihnen war einfach der Appetit vergangen.

„Ich geh dann mal wieder. Meine Kollegen warten auf mich." Sophie Reimers ging zu ihrer Tante und umarmte sie lange und innig. „Es tut mir so leid, Tantchen", flüsterte sie der alten Frau ins Ohr. „Es tut mir so unendlich leid. Ich verspreche dir, dass wir sie kriegen. Wer auch immer sie sind."

Als ihre Tante nur mit einem unterdrückten Aufschluchzen reagierte, die Augen jedoch geschlossen hielt, griff sie nach ihrer Tasche und ging zur Tür. Jurine brauchte jetzt ihre Ruhe. Die Geschehnisse der letzten Tage waren einfach zu viel für sie gewesen.

Kurz bevor Sophie Reimers die Tür hinter sich schloss, sah sie sich mit einem zärtlichen Blick noch einmal nach ihr um. Sie schluckte schwer, als sie sah, dass ihrer alten Tante nun dicke Tränen über die faltigen Wangen liefen.

22

Hauptkommissar David Büttner hasste es, wenn er während einer Vernehmung unterbrochen wurde. Nur leider schien es sich diesmal nicht vermeiden zu lassen, riskierte er doch ansonsten, dass man ihm sein Büro kurz und klein schlug. So zumindest die Drohung eines anscheinend völlig außer sich geratenen Rainer Habers, den soeben zwei Kollegen davon hatten abhalten müssen, in den Vernehmungsraum zu stürzen und aus Dr. Christian Roelfes Hackfleisch zu machen.

Am liebsten hätte Büttner den Mediziner gar nicht mehr mit einem Verhör behelligt und ihn nach Hause geschickt, nur ließ sich das unter den gegebenen Umständen leider nicht vermeiden. Der Staatsanwalt hätte für solch einen Lapsus wohl wenig Verständnis aufgebracht, umso mehr, als er Dr. Roelfes nach den neuesten Erkenntnissen für den Hauptverdächtigen hielt. Also musste Hasenkrug das Verhör nun eben alleine weiterführen.

„Moin", sagte Büttner frostig, als er sein Büro betrat, in dem Rainer Habers und dessen Schwester Ursula Mettler auf ihn warteten. Ersterer sah aus, als würde er jeden Moment vor angestauter Wut explodieren, während die Frau ihren Kopf gesenkt hielt und nicht zu wissen schien, wohin sie ihren Blick richten sollte.

„Moin", nickte Ursula Mettler dann doch. Im gleichen Moment sprang ihr Bruder vom Stuhl auf und trat mit ein paar forschen Schritten auf Büttner zu. „Sie lassen mich jetzt sofort zu diesem Wahnsinnigen, damit ich ihm mal gehörig meine Meinung sagen kann!", rief Habers mit sich überschlagender Stimme. „Hat dieses Stück Dreck wenigstens gestanden, meine Mutter entführt zu haben?" Ohne dass Büttner eine Antwort geben konnte, lachte Habers bereits im nächsten Moment verächtlich auf und sagte: „Dachte ich es mir doch. Bei Ihren Streichelzoo-Methoden lacht der sich doch allenfalls kaputt! Wissen Sie, was ich mit ihm machen würde, wenn …?"

Büttner unterbrach ihn mit einer harschen Hand-bewegung. „Bitte ersparen Sie mir die Details", sagte er so leise, dass Rainer Habers zwangsläufig aufhören musste zu brüllen, wollte er ihn verstehen. Es wirkte, und Büttner fuhr fort: „Wir gehen derzeit davon aus, dass Dr. Roelfes sich nichts hat zu Schulden kommen lassen." Mit dem Wort *wir* meinte er in erster Linie sich selbst, aber das musste der Widerling ja nicht wissen.

Natürlich war dieser Satz absolut nicht das, was Rainer Habers hatte hören wollen. Als seine Schwester nun zu ihm trat und versuchte, ihn zu beruhigen, stieß er sie so grob von sich, dass sie gegen die Tischkante fiel und Mühe hatte, sich auf den Beinen zu halten. Doch noch bevor er etwas sagen konnte, legte Büttner all seinen Widerwillen in seine Stimme und sagte bedrohlich leise: „Wenn Sie sich jetzt nicht sofort setzen und aufhören, hier einen auf dicke Hose zu machen, dann lasse ich Sie so lange in Gewahrsam nehmen, bis Sie sich nicht mehr wie ein wildgewordener Pavian benehmen. Ich hoffe, wir verstehen uns."

„Was fällt Ihnen ein, mich zu beleidigen und mir zu sagen, was ich zu tun habe!?", donnerte Rainer Habers unbeeindruckt in den Raum und stürmte mit erhobenen Fäusten auf Büttner zu, der sich gerade betont gelassen auf seinen Stuhl sinken ließ. Rainer Habers fuhr fort: „Ja, was fällt Ihnen – ausgerechnet Ihnen! – der Sie ganz alleine für das Schlamassel verantwortlich sind, eigentlich ein, mich zu behandeln wie … Was machen Sie da!?"

Büttner, der einen Knopf unter seinem Schreibtisch gedrückt hatte, sah an ihm vorbei zur Tür, durch die im nächsten Augenblick zwei uniformierte Kollegen im Stechschritt den Raum betraten. „Zum Abkühlen in Gewahrsam", sagte er ruhig und deutete mit dem Kopf auf Rainer Habers.

Die beiden reagierten, noch bevor Rainer Habers die Chance hatte, die Fäuste, die er bereits vor die Brust gehoben hatte, erneut auszufahren. Zweifelsohne hätte er Büttner in seinem Jähzorn ordentlich die Fresse poliert, doch das konnte er unter dem eisernen Griff der beiden Beamten vergessen. Alles, was seinem Mund entwich, war ein kurzer, aber lauter Schmerzensschrei. Sein gleich darauf ausgestoßenes *Das werden Sie mir büßen, Mann!* hörte Büttner nur noch durch die geschlossene Tür.

„Kaffee?", fragte er.

„Gerne", nickte eine sichtlich eingeschüchterte Ursula Mettler und lächelte kläglich. „Es … tut mir leid."

Büttner winkte ab und bat Frau Weniger via Telefon, ihnen zwei Tassen Kaffee zu bringen. Gerne hätte er zur

Beruhigung der Nerven auch nach einem Schokoriegel gegriffen, doch erschien ihm das deplatziert. „Was kann ich für Sie tun, Frau Mettler?", fragte er.

Sie griff sich mit zittrigen Fingern ordnend in die Hochsteckfrisur, mit dem Ergebnis, dass diese danach noch zerzauster aussah als zuvor.

„Ich hatte gehofft, dass nun endlich alles vorbei ist", sagte sie müde und hob den Blick. „Und Sie sind sich ganz sicher, dass dieser Dr. Roelfes mit dem Verschwinden meiner Mutter ... also ihres Leichnams nichts zu tun hat?" Ihre Augen hatten nun etwas Flehendes, als wollte sie Büttner dazu auffordern, den Arzt auf jeden Fall, egal ob schuldig oder unschuldig, einzubuchten, nur damit sie ihre Ruhe hatte.

„Die Ermittlungen laufen", antwortete Büttner knapp.

„Alleine die Vorstellung, dass jemand Mama durch halb Ostfriesland gefahren hat, um sie dann einfach so in einem Keller ... Ich meine, so was macht man doch nicht! Tote sollte man ruhen lassen, heißt es doch immer. Sie könnte längst verbrannt sein. Wer weiß, wann wir nun im Krematorium wieder einen Termin bekommen."

„Wie man hört, missachten Sie mit der Verbrennung den letzten Willen Ihrer Mutter", konnte Büttner es sich nicht verkneifen zu sagen. „Sie wollte doch, meines Wissens, eine Erdbestattung."

Die Augen von Ursula Mettler verengten sich zu schmalen Schlitzen, und für einen kurzen Augenblick entdeckte Büttner erstmals eine gewisse Familienähnlichkeit zwischen den Geschwistern. „Wer behauptet denn so was?", fragte sie lauernd, während sie nervös begann, ihre Hände im Schoß zu kneten.

„Ihr Sohn behauptet so was", antwortete Büttner wahrheitsgemäß.

„Mein Sohn?" Sie konnte ihr Erstaunen nicht verbergen. „Welcher?"

„Christopher."

„Sie haben mit Chris gesprochen?"

„Ja. Sie anscheinend nicht."

Ursula Mettler wand sich auf ihrem Stuhl. „Mein Verhältnis zu Christopher ist momentan nicht so …Er ist etwas schwierig, wissen Sie."

„Den Eindruck hatte ich eigentlich gar nicht." Zu seiner eigenen Verwunderung hatte Büttner das Bedürfnis, den Freund seiner Tochter in Schutz zu nehmen. „Im Gegenteil, er erschien mir sehr freundlich und aufgeweckt." Nach kurzem Zögern fuhr er fort: „Warum wollen Sie Ihre Mutter denn unbedingt verbrennen?"

Ursula Mettler zuckte kaum merklich mit den Schultern. „Mein Bruder wollte es so. Fragen Sie ihn nach dem Grund."

„So einfach ist das?", ließ Büttner nicht locker, erhielt außer einem stummen Nicken jedoch keine Antwort.

Er machte eine Pause, weil nun Frau Weniger den Kaffee und zu seiner Freude auch einen Teller voller Kekse hereinbrachte. So kam er ohne schlechtes Gewissen doch noch zu seiner Energiezufuhr. Als seine Sekretärin das Büro wieder verlassen hatte, merkte er an: „Christopher war ja wohl der einzige in der Familie, der regelmäßigen Kontakt zu seiner Oma pflegte. Alleine das scheint mir ein netter Charakterzug zu sein."

„Christopher hatte Kontakt zu meiner Mutter?", rief

Ursula Mettler erstaunt aus und schien mit einem Schlag viel wacher zu sein. „Aber davon wusste ich ja gar nichts!"

„Wie denn auch, wenn Sie zu beiden keinen Kontakt hatten", bemerkte Büttner in bestechender Logik.

„Ja", erwiderte Ursula Mettler kleinlaut und griff nach ihrem Kaffee, an dem sie vorsichtig nippte.

„Wie lange liegt die Beziehung zu Ihrem Sohn denn schon brach?"

„Er wollte unbedingt Kunstgeschichte studieren und nicht Jura, wie wir es für ihn vorgesehen hatten."

Büttner erwischte sich bei dem albernen Gedanken, dass ein Kunsthistoriker ja später wohl kaum seine Tochter würde ernähren können, schlug sich dafür jedoch sofort gedanklich auf die Finger. Jette würde ihn jetzt zweifelsohne fragen, in welchem Jahrhundert er denn vergessen habe zu sterben, und hätte zweifelsohne recht damit.

„Und das hat Sie veranlasst, den Kontakt zum eigenen Kind auf Eis zu legen?", fragte er verständnislos. Er selbst konnte sich keinen einzigen Grund vorstellen, der ihn dazu bewegen könnte, sich von seiner Tochter loszusagen.

„Das verstehen Sie nicht."

„Ganz richtig. Das verstehe ich wirklich nicht." Er räusperte sich, bevor er provokativ vorschlug: „Vielleicht fragen Sie Christopher mal, ob er es war, der den Sarg mit seiner Oma im Hause des Doktors versteckt hat."

„Wie bitte?" Ursula Mettler schaute ihn an, als hätte er ihr einen unsittlichen Antrag gemacht. „Das ist jetzt nicht Ihr Ernst!"

„Und ob es mein Ernst ist. Christopher war ganz außer sich, als er erfuhr, dass Sie vorhaben, seine geliebte Großmutter einzuäschern. Gut möglich also, dass er, das schwarze Schaf Ihrer Familie, es zu verhindern versucht hat."

„Chris ist nicht das schwarze Schaf der Familie", erwiderte Ursula Mettler, als wäre das die Kernaussage seiner Bemerkung gewesen.

„Was muss man denn tun, um in Ihrer Familie als das schwarze Schaf geadelt zu werden?", entfuhr es Büttner.

„Nie im Leben hätte Chris so etwas Bösartiges getan", ignorierte Ursula Mettler den Seitenhieb.

„Bösartig ist es allenfalls, den letzten Willen einer Verstorbenen nicht zu achten."

„Was wissen denn Sie davon!"

„Oh, in Sachen Bösartigkeit kenne ich mich aus, das können Sie mir glauben!", erwiderte Büttner. „Es gibt Jobs, da hat man es nur mit Widerwärtigkeiten zu tun. Meiner gehört leider dazu. Und darum behaupte ich ganz einfach mal, dass das, was Christopher gemacht hat, alles andere als bösartig ist. Allenfalls war es unvernünftig. Aber es geschah aus einem hohen Maß an Zuneigung zu seiner Oma. Das macht es schon beinahe zu einem Kavaliersdelikt."

„Sie wissen doch gar nicht, ob er es war", stellte Ursula Mettler treffend fest. „Warum zum Beispiel sollte er den Sarg dann in das Haus von Dr. Roelfes bringen? Er hat doch mit dem Mann überhaupt nichts zu tun. Und selbst wenn, wie ist er dann überhaupt da reingekommen? Das ergibt doch alles keinen Sinn."

„Woher wollen Sie denn wissen, dass Dr. Roelfes und er nichts miteinander zu tun haben?", wandte Büttner ein. „Sie haben seit Jahren kaum mit Ihrem Sohn gesprochen, also gehe ich mal davon aus, dass Sie überhaupt nicht wissen, welche sozialen Beziehungen er pflegt." Am liebsten hätte er ihr jetzt die Beziehung Christophers zu seiner Tochter an den Kopf geworfen, konnte sich jedoch gerade noch zurückhalten. Das gehörte nun wirklich nicht hierher.

„Was passiert denn jetzt mit Dr. Roelfes?", kam Ursula Mettler wieder auf den Ursprung ihres Gesprächs zurück.

„Das ergibt sich aus unseren Ermittlungen."

„Und wann können wir unsere Mutter nun einäschern lassen?"

„Das wiederum muss die Staatsanwaltschaft entscheiden. Immerhin ist sie jetzt ein Beweisstück."

„Ein … Beweisstück?" Ursula Mettler glaubte anscheinend, sich verhört zu haben.

„Ganz richtig. Sie und der Sarg werden derzeit auf Spuren untersucht. Fingerabdrücke, DNA-Spuren und ähnliches. Bis zur erneuten Freigabe des Leichnams kann es daher ein wenig dauern."

„Es ist alles einfach nur noch unglaublich." Ursula Mettler nahm einen letzten Schluck Kaffee und erhob sich dann kopfschüttelnd von ihrem Platz. „Bitte lassen Sie Christopher in Ruhe", sagte sie, als sie schon halb an der Tür war. „Er hat mit der Sache nichts zu tun."

„Das werden wir noch sehen", murmelte Büttner, nachdem sie die Tür hinter sich zugezogen hatte, und nahm sich einen Schokoriegel.

Er hatte gerade den ersten Bissen im Mund, als die Tür wieder aufschwang und sein Assistent mit vor Aufregung rotem Gesicht ins Büro gestürzt kam.

„Oh mein Gott, ist irgendwas mit Tamara?", fragte Büttner bestürzt.

„Tonja. Nein. Es geht um Ubbo Mannsen."

„Um wen?"

„Ubbo Mannsen. Er lebt auch im Seniorenheim."

„Aha. Und? Nach Ihrem Gesichtsausdruck zu urteilen, ist er unser gesuchter Serienkiller. Das wäre ja mal eine glückliche Fügung meinen Feierabend und meine Speckpfannkuchen betreffend."

„Falsch. Er ist unser nächstes Opfer. Leider."

„Och nö." Büttner legte seinen Schokoriegel beiseite. Ihm war der Appetit vergangen. „Wieder so ein plötzlicher Todesfall?"

„Ja. Er lag heute Morgen leblos in seinem Bett."

„Hat Dr. Roelfes Ihnen das gerade erzählt?"

„Indirekt. Er bekam einen dringenden Anruf aus dem Heim und wurde ganz blass um die Nase." Hasenkrug griff nach seinem Notizblock und sah seinen Chef auffordernd an. „Gehen wir?"

„Wenn es unbedingt sein muss."

Während die beiden Männer zu ihrem Auto liefen, fragte Büttner: „Hat Dr. Roelfes wenigstens ein Alibi?"

„Nein. Er war heute Nacht bei einer der Bewohnerinnen, ein Notfall. Kurz darauf muss Ubbo Mannsen verstorben sein, seinem Zustand beim Auffinden nach zu urteilen."

„Ups. Blöd."

„Obduktion?", fragte Hasenkrug, als er den Wagen startete.

„Ich will es hoffen", seufzte Büttner.

23

„Das ist nichts für dich, Herr von Müller", bemerkte Swantje lachend, als ihr Hund schwanzwedelnd an ihr hochsprang und an den geernteten Hanfblüten schnüffelte, die auf dem Küchentisch lagen.

„Schon mal ausprobiert, wie er nach einer Portion Cannabis drauf ist?", fragte Daniel augenzwinkernd.

„Danke, aber der ist schon überdreht genug, ohne auf Droge zu sein."

Nachdem Swantje am Tag zuvor von der Arbeit gekommen war und Daniel nach dem ersten Joint seines Lebens die Büsche vor dem Gewächshaus mit seinem Mageninhalt gedüngt hatte, hatte er sich auch von Swantje noch mal versichern lassen, dass sie die Hanfpflanzen lediglich für medizinische Zwecke verwendete. Also hatte er beschlossen, für sich selbst ein paar Karma-Punkte zu sammeln, und sich bereiterklärt, zukünftig bei dem Projekt *Glücklich machende Schmerzmittel* als dritter Mann aktiv zu werden. Den Joint, den Swantje und Andy vorm Zubettgehen häufig gemeinsam rauchten, lehnte er jedoch dankend ab. Das erste Cannabis-Experiment seines Lebens an der eigenen Person würde gewiss auch das letzte sein. Der einzige Flash, den er nach dem Kiffen verspürt hatte, war der seines rebellierenden Magens, und darauf konnte er zukünftig ganz gut verzichten.

An diesem Morgen hatten Swantje und Andy keinen Dienst im Heim, weil Agata und Antonina aus irgendeinem Grund nicht nur die Nacht-, sondern auch die Frühschicht hatten übernehmen wollen. Somit konnten sie sich nach dem Frühstück intensiv um ihren kleinen Nebenjob, wie Andy es nannte, kümmern.

Onkel Friedrich, der währenddessen mit seinen Zinnsoldaten spielte, fixierte des Öfteren zuerst Daniel, dann seine Schrotflinte mit skeptischem Blick. Anscheinend war er sich nicht so sicher, ob der Gast nicht irgendwann doch zum Feind mutieren würde. „Attacke, alle Mann auf den Feind!", stieß er zwischendurch immer wieder hervor und ließ zwei seiner Zinnsoldaten mit voller Wucht gegeneinander krachen, ansonsten aber blieb er friedlich.

„Ob sie das so gründlich weggeputzte Blut schon gefunden haben?", traute sich Swantje als erste die für diesen und vermutlich auch die nächsten Tage alles entscheidende Frage zu stellen. Sie zwinkerte Andy verschwörerisch zu. „Schließlich ist es schon etwas her, dass du den anonymen Anruf bei der Polizei abgesetzt und behauptet hast, Daniel würde in Westgroßefehn gefangen gehalten. Dieser dicke Kommissar, der Büttner, rannte plötzlich wie ein Wiesel aus seinem Büro. Hätte ihm ein solches Tempo gar nicht zugetraut."

„Sie haben das Blut gefunden", nickte Andy, während er sich ein paar neue Plastiksäckchen aus dem Karton nahm. „Das weiß ich aus sicherer Quelle. Nicht mehr lange, und diese Nachricht läuft auf allen Kanälen. Internet, Radio, Fernsehen. Dann geht ganz Ostfriesland auf Mörderhatz und schreit nach Gerechtigkeit. Der Doc täte gut daran, sich gleich der Polizei zu stellen, sonst wird er bestimmt von irgendwem gelyncht."

Swantje lachte laut auf, wurde aber gleich darauf wieder ernst. „Hauptsache, sie fangen nun endlich mal an, gegen den Richtigen zu ermitteln", sagte sie säuerlich.

„Hauptsache, sie fangen überhaupt mal an, richtig zu ermitteln, wolltest du wohl sagen", meinte Daniel und zog eine Grimasse. „Eine gute Nachricht gibt es übrigens schon."

„Und die wäre?", fragten Swantje und Andy wie aus einem Munde.

„Den Doc haben sie schon hopsgenommen."

„Sagt wer?" Swantje sah ihn neugierig an.

„Ich. Hab es aus erster Hand", grinste Daniel und deutete auf Swantjes Laptop, der neben ihm stand.

„Du hast es ..." Swantje ließ ihre Hanfportion, die sie zum Wiegen auf die Küchenwaage gelegt hatte, Hanfportion sein und schaute ihren Kollegen mit offenem Mund an. „Nee, Daniel, sag, dass das nicht wahr ist! Du hast dich nicht wirklich ..."

„Doch", zuckte Daniel gleichmütig mit den Schultern, „ich hab mich in die Polizeicomputer gehackt. Klingt schwieriger, als es ist."

„Du hast dich *was*?" Nun war es an Andy, wie ein Fisch auf dem Trocknen nach Luft zu schnappen. „Hey, Alter, du machst Witze! Als könnte irgendjemand einfach so ..."

„Daniel ist irgendjemand und kann einfach so", grinste Swantje.

„Ich brech ab!" Andy ließ sich in seinen Stuhl zurückfallen und warf die Arme hoch. „Nun sag nicht, dass du ein gottverdammter Hacker bist!"

„Ist er aber", erwiderte Swantje. „Ein gottverdammter Hacker und noch dazu einer der besten."

„Und heulst hier rum wegen ein paar Gramm Hasch? Ich glaub es ja nicht!" Andy warf seinen Kopf in den Nacken und lachte grölend los. „Und ich beschimpfe dich als Spießer! Ich fass es ja nicht! Wie cool ist das denn!"

„Nun komm mal wieder runter", brummte Daniel, der so viel Aufmerksamkeit nicht gewohnt war und auch gar nicht haben wollte. Schließlich war das, was er machte, genauso wenig für fremde Augen und Ohren bestimmt wie der Anbau von Cannabis. Je weniger Worte man darüber verlor, desto besser. Nur so konnte der Job im Bedarfsfall funktionieren.

„Wird Zeit, sich zu überlegen, was wir den Bullen sagen, wenn sie uns interviewen." Andy wischte sich ein paar Lachtränen aus den Augen. „Wird nicht lange dauern, bis sie uns einbestellen. Dann muss jedes Wort sitzen. Dass wir alle in besagter Nacht zusammen hier waren, versteht sich ja von selbst."

„Meinst du, sie kommen hierher?", fragte Swantje und warf einen besorgten Blick durch das Fenster zur Stallruine hinüber. Was, wenn ihre Plantage entdeckt würde?

„Mach dir keine Sorgen", erwiderte Andy und tätschelte ihr beruhigend den Arm. „Ich hänge gleich noch ein paar Schilder mit *Vorsicht! Einsturzgefahr!* an alle Mauern und stapel ein paar von den alten, vermoosten Steinen und ein bisschen Stahlschrott vor der Stalltür auf. „Da geht dann bestimmt keiner mehr freiwillig rein."

„Der Doc behauptet, er sei unschuldig", konstatierte Daniel scheinbar zusammenhanglos, doch dann bemerkten die anderen, dass er immer noch mit einem Auge auf den Laptop schielte. „Hab das Vernehmungsprotokoll gefunden."

„Und? Haben sie ihn ordentlich in die Mangel genommen?", fragte Swantje und biss sich vor Aufregung auf die Lippen.

„Nö."

„Wie, nö."

„Sieht wohl doch nicht so aus, als würden die Bullen ihn wirklich verdächtigen. Eigentlich sind sich alle einig, dass ..." Er machte eine rhetorische Pause und sah von einem zum anderen, „dass man ihm die Beweise, sprich das Blut, das du mir röhrchenweise abgezapft hast, unterjubeln wollte."

„Shit!", sagten nun alle drei auf einmal, und Swantje fügte wütend hinzu: „War ja klar, dass die dem kein Haar krümmen. Bestimmt kennt der den Staatsanwalt, und alles geht seinen korrupten Gang. Die haben gar kein Interesse daran, die Fälle aufzuklären. Geht ja nur um ein paar alte Leute. Elendes Pack!"

„Oh, was ist denn das?" Daniel riss die Augen auf und schnappte nach Luft. „Das gibt es doch gar nicht!"

„Was ist los? Haben sie eine verbuddelte Leiche in seinem Garten gefunden?", feixte Swantje.

„Im Garten nicht", murmelte Daniel.

„Hä?"

„Im Keller."

„Sie haben eine Leiche ... im Keller?" Swantje sah ihren Kollegen misstrauisch an. „Das ist jetzt ein Scherz, oder?"

„Nee. Beim Doc stand ein Sarg im Keller. Echt jetzt. Mit

einer Leiche drin. Aus dem Krematorium geklaut. Und ihr ahnt nicht, wessen Leiche." Daniel strich sich über die plötzlich schweißnasse Stirn.

„Und?"

„Waltraud Habers."

In der Küche herrschte für einen langen Augenblick Schweigen, dann meinte Andy: „Na ja, könnte den Vorteil haben, dass sie den Doc nun wirklich drankriegen." Er schnaubte ungehalten. „Nun dürfte ja wohl klar sein, dass der die Alte abgemurkst hat."

„Sprich nicht so über Frau Habers!", fuhr Swantje ihn an und griff sich an den Bauch, als wäre ihr plötzlich übel. Sie hatte die alte Dame mit ihrem fröhlichen Gemüt gut leiden können. Den Gedanken, dass der Doc sie sogar in ihrer Totenruhe störte, fand sie unerträglich.

„Schon gut, schon gut", hob Andy beschwichtigend die Hände. „Ich meinte ja nur, dass es für den Doc jetzt echt eng werden könnte. Und was steht da noch?", fragte er an Daniel gewandt, der ungewöhnlich still dasaß und konzentriert auf den Laptop starrte.

„Frau Habers ist jetzt in der Gerichtsmedizin. Es wird alles auf Spuren untersucht. Sie und auch der Sarg. Bestimmt finden sie haufenweise Fingerabdrücke vom Doc."

„Was wird er wohl mit ihr vorgehabt haben?" Swantjes Gesichtsfarbe war um einige Nuancen blasser geworden.

„Na, was wohl. Er wollte sie für immer verschwinden lassen. In Salzsäure auflösen, was weiß ich", meinte Andy.

„Und wieso stellt er sie dann erst im Keller ab?"

„Weil er nicht damit rechnet, erwischt zu werden. Da kann er in Ruhe ein Loch im Garten buddeln oder frischen

Beton in der Garage gießen und den Sarg darin versenken", vermutete Daniel.

„Aber er steht schon unter Verdacht", gab Swantje zu bedenken. „Außerdem sollte Frau Habers sowieso verbrannt werden. Etwas Besseres konnte ihm gar nicht passieren. Da muss er sie doch nicht kurz vorher noch aus dem Krematorium holen und damit die Einäscherung verhindern. Ich versteh das alles nicht."

„Wo du recht hast, hast du recht", nickte Daniel nach kurzem Nachdenken. „Das ergibt alles keinen Sinn. Auch wenn ich ihm den Ärger, der zweifelsohne damit einhergeht, gönne", fügte er verschmitzt grinsend hinzu.

„Eben", nickte nun auch Andy. „Seid doch einfach froh, dass er diesen Fehler gemacht hat. Wer weiß, wofür es letztendlich gut ist." Er hielt ein zur Hälfte mit Hanfblüten gefülltes Tütchen in die Höhe und sagte: „Ich schlage vor, wir konzentrieren uns nun wieder auf die wichtigen Dinge im Leben, okay?"

„Und wenn sie gleich bei uns in der Tür stehen?", fragte Swantje skeptisch. „Ich glaube, wir räumen das hier besser weg."

„Mach dir keine Sorgen. Bevor sie bei uns in der Tür stehen, weiß ich schon, dass sie im Anmarsch sind", zuckte Daniel die Schultern und deutete auf den Laptop.

„Teilen die jeden Schritt irgendwem mit?", wunderte sich Swantje.

„Nee. Aber die Sekretärin, eine Frau Weniger, hat gerade via Intranet eine E-Mail von diesem Hasenkrug bekommen."

„Und was steht drin?"

„Dass sie sich einen gewissen Christopher mal genauer vornehmen wollen." Er hob den Kopf und schaute von einem zum anderen. „Hm. Christopher. Sagt euch das was?"

Während Swantje den Kopf schüttelte, wechselte Andys Gesichtsfarbe plötzlich auf kreidebleich, und er begann hektisch, auf sein Smartphone einzuhacken.

„Irgendwas nicht okay?", fragte Daniel neugierig. Doch wartete er die Antwort gar nicht mehr ab, sondern stieß im nächsten Moment ein undefiniertes Krächzen hervor. „Das ist doch jetzt nicht wahr!", stammelte er. „Oh mein Gott, das ist doch nicht wahr!"

„Was ist denn jetzt schon wieder los?" Swantje versuchte, einen Blick auf den Bildschirm zu erhaschen, doch sie konnte nichts erkennen. „Nun sag schon!", stieß sie Daniel an der Schulter, während Andy immer noch wie hypnotisiert auf sein Smartphone starrte.

„Ubbo Mannsen", keuchte Daniel.

„Was ist mit ihm?"

„Er ist tot."

„Was? Sag, dass das nicht wahr ist!" Swantje schüttelte den Kopf, als könnte sie damit die unausweichliche Wahrheit vertreiben.

„Doch. Er ist letzte Nacht gestorben. Völlig überraschend. Und der Doc war im Heim."

„Er macht es vor aller Augen", sagte Swantje und kämpfte mit den Tränen. „Er macht es vor aller Augen, und keiner tut etwas dagegen."

„Und genau das werden wir jetzt ändern", erwiderte Daniel mit einer Entschlossenheit, die seine Kollegen an ihm so nicht kannten.

24

„Auf den ersten Blick würde ich sagen, er ist friedlich eingeschlafen", antwortete Dr. Wilkens auf Hauptkommissar
Büttners Frage nach der vermutlichen Todesursache.
„Genaueres kann ich natürlich erst nach der Obduktion
sagen."

„Wie lange ist er schon tot?", wollte Sebastian Hasenkrug
wissen.

„Ich denke, wir können ziemlich sicher davon ausgehen,
dass er bereits vor Mitternacht verstorben ist."

„Und wann sagten Sie, seien Sie hier gewesen?", fragte
Sophie Reimers an Dr. Roelfes gewandt, der das Geschehen
leichenblass und mit zittrigen Händen verfolgte. Er hatte
darauf bestanden, die Polizisten hierher zu begleiten, um
sich ein eigenes Bild von dem Toten zu machen. Auf den
ersten Blick schien er über das plötzliche Dahinscheiden
eines weiteren Heimbewohners genauso fassungslos zu sein
wie alle anderen. Vielleicht aber war seine angebliche Be-
troffenheit auch nur ein geschicktes Ablenkungsmanöver,
wer wusste das schon zu sagen.

„Gegen halb zwölf", antwortete der Arzt tonlos. „Ich
war hier wegen eines Notfalls, der sich Gott sei Dank als
kein wirklich dramatischer herausstellte. Aber Vorsicht ist
immer besser als Nachsicht."

„Um wen ging es?"

„Elske Langen. Sie hat sich laut den Pflegekräften mehrmals übergeben und litt auch an starkem Durchfall. Sie hatten Angst, dass sie dehydrieren würde, das passiert bei alten Menschen, die in der Regel sowieso viel zu wenig trinken, recht schnell. Ich habe ihr eine Infusion angehängt. Agata sagte, heute Morgen sei alles wieder gut gewesen."

„Hat es einen Grund für Frau Langens plötzliches Unwohlsein gegeben? Oder war sie gar schon länger krank?", fragte Büttner.

„Gestern Nachmittag war sie noch quietschfidel", meldete sich Sophie Reimers zu Wort, die immer noch nicht glauben wollte, dass der ehemalige Matrose tatsächlich tot war.

„Und Herr Mannsen?" Büttner betrachtete fasziniert das Gesicht des Toten, das seiner Meinung nach ein Lächeln zeigte. Fast war es, als wollte der alte Mann ihnen noch im Tod mitteilen, dass er als glücklicher Mensch gestorben sei.

Nachdem der Doktor die Frage anscheinend überhört hatte und etwas abwesend wirkte, sagte Sophie Reimers: „Herr Mannsen war gestern nicht besonders gut drauf, wegen der so rasant fortschreitenden Demenz seiner Freundin Elske Langen. Außerdem waren die alten Herrschaften natürlich alle wegen der Sache mit Frau Habers schockiert, aber das ist ja nur allzu verständlich. Körperlich ging es ihm jedoch gut, soweit ich es beurteilen kann." Die Polizistin verschwieg ihren Kollegen lieber, dass sie zunächst ihre Tante in Verdacht gehabt hatte, mit der Entführung des Sargs etwas zu tun zu haben. Im Nachhinein schien ihr diese Annahme völlig absurd, und sie schämte sich, solch einen Gedanken überhaupt jemals gefasst zu haben.

„Herrn Mannsen ging es so gut, wie es einem schweren Alkoholiker eben gehen kann", hörte Sophie Reimers Dr. Roelfes in ihre Gedanken hinein sagen. „Seine Blutwerte waren schon seit Langem alles andere als zufriedenstellend. Dennoch war es keineswegs vorauszusehen, dass er bald sterben würde."

„Wie offensichtlich bei so vielen anderen hier auch", brummte Büttner.

„Womit wir wieder beim Thema wären", nickte Hasenkrug.

„Bleibt es bei der Obduktion?", fragte Dr. Wilkens. „Dann würde ich jetzt die Bestatter herbitten."

„Ja", nickte Büttner, „wir müssen nach allem, was vorgefallen ist, Gewissheit haben. Können Sie mir sagen, welche Pflegekräfte seit gestern Abend Dienst hatten?", wandte er sich dann an Dr. Roelfes.

„Zur Spätschicht waren Swantje und eine weitere Kollegin hier. Die Nacht- und die Frühschicht haben Agata und Antonina übernommen."

„Zwei Schichten nacheinander?", wunderte sich Büttner.

„Das ist hier leider keine Seltenheit", zuckte der Doktor die Achseln. „Das Wort Pflegenotstand geistert nicht grundlos seit Jahren durch die Medien. Nur bleibt es beim Geistern. Die Politik scheint an alten Menschen kein Interesse zu haben. Es fehlt wohl der volkswirtschaftliche Nutzen."

„Harte Worte", meinte Hasenkrug.

„Wahre Worte", sprang Dr. Wilkens ihrem Kollegen bei. Sie klappte ihren Arztkoffer zu. „Gut, ich wäre dann soweit fertig. Ich hoffe, Ihnen schon heute Abend erste Ergebnisse liefern zu können."

Büttner nickte ihr dankbar zu. Er hoffte inständig, dass sie diesmal etwas fand, was ihre tagelangen Ermittlungen im Nachhinein rechtfertigen würde.

25

Er packte es nicht mehr. Und er wollte es nicht mehr. Seit er in diesem verdammten Seniorenheim als Arzt seinen Dienst schob, hatte man ihm nichts als Steine in den Weg gelegt. Vor allem vom Pflegepersonal war er stets nur mit äußerster Skepsis beäugt worden.

Nach der unglückseligen Geschichte in Berlin, mit der er nachweislich nichts zu tun gehabt hatte, versuchte er seit Monaten, hier auf seine Art Fuß zu fassen und wenn schon nicht geliebt, dann doch wenigstens für seine Arbeit respektiert zu werden. Fehlanzeige. Ganz im Gegenteil, er hatte das Gefühl, dass sein Ansehen mit jedem Schritt, den er meinte, in die richtige Richtung zu tun, noch tiefer sank.

Nach mehreren durchwachten oder von Albträumen geplagten Nächten hatte Dr. Christian Roelfes an diesem Morgen beschlossen, die Notbremse zu ziehen. Er würde sich erneut einen anderen Job suchen, irgendwo im Ausland, wo ihn niemand kannte und er noch mal neu durchstarten konnte. Denn hier in der angeblich so harmlosen Provinz hatte man ihm die Luft zum Atmen genommen.

Als er seinen Job angetreten war, hätte er nie im Leben damit gerechnet, dass die Anfeindungen gegen seine Person derart ausufern würden. Zwar hatte er sofort gespürt, dass es nicht leicht werden würde. So viel Getuschel hinter vorgehaltener Hand, wie er es hier täglich erleben musste, war ihm bis dato völlig fremd gewesen. Zunächst schrieb er dieses Verhalten einer gewissen Nervosität und auch Neugierde zu, die die Neubesetzung einer Führungsposition in einer Institution dieser Größenordnung beinahe zwangsläufig mit sich brachte. Schon sehr bald aber musste er einsehen, sich getäuscht zu haben. Die gegen ihn gerichteten Angriffe nahmen in den Wochen und Monaten danach erst richtig Fahrt auf.

Dabei war es keineswegs so, dass irgendwer jemals in persona vor ihm gestanden und ihn beleidigt oder gar offen angefeindet hätte. Nein, das Mobbing ging gemeinhin deutlich subtiler vonstatten. Es äußerte sich durch feindselige Blicke, durch Gekicher hinter vorgehaltener Hand oder – im schlimmsten Fall – durch Ignoranz. Genau genommen hießen diese subtilen und dennoch in aller Deutlichkeit platzierten Gesten nur eins: Sieh zu, dass du wieder gehst, denn du wirst nie einer von uns sein.

Für einen ausgesprochenen Teamplayer wie ihn war das nur schwer zu ertragen. Die Einzige, die sich ihm gegenüber stets unvermindert fair verhielt, war Agata. Vermutlich, weil ihr das bittere Gefühl, gemobbt zu werden, ebenso wenig fremd war wie ihm. Er wusste, dass seit geraumer Zeit das Gerücht die Runde machte, sie hätten eine Affäre. Was natürlich totaler Blödsinn war. Alles, was sie verband, war die Gewissheit, von den Kollegen und zu Teilen auch von den Heimbewohnern nicht gemocht zu werden.

Als wäre das alles noch nicht schwierig genug, kam plötzlich die Sache mit den unerwarteten Todesfällen hinzu, die mir nichts, dir nichts zu angeblichen Morden hochstilisiert wurden. Und – wie konnte es nach Berlin anders sein – hatte man ruckzuck ihn als den Schuldigen ausgeguckt. Quasi über Nacht war er vom unbeliebtesten Menschen dieser Institution zum Serienmörder avanciert.

Ein Label, auf das man gut verzichten konnte. Selbstverständlich war es alles andere als schön gewesen, auch nur in den Verdacht zu geraten, man habe beim Tod älterer und einsamer Menschen eigenhändig nachgeholfen. Allerdings hatte er sich stets eingeredet, diese haltlosen Verdächtigungen würden eines Tages schon ein Ende finden, nämlich spätestens dann, wenn über einen längeren Zeitraum keiner mehr eines plötzlichen Todes starb.

Diesen Gefallen aber hatten die Heimbewohner ihm nicht getan. Einen nach dem anderen raffte es über Nacht dahin und zwar in einer solchen Anzahl und in so kurzer Zeit, dass selbst er nicht mehr an einen Zufall glaubte. Doch ganz egal, wie gründlich er die Dahingeschiedenen auch untersuchte, er hatte nichts Ungewöhnliches finden können. Herzstillstand hier, Herzstillstand da. Und jetzt auch noch Ubbo Mannsen. Es war zum Verzweifeln.

Auch er selbst hatte überlegt, die Polizei über die ungewöhnliche Häufung unerwarteter Todesfälle in seinem Zuständigkeitsbereich zu informieren. Doch hatte er gezögert, weil er wusste, dass sie recherchieren und dann unweigerlich wieder ihn auf dem Kieker haben würden.

Alte Menschen starben nun mal auch ohne seine Mithilfe, daran gab es nichts zu rütteln. Also hatte er sie in Ruhe gehen lassen. Es war das Einzige gewesen, was er noch für sie tun konnte.

Man hatte es ihm nicht gedankt. Stattdessen waren

die Blicke, die man ihm zuwarf, noch misstrauischer geworden, die Gesten noch abweisender, die Bemerkungen eindeutiger.

Dann der Schock, der ihn tiefer getroffen hatte, als er es sich selbst eingestehen wollte. Niemals hätte er es für möglich gehalten, dass sie so weit gehen würden, eine Verstorbene mitsamt ihrem Sarg zu entführen, ihn in seinen Keller zu stellen und fingierte Spuren zu legen, mit dem Ziel, ihn lebenslänglich hinter Gitter zu bringen. Doch jetzt war Schicht. Er würde gehen.

Zuvor aber würde er noch ein wenig aufräumen.

Erst jetzt, als er es mit seinem Auto durchquerte, fiel Christian Roelfes auf, dass er noch nie im Rheiderland gewesen war. Er erinnerte sich, dass man ihm diesen Landstrich ans Herz gelegt hatte, als er in seiner Brandenburgischen Heimat erzählte, dass es ihn beruflich nach Ostfriesland verschlug. „Dort hast du genauso viel Gegend wie hier", hatte ihm ein Freund gesagt, „dort wirst du dich wie zu Hause fühlen." Letztlich aber hatte ein Blick auf die Landkarte genügt, um festzustellen, dass das Rheiderland zu weit entfernt von seinem neuen Arbeitsplatz war.

Also war er lieber an den Stadtrand von Emden gezogen. Von dort aus war er schnell mit dem Fahrrad oder auch mit dem Auto in Hinte. Für einen Arzt, der ständig mit Notfällen rechnen musste, war es eindeutig die bessere Entscheidung gewesen.

Angesichts der endlosen Weiten des Rheiderlands, dessen Straßen ihn durch das leuchtende Gelb wogender Rapsfelder und entlang schnurrgerader Tiefs* führte, fragte er sich, warum es seine Mitarbeiterin Swantje hierher verschlagen hatte. Als er ihre Anschrift in der Personalakte fand, hatte er kurz gestutzt. War es wirklich möglich, dass sie am Ende der Welt wohnte? Soviel er wusste, besaß sie doch noch nicht einmal ein Auto. Was also führte sie hierher? Auch ein Blick in Google Earth hatte ihm diese Frage nicht beantworten können, denn alles, was er dort sah, war nichts. Buchstäblich nichts, außer drei Gebäuden, die irgendwann einmal ein landwirtschaftlicher Betrieb gewesen sein mochten. So genau hatte er es auf dem Satellitenbild allerdings nicht erkennen können.

Auch wenn sein Navi ihm sagte, dass er nach wie vor auf dem richtigen Weg sei, so bekam er doch plötzlich Zweifel. So viel an Nichts hatte er selbst in Brandenburg selten erlebt, und diese Region war ja nun wahrhaftig nicht für seine dichte Besiedlung bekannt.

Er kam mit seinem Wagen inmitten von Rapsfeldern und Wiesen zum Stehen, irgendwo am Horizont entdeckte er die Flügel einer historischen Windmühle, die hier früher vermutlich mal dabei half, im Rahmen der Landgewinnung das Wasser abzupumpen. Der Song *You're on the road to nowhere* von den Talking Heads schoss ihm durch den Kopf, und er erschien ihm durchaus passend.

Er stieg aus dem Auto aus, in der Hoffnung, sich einen besseren Überblick verschaffen zu können. Doch alles, was er sah, war nichts außer unendlich viel Gegend.

Mitten in das Rauschen des Windes und das Zwitschern

* Entwässerungskanal

zahlloser Vögel hinein hörte er plötzlich das unverwechsel-
bare Knattern eines Dieselmotors. Ein Blick über die
Schulter sagte ihm, dass sich ein offensichtlich uralter
Bauer mit einem noch älteren Traktor auf ihn zubewegte.
Kurz hinter seinem Auto kam der Traktor mit erbärm-
lich quietschenden Bremsen zum Stehen, und der greisen-
hafte Mann stieg unter lautem Ächzen und Stöhnen die
zwei Stufen hinab auf die Straße. Seine offensichtlich von
schweren Gelenkproblemen geplagten Beine bildeten fast
einen Kreis, sodass dem Arzt prompt der Vergleich mit den
Kinderrasseln einfiel, auf deren Greifring wahlweise der
Kopf eines Clowns oder eines Tieres saß.

„Moin", nickte der Bauer und zog seine Schiebermütze
vom Kopf, unter der ein paar sehr spärliche Büschel weißer
Haare hervorkamen. „Du suchst wohl was", krächzte er mit
Raucherstimme, dann spuckte er zwischen seinen Zahn-
stummeln hindurch eine ordentliche Portion Kautabak auf
den brüchigen Asphalt.

„Moin", grüßte Dr. Roelfes und lächelte den Greis
freundlich an. „Ich glaube fast, dass ich mich verfahren
habe."

„Wo willste denn hin?"

„Zu Swantje Klaaßen."

„Zu Swantje. So." Mit dieser Feststellung schien sich der
Mann nicht nur innerlich wieder zurückzuziehen, sondern
er flankierte diesen Rückzug auch durch zwei Schritte nach
hinten. „Was willste denn von ihr?", fragte er skeptisch,
um gleich darauf von einem dröhnenden Hustenanfall geschüttelt zu werden. „Scheiß Zigaretten!", keuchte er dann.
„Hab viel zu viel davon geraucht in meinem Leben, aber

aufhören lohnt sich ja nu auch nich mehr." Damit zog er einen Glimmstängel aus seiner Jackentasche und zündete ihn an. „Willste auch?"

„Nein, danke. Bin Nichtraucher."

„So." Der Bauer musterte den Arzt, als hätte er ihm soeben gestanden, an Beulenpest erkrankt zu sein. „Nu ja, gibt Schlimmeres."

„Kann man sagen."

„Und was willst du jetzt von Swantje?"

„Ich bin ein Kollege von ihr."

„So." Die Augen des Mannes verengten sich unter dem Zigarettenrauch zu schmalen Schlitzen. „Haste starke Schmerzen", fragte er dann, „oder ist es für jemand anders?"

„Wie bitte? Ich verstehe nicht." Dr. Roelfes sah den Mann perplex an.

Der Mann kratzte sich verlegen am stoppeligen Kinn. „Je nu, dann hab ich nix gesacht."

„Und wissen Sie jetzt, wo Swantje wohnt?", startete der Arzt einen neuen Versuch.

„Jo. Das weiß ich wohl."

Dr. Roelfes wartete für ein paar Sekunden auf die Auflösung des Rätsels, doch der Mann machte keine Anstalten, ihm mehr zu verraten. Vermutlich hatte er die Frage falsch gestellt. „Und wie finde ich den Weg zu Swantje?"

„Du stehst doch mitten drauf."

„Was?"

„Immer in die Richtung, in der du jetzt stehst, und nach drei Kilometern links ab."

„Aha. Ist da was ausgeschildert?"

„Nö. Für wen denn wohl auch. Kommt ja sonst keiner

hin." Wieder dieser skeptische Blick. „Und wenn du Ärger machst, bekommst du es mit mir zu tun."

„Da würde ich es niemals drauf ankommen lassen", lächelte der Arzt. „Ich fahr dann mal weiter. Danke schön und einen schönen Tag noch!"

„Jo. Ook so." Mit einem knappen Gruß und knarzenden Gelenken ging der Mann zu seinem Traktor zurück.

Es dauerte nur wenige Minuten, bis Dr. Roelfes die Abzweigung zu Swantjes Hof fand und sich diesem in langsamer Fahrt über einen Schotterweg näherte. Verwundert blickte er auf das naturbelassene Chaos, das sich ihm bot.

Als er unter einem Baum einen etwas verwilderten Stellplatz gefunden hatte und ausgestiegen war, blickte er sich interessiert um. Doch entdeckte er nichts, außer einem kleinen, fast völlig von ehrwürdigen Bäumen verdeckten Wohnhaus und zwei vor sich hin gammelnden Stallgebäuden.

Er war sich sicher, dass er hier nicht richtig sein konnte, denn in solch einer Ruine konnte unmöglich jemand wohnen. Dennoch wollte er zu gerne wissen, wo er hier gelandet war.

Das Gelände glich einem Abenteuerspielplatz, wie er ihn sich als kleiner Junge immer gewünscht hatte. Seine stets übervorsichtigen Eltern hätten ihm nie erlaubt, sich solch einem Platz auch nur auf hundert Meter zu nähern, doch das musste ihn ja heute nicht mehr interessieren. Also entschloss er sich dazu, ein verpasstes Stück Kindheit nachzuholen und sich für ein paar Minuten durch das Gestrüpp zu kämpfen. Was konnte schließlich spannender sein, als einen Flecken Wildnis zu erkunden, bevor er seinen Weg fortsetzte? Der Ernst und die Eintönigkeit des Lebens holten ihn noch früh genug wieder ein.

Begleitet vom ständigen Rufen eines Kuckucks, bahnte er sich vorsichtig seinen Weg über das von Ranken überwucherte Kopfsteinpflaster, warf hier und da einen längeren Blick auf irgendwelche verrosteten Gegenstände am Wegesrand, lugte in hohle Baumstümpfe hinein oder kletterte über morsche Zäune, die keinerlei Funktion mehr ausübten, außer einfach ein Teil des Gerümpels zu sein, das in seinem Chaos schon fast wieder so etwas wie Harmonie ausstrahlte.

Mit jedem Schritt, den der Arzt tat, fand er mehr und mehr Gefallen an dieser für seine Verhältnisse völlig schrägen Unternehmung. Zwischen Gestrüpp und Geröll vergaß er völlig Zeit und Sorgen, und nur selten hatte er sich so frei gefühlt wie hier.

Gerade hatte er sich durch einen kleinen Buchenhain gekämpft, als er plötzlich vor dem Giebel eines der Stallgebäude stand. Sein Blick schweifte das von dichtem Efeu überzogene, aber sichtlich abrissreife Mauerwerk entlang und blieb an einem zerbeulten Schild hängen, auf dem *Betreten verboten, Achtung Lebensgefahr!* stand.

Er erinnerte sich an viele *Betreten verboten*-Schilder seiner Kindheit, die meisten davon spielten sich lediglich in den Köpfen seiner Eltern ab. Einmal mehr wurde ihm bewusst, wie sehr er seine Eltern für ihre übertriebene Vorsicht immer gehasst hatte, mit jedem Jahr ein bisschen mehr. Ihren plötzlichen Unfalltod vor einigen Jahren bezeichnete er als Ironie des Schicksals. Es hatte nichts in ihm ausgelöst außer Erleichterung und das Gefühl, endlich frei zu sein.

Er kniff die Augen zusammen und schaute zum Dachfirst des Gebäudes hoch und wieder zurück. Sein Blick blieb an der Tür hängen, die nicht zum Rest des Ensembles passen wollte, denn sie war erstaunlicherweise neu. Ob er es trotz aller Risiken wagen konnte, sie zu öffnen und sich im Innern ein wenig umzusehen?

Nach kurzem Nachdenken nickte er sich innerlich aufmunternd zu und griff nach dem Riegel aus Stahl, der im Gegensatz zu allem anderen noch keinen Rost angesetzt hatte. Langsam schob er ihn beiseite und ... brach zusammen.

Den Schlag in den Nacken hatte er kaum gespürt, als ihn plötzlich ein Meer aus Dunkelheit umfing.

26

Als David Büttner an diesem Nachmittag einen Zwischenstopp zu Hause einlegte, um Heinrich abzuholen und mit ihm an die frische Luft zu gehen, war er denkbar frustriert. Es gab einfach keine konkreten Erkenntnisse, die ausreichten, um einen Tatverdächtigen festzusetzen. Natürlich deutete derzeit alles darauf hin, dass Dr. Roelfes sowohl den jungen Pfleger als auch den Sarg mit der verstorbenen Waltraud Habers hatte verschwinden lassen.

Doch glaubte Büttner auch jetzt nicht daran, dass der Arzt auch nur ansatzweise so dumm sein könnte, solch eindeutige Spuren in seinem eigenen Haus zu hinterlassen. Nein, sowohl hinter dem einen als auch hinter dem anderen Verbrechen steckte jemand anderes. Und die Andeutungen, die die eigentlich ganz sympathische Swantje Klaaßen bezüglich des Ferienhauses von Dr. Roelfes ungefragt in den Raum gestellt hatte, genügten ihm, um anzunehmen, dass sie ihn ganz bewusst auf dessen Fährte hatte bringen wollen. Also war es naheliegend, dass sie bezüglich der Spuren ein wenig nachgeholfen hatte. Nur, wie sollte er es ihr beweisen?

Nachdem er den stürmisch auf ihn zu rennenden Heinrich begrüßt hatte, ging Büttner in die Küche, um zu schauen, ob seine Frau Susanne ihm womöglich ein wenig vom Mittagessen übrig gelassen hatte. Fehlanzeige. In der Küche sah es genauso aus wie am Morgen, als er sie nach dem Frühstück verlassen hatte. Vermutlich war sie nach der Schule gar nicht hier gewesen und hatte auswärts gegessen. Nun, dann würde er mit dem warmen Essen wohl bis zum Abend warten müssen, was seine Laune nicht gerade steigerte.

„Hi, Paps", hörte er die Stimme seiner Tochter von der Tür her und sah sich um.

„Was machst du denn hier?", antwortete er überrascht und ließ sich von ihr einen Kuss geben, während Heinrich aufgeregt um sie herumsprang. „Ich dachte, du kommst frühestens am Wochenende wieder." Er nickte Jettes Freund Christopher zu, der ein paar Schritte hinter ihr stand und verlegen mit den Schuhen die Rillen der Bodenfliesen nachzog.

„War so geplant. Aber Christopher hat hier heute zu tun, und weil ich an der Uni sowieso nicht viel vorhatte, dachte ich, ich fahre einfach mal mit. Mama ist nicht da?", fragte sie in einem Atemzug und sah sich in der Küche um, als würde sich ihre Mutter irgendwo hinter den Schränken verstecken.

„Nee. Keine Ahnung, wo sie steckt." Büttner wandte sich mit durchdringendem Blick an Christopher: „Gut, dass du hier bist. Mit dir wollte ich sowieso noch reden."

„Ach ja?" Christopher hob erstaunt die Brauen.

„Ja. Irgendwie werde ich das Gefühl nicht los, dass du etwas mit dem Verschwinden deiner Oma zu tun hast", fiel Büttner mit der Tür ins Haus. Er setzte auf den Überraschungseffekt.

Doch der blieb aus. „Weiß nicht, wovon Sie reden", zuckte Christopher gleichmütig die Schultern und schien plötzlich alles andere als verlegen zu sein. Er hatte sein Kinn vorgeschoben und sah Büttner herausfordernd an.

„Du weißt aber schon, dass der Sarg mit deiner Oma kurzzeitig einen unbeabsichtigten Ortswechsel vorgenommen hatte."

„Klar weiß Chris das. Und es hat ihn total geschockt, dass jemand so was Abartiges macht, wie einen Sarg zu entführen", sprang Jette ihrem Freund bei, noch bevor der etwas sagen konnte. Zum Trost bekam er auch noch einen schnellen Kuss auf die Wange, was Büttner nicht eben glücklicher stimmte. „Andererseits ist es natürlich prima, dass sie nun doch nicht verbrannt werden konnte", quasselte Jette weiter, während sie die Kühlschranktür aufriss und nach etwas Essbarem schaute. Sie griff nach einem Stück aufgeschnittener Wassermelone und schob es sich in den Mund. „Ist ja auch total abartig von Chris' Eltern, dass sie sie einfach so gegen ihren Willen einäschern wollen", sagte sie mit vollem Mund. „Würde ich mit dir nie machen, Paps."

„Sehr entgegenkommend", murmelte Büttner.

„Willst du eigentlich verbrannt werden?"

„Öhm … im Moment nicht." Sein Magen knurrte vernehmlich. „Wie sieht es mit einer Pizza aus?", fragte er schnell, um von diesem wenig erfreulichen Thema wegzukommen. Doch noch bevor Jette und Christopher antworten konnten, schrillte sein Handy. Es war die KTU, die ihm mitteilte, dass man Faserspuren und auch ein Haar an dem Sarg gefunden habe, von denen man jedoch noch nicht sagen könne, zu wem sie gehörten und ob sie überhaupt etwas mit dem Täter zu tun hätten. Ansonsten nichts, an der Leiche selbst gebe es keinerlei Spuren, die auffällig seien. Das Blut im Bad allerdings stamme tatsächlich von Daniel Kieglitz.

Büttner grunzte zufrieden. Eine wie auch immer geartete Leichenschändung hätte ihm gerade noch gefehlt. Und damit, dass das Blut tatsächlich zu dem Pfleger gehörte, hatte er nach Swantjes seltsamen Verhalten sowieso gerechnet. Er bedankte sich und legte auf.

„Gibt es Neuigkeiten?", fragte Jette neugierig.

„Pizza?", stellte Büttner die Gegenfrage. Ganz gewiss würde er im Beisein eines der Hauptverdächtigen keine Angaben zum Stand der Ermittlungen machen.

Christopher sah nicht so aus, als würde er gesteigerten Wert auf ein gemeinsames Mittagessen legen, nickte aber brav, als Jette jetzt rief: „Au ja. Hier kriegt man ja nichts. Ich nehme an, du lädst uns ein?"

„Sicher."

„Prima. Oh. Ich habe da eine bessere Idee. Können wir auch zur *Strandlust* an die Knock fahren und da was essen?" Jette deutete auf ihren Hund. „Heinrich tobt da so gerne über den Strand." Sie zwinkerte ihrem Vater zu. „Da kannst du ihn einfach laufen lassen, ohne dich selbst bewegen zu müssen."

„Überzeugendes Argument", nickte Büttner. „Also gut, fahren wir an die Knock."

„Ist es nicht herrlich hier?" Am westlichsten Zipfel Ostfrieslands angekommen, lehnte sich Jette mit ausgebreiteten

Armen gegen den frischen, aber warmen Wind und jauchzte einmal laut auf: „Ich liebe diesen Flecken Erde genauso wie Heinrich!"

Der Hund war mit wehenden Ohren Richtung Strand gehechtet und tollte dort jetzt übermütig herum, indem er versuchte, nach den auflaufenden Wellen zu schnappen. Als er jedoch ein Stöckchen fand, entschied er sich, lieber dieses in sein Maul zu nehmen und es hin und her zu schütteln, als handele es sich bei ihm um eine gerade erlegte Beute.

„Chris sagt, er war noch nie hier", erklärte Jette, als sie sich nur wenig später zu ihrem Vater und ihrem Freund auf die Terrasse setzte. Da sie außer einem turtelnden Paar die einzigen Gäste waren, kam direkt eine Bedienung zu ihnen und drückte ihnen die Speisekarte in die Hand. „Darf es was zu trinken sein?" Nachdem alle ein Getränk bestellt hatten, wiederholte Jette: „Chris war noch nie hier. Unglaublich, oder?"

„Wüsste nicht, was daran unglaublich ist, wenn man hier nie gewohnt hat", verkündete Büttner, während er die Speisekarte studierte. „Woher kommst du noch gleich?" Er schielte über die Karte hinweg.

„Münster", antwortete Christopher knapp.

„Richtig. Deine Eltern leben da immer noch, wie ich gesehen habe. Und dein charmanter Herr Onkel?"

Christopher grinste breit. „Sie haben ihn eingebuchtet, wie ich hörte", sagte er statt einer Antwort. „Geschieht ihm recht. Nur nützen wird es nichts. Er wird ein Arschloch bleiben."

„Schade eigentlich", bemerkte Büttner. „Was genau macht

er beruflich? Ich meine, solch ein Choleriker ist doch für jedes Unternehmen untragbar. Ist er selbstständig?", wagte er sich hervor. Erfahrungsgemäß plauderten die Leute liebend gerne über ihre Verwandtschaft, vor allem über die verhasste. Vielleicht würde er auf diesem Wege ja etwas über Rainer Habers erfahren, das ihn in seinen Ermittlungen weiterbrachte. Leider hatten sie ihn nach wenigen Stunden wieder aus seinem unfreiwilligen Boxenstopp entlassen müssen, nachdem sein nicht minder cholerischer Anwalt im Kommissariat vorgesprochen hatte.

„Rainer ist Giftmischer", antwortete Christopher.

„Giftmischer?" Büttner schaute interessiert auf.

„Na ja, irgendein hohes Tier in der Pharmaindustrie eben. Da passt er auch hin. Er selber ist ja schon die reinste Giftküche."

„Treffend formuliert", nickte Büttner. „Er hat Pharmazie studiert?"

„Chemie. Pharmazie wäre zu sinnvoll gewesen. Rainer will zerstören, alles und jeden. Als Chemiker verfügt er über die besten Mittel und Kenntnisse dazu."

„Klingt gefährlich."

„Er ist gefährlich."

„Du glaubst immer noch, dass er etwas mit dem Tod deiner Oma zu tun hat?"

„Natürlich." Christopher schaute ihn finster an. „Aber Sie haben ihn ja wieder laufen lassen."

„Hast du deswegen den Sarg verschwinden lassen?", startete Büttner einen neuerlichen Überrumplungsversuch. „Und warum dann in Dr. Roelfes' Haus?"

„Papa!" Jette legte ihre Speisekarte beiseite und blitzte

ihn empört an. „Was soll das? Du glaubst doch wohl nicht wirklich, dass ..." Jette wurde von der Bedienung unterbrochen, die nun die Getränke brachte und ihre Essensbestellungen aufnahm. Als sie wieder alleine waren, beugte sie sich vor und sagte mit gedämpfter Stimme: „Wenn ihr den Sarg im Haus des Doktors gefunden habt, wird es wohl auch der Doktor gewesen sein, der ihn dorthin geschafft hat."

Büttner seufzte. „Wenn die Lösung der Fälle immer so einfach wäre, hätte ich einen feinen Job. Außerdem: Alleine würde er es ja wohl kaum geschafft haben."

„Es gibt für alles Helfer", erklärte seine Tochter. Sie kraulte Heinrich den Kopf, der anscheinend eine Pause brauchte und sich nun hechelnd unter ihren Tisch legte. „Und warum soll er es deiner Meinung nach nicht gewesen sein?"

„Jette, ich habe nicht vor, meine Fälle mit euch zu diskutieren. Das solltest du inzwischen wissen."

„Einen Versuch war es wert", grinste sie. „Oh, haben Sie mal einen Napf mit Wasser für meinen Hund?", winkte sie der Kellnerin, die daraufhin eine zustimmende Geste machte.

„Deinen Vater habe ich noch gar nicht zu Gesicht bekommen", fuhr Büttner an Christopher gewandt in seinen Familienstudien fort.

„Seien Sie froh", sagte der ohne zu zögern.

„Ist er auch so ein Tyrann wie dein Onkel?"

„Nein, im Gegenteil: Er ist ein Schlappschwanz. Geht gar nicht. Tut immer so, als würde er alles gebacken kriegen. In Wirklichkeit aber ist es meine Mutter, die alles und jeden steuert. Er hat es sich in seiner Ecke bequem eingerichtet und wird wohl auch nie wieder aus ihr herauskriechen. Schlappschwanz eben."

„Du scheinst mit deiner Verwandtschaft nicht viel Glück zu haben", stellte Büttner fest. Der junge Mann tat ihm leid. Es musste schlimm sein, nur negativ über seine Familie reden zu können.

„Doch, mit meinem Bruder hatte ich Glück", reagierte Christopher sofort, biss sich dann jedoch auf die Lippen, als hätte er etwas Falsches gesagt.

„Lebt er noch bei deinen Eltern?", wollte Büttner wissen. Er fragte sich, was Christopher plötzlich so verunsichert hatte, denn der fummelte nun nervös an dem Salzstreuer herum, der auf dem Tisch stand.

„Nein, schon seit einigen Jahren nicht mehr. Er ist ein paar Jahre älter als ich. Seit seinem Auszug hat er kein Wort mehr mit meinen Eltern gesprochen."

„Das muss hart für deine Eltern sein." Büttner provozierte ihn nun bewusst.

„Meine Eltern sind höchstens hart für uns und den Rest der Welt", konterte Christopher und schaute ihn finster an. Offensichtlich war er auf Zack.

„Und deine Großmutter war anders?"

Als hätte jemand ein Licht in ihm angeknipst, leuchtete Christopher plötzlich von innen heraus. „Oma war die Beste", strahlte er. „Sie war immer für uns da, schon als wir klein waren. Wenn wir sie nicht gehabt hätten, wären wir heute vermutlich genauso verkorkst wie der Rest der Bagage."

„Hatte dein Bruder auch bis zu ihrem Tod Kontakt mit

ihr oder gehörte er der anderen, eher desinteressierten Fraktion an?"

„Nee, nee, er hatte schon … also … nee, war schon okay." Christopher schien heilfroh zu sein, dass nun die Kellnerin mit dem Essen kam. Schnell – ein wenig zu schnell für Büttners Geschmack – griff er nach seinem Besteck und schob sich ein großes Stück seines Wiener Schnitzels in den Mund. Fast war es, als wollte er vermeiden, noch mehr zu diesem Thema sagen zu müssen.

Was war mit seinem Bruder los, dass er nicht so recht über ihn reden wollte? Nun, dachte Büttner gelassen, es wird ein Leichtes sein, es herauszufinden. Gleich nachher würde er Hasenkrug den Rechercheauftrag erteilen.

„Was guckst du Chris denn so komisch an?", fragte Jette ihn mit gerunzelter Stirn, während sie ihren Labskaus mit den dazugehörigen Spiegeleiern und der Roten Beete zermatschte. Schon als Kind hatte sie die Bestandteile ihres Essens gerne zu einem unappetitlichen Brei verrührt. Büttner fand es bedauerlich, dass sie es sich bis heute nicht abgewöhnt hatte. *Das Kind kann man ja noch immer nirgends mit hinnehmen,* hallten die Worte seiner Schwiegermutter vom vergangenen Weihnachtsfest noch heute in seinem Kopf nach. Na ja, wenn es nach ihm ging, würde er trotz Jettes seltsamer Essgewohnheiten dann doch lieber auf die chronisch nörgelnde Mutter seiner Frau am Tisch verzichten als auf sein Kind.

„Wieso gucke ich komisch? Ich gucke immer so", behauptete er und war froh, als in diesem Moment sein Handy klingelte, auch wenn er dadurch noch ein wenig länger auf sein Granatbrot warten musste.

„Muss das jetzt sein?", fragte Jette.

„Ja. Ich bin im Dienst", hob Büttner entschuldigend die Schultern und nahm den Anruf an. „Was gibt es, Hasenkrug … hm … Was …Ist nicht Ihr Ernst …Okay … Ja, ich esse schnell auf und dann komme ich. Das glaube ich erst, wenn ich es selbst gesehen habe." Kopfschüttelnd schob er das Handy in seine Tasche zurück. Als er aufsah, blickte er in zwei fragende Gesichter.

„Ermittlungsgeheimnis", sagte er und machte sich heißhungrig über seine Krabben her.

„Geht es um meine Oma?", fragte Christopher, und wenn sich Büttner nicht täuschte, schwang eine gewisse Verunsicherung in seiner Stimme mit.

„Nein. Mit deiner Oma hat es nichts zu tun."

„Können wir noch in Ruhe essen oder musst du gleich los?", wollte Jette wissen, die sich gerade an das Abarbeiten ihres Pamps gemacht hatte.

„Ja, esst nur, in meinem Job laufen die Kunden selten weg", erwiderte Büttner.

„Schon wieder eine Leiche?"

„Keine neue."

„Du bist nicht sehr gesprächig."

„Guten Appetit, wünsche ich!"

27

Die alte Frau konnte einem wirklich leidtun. Nach dem Tod ihrer Freunde und Elskes geistigem Abdriften stand sie nun praktisch alleine in dieser Welt. Sie würde sich neue Freunde suchen müssen, und vermutlich würde es ihr mit ihrer Offenherzigkeit im Laufe der Zeit auch gelingen. Doch zunächst einmal galt es, sich aus der nicht enden wollenden Trauer heraus wieder ans Licht zu arbeiten.

Es war ein weiter und beschwerlicher Weg, und Sophie Reimers wusste nicht, ob ihre Tante noch bereit war, ihn zu gehen. Nachdem nun auch ihr Freund Ubbo sie verlassen hatte, war sie nur noch ein Schatten ihrer selbst. Ihr Gesicht wirkte fahl und eingefallen, ihr Atem ging unregelmäßig und sie schien um Jahre gealtert. Ihre Hände, die sie ohne Unterlass in ihrem Schoß knetete, zitterten wie Espenlaub. Immer wieder brach Jurine in Tränen aus. Es war im wahrsten Sinne des Wortes das reinste Trauerspiel, und Sophie hatte keine Ahnung, wie sie ihre Tante aus diesem Loch wieder herausbekam.

Gleich, nachdem sie wieder Zeit gehabt hatte, war sie ins Heim gefahren, um Jurine zu trösten. Bis jetzt hatten sie nur schweigend dagesessen, Sophie hatte die Hand der alten Dame gedrückt und ihr zu verstehen gegeben, dass sie trotz allen Unglücks nicht alleine war. Ein paarmal hatte ihre Tante sie mit tränennassen Augen dankbar angesehen, ansonsten aber keinerlei Reaktion gezeigt. Es ging ihr miserabel.

Mit einem Blick auf die Uhr beschloss Sophie, zur Arbeit zurückzufahren, denn die Ermittlungen duldeten trotz oder gerade wegen allen Leids keinen Aufschub. Doch gerade als sie aufstand und nach ihrer Jacke griff, öffnete sich nach einem Klopfen die Tür und ihre Kollegen David Büttner und Sebastian Hasenkrug kamen herein.

„Moin", sagte Ersterer und warf einen kritischen Blick auf Jurine, die nur kurz ihren Kopf hob und dann wieder in sich zusammensackte. „Ist Ihre Tante in der Lage zu reden?", fragte er.

„Eher nicht. Sie steht unter Schock. Es war alles zu viel für sie."

„Verständlich", nickte Büttner und setzte sich genauso wie Hasenkrug auf einen Stuhl. „Dennoch bräuchten wir nach Möglichkeit ihre Aussage. Wir wissen jetzt, woran Ubbo Mannsen gestorben ist, und die Todesursache wirft einige Fragen auf."

„Die Obduktion hat etwas ergeben?", fragte Sophie Reimers erstaunt. „Also kein Nullergebnis wie bei Waltraud Habers?"

„Nein. Absolut nicht." Büttner räusperte sich, bevor er sagte: „Ubbo Mannsen starb an einer Überdosis Tetrahydrocannabinol, sprich THC."

„Wie bitte?" Sophie Reimers glaubte, sich verhört zu haben. „Sie reden aber nicht von Cannabis, oder?"

„Doch. Ubbo Mannsen hat laut Gerichtsmedizin am Abend vor seinem Tod Unmengen dieses Wirkstoffs zu sich genommen. Die Dosis führte zum Kreislaufkollaps und der wiederum zum Herzstillstand. Wir suchen nach einer Erklärung."

„Versehen ausgeschlossen?"

„Wir fragen uns natürlich, wie er an dieses Zeug kommen konnte. Angeblich wurde es mittels Backwaren verabreicht", erklärte Hasenkrug, ohne auf die für ihn rein rhetorische Frage seiner Kollegin einzugehen.

Noch während Sophie ihn völlig perplex anstarrte, ging ihr plötzlich ein Licht auf. „Der Kuchen von gestern Abend?", krächzte sie entsetzt.

„Sie wissen davon?", fragte Büttner überrascht.

„Ja. Das heißt nein", stammelte sie. „Natürlich weiß ich davon, also vom Kuchen, meine ich. Aber dass da dieses Zeug drin war …hm." Sie legte nachdenklich ihren Zeigefinger ans Kinn. „Oh-oh, jetzt wird mir einiges klar", sagte sie dann und presste die Lippen aufeinander, denn sie spürte einen völlig deplatzierten Lachreiz in sich aufsteigen. Natürlich war die Situation alles andere als witzig; dennoch: Wenn sie sich vorstellte, wie hier im Seniorenheim von den alten Leuten, die zu Teilen sicherlich noch den Alt-Hippies zuzurechnen waren, Unmengen von Cannabis verschlungen wurden, konnte sie nicht anders, als es in gewissem Maße amüsant zu finden. Blieb nur die Frage, woher das Zeug kam.

„Agata", schoss es reflexartig aus ihr heraus, noch ehe sie darüber nachdenken konnte.

„Agata?", fragten Büttner und Hasenkrug gleichzeitig.

„Eine der Pflegerinnen. Sie hat uns gestern diesen Kuchen gebracht." Sie stutzte einen kurzen Moment, bevor sie hinzufügte: „Sie selber war ganz anders als sonst, viel gelöster. Ja, sie war sogar ziemlich albern. Sie meinte, sie habe den Kuchen probiert. Allerdings hatte sie wohl auch Stimmungsaufheller zu sich genommen, die Dr. Roelfes ihr gegeben hatte."

„Sie hat den Kuchen aber nicht gebacken?", hakte Hasenkrug nach.

„Nein. Sie sagte, sie habe ihn im Küchenschrank gefunden."

„Und wie soll er dahin gekommen sein?"

„Keine Ahnung. Irgendjemand muss ihn wohl da reingestellt haben", antwortete Sophie Reimers in bestechender Logik.

„Kommt das öfter vor?", fragte Büttner.

„Was? Dass jemand Cannabis-Kuchen im Küchenschrank abstellt?"

„Dass jemand Kuchen abstellt, meine ich."

„Es gibt hier einige, die gerne backen", meldete sich zu aller Überraschung Jurine Tamminga zu Wort. Die alte Dame hatte plötzlich wieder Farbe im Gesicht und schien die Diskussion mit Interesse zu verfolgen. Sie fuhr sich mit dem Taschentuch über das tränennasse Gesicht, bevor sie mit deutlich festerer Stimme sagte: „Ja, es wird viel gebacken. Wenn sie für alle sein sollen, dann werden die Kuchen oder die Kekse in den Schrank gestellt. Wer auch immer Lust hat, ein Stück zu essen, der nimmt sich einfach was. Meistens steht er nicht lange."

„Sie leben im Paradies", stellte Büttner fest und fuhr sich mit der Zunge über die Lippen. „Hier ist nicht zufällig noch ein Zimmer frei?"

„Von vorsätzlicher Tötung kann man in diesem Fall also

kaum sprechen", überging Hasenkrug den fragwürdigen Einwurf seines Chefs. „Oder stand es fest, dass Herr Mannsen den Kuchen essen würde?"

Jurine und Sophie schüttelten den Kopf. „Nein, überhaupt nicht. Ich denke, dass Agata uns in ihrem plötzlichen Anfall von guter Laune eine Freude machen wollte", meinte Sophie dann.

„Und wenn es doch Absicht war?", fragte Büttner. „Ich meine, sie kann sich vorsätzlich mit dem Kuchen in Stimmung gebracht haben, bevor sie ihn an ihr Opfer verteilte."

„Aber sie konnte doch gar nicht wissen, wer genau von dem Kuchen essen würde", gab Sophie Reimers zu bedenken. „Und vor allem konnte sie nicht wissen, wer welche Menge essen würde." Sie zog die Stirn in Falten. „Um davon tot umzukippen, müsste man aber schon ordentlich konsumieren, oder?"

„Je nach körperlicher Konstitution, sagt unsere Gerichtsmedizinerin", antwortete Hasenkrug. „Normal gesunden Menschen passiert nach ein paar Stück Kuchen in der Regel nichts, außer dass sie womöglich einen ordentlichen Rausch haben oder als Nebenwirkung über Übelkeit und Erbrechen klagen. Es kommt dabei natürlich auch immer auf die Dosis THC an, die im Kuchen verarbeitet wurde. Bei einem älteren oder kranken Menschen sieht es da schon anders aus. Vor allem, wenn man an einer Herzschwäche leidet, kann es durchaus schon mal zu Kreislaufversagen kommen."

Bei den Erläuterungen seines Assistenten fiel Büttner eine Aussage des Arztes wieder ein. Als sie vor dem toten

Ubbo Mannsen gestanden hatten, hatte er da nicht gesagt, dass er in der Nacht zuvor zu Elske Langen gerufen worden sei, weil diese sich mehrfach übergeben habe? „War Frau Langen auch anwesend, als der Kuchen verteilt wurde?", fragte er daher.

Sophie Reimers nickte. „Ja. Sie hat auch von dem Kuchen gegessen. Allerdings nicht mal halb so viel wie Ubbo, der ihn wie ein Wahnsinniger in sich reingeschaufelt hat."

Büttner warf Hasenkrug einen bedeutungsvollen Blick zu, der den Zusammenhang zu Elske Langens Magenverstimmung offensichtlich auch erkannt hatte.

„So", meinte Büttner und schlug sich mit den flachen Händen auf die Oberschenkel, „dann wäre ja nun nur noch interessant zu wissen, von wem der Kuchen kam und vor allem, aus welchem Grund er hier im Küchenschrank landete. Ich nehme mal an, dass Cannabis-Kuchen hier eher nicht zum Standard gehören, oder?"

Für eine Weile herrschte nachdenkliches Schweigen, dann räusperte sich Jurine Tamminga plötzlich und begann, unruhig in ihrem Sessel hin und her zu rutschen.

„Was gibt's, Tantchen?", fragte Sophie Reimers besorgt. „Irgendwas nicht in Ordnung?"

„Ich … ich weiß ja nicht, ob das wichtig ist. Und ich will auch niemanden beschuldigen", drückte sie sich um eine konkrete Aussage herum und schaute angespannt von einem zum anderen.

„In einer polizeilichen Ermittlung ist jedes Detail wichtig", erwiderte Büttner und sah sie auffordernd an.

„Also, es ist ja schon eine ganze Weile her, und vermutlich ist es völlig ohne Belang."

„Trotzdem, sagen Sie es ruhig. Die Bewertung Ihrer Aussage können Sie ruhig uns überlassen. Wir sind dankbar für jeden Hinweis, ganz egal, ob er uns letztlich weiterbringt oder nicht", ermunterte sie nun auch Hasenkrug.

Jurine Tamminga strich ein paar imaginäre Falten aus ihrem Rock, bevor sie sagte: „Also, Swantje, Sie wissen, unsere Pflegekraft. Ein nettes Ding."

„Ja?" Sie hatte nun die volle Aufmerksamkeit.

„Es ist schon eine ganze Weile her, deswegen weiß ich gar nicht ... Also, es war ... Damals lebte Gertrud Meier noch. Also vor letztem Oktober. Im Sommer, denke ich."

„Ja?"

„Gertrud litt unter einem Bandscheibenvorfall im Nacken. Sie hatte furchtbare Schmerzen. Natürlich bekam sie Schmerzmittel, aber die halfen nicht wirklich. Sie hat sehr gelitten."

„Und weiter?"

„Swantje, also ..." Die alte Dame sah flehend in die Runde. „Sie hat es bestimmt nur gut gemeint."

„Sie hat Gertrud Meier Cannabis gegeben?", fragte Sophie Reimers, um ihre Tante aus ihrer Anspannung zu erlösen.

„Ja." Jurine senkte den Blick und sprach jetzt zu ihren Füßen. „Sie brachte Gertrud ein paar Kekse und meinte, die solle sie mal probieren, dann würde es ihr besser gehen. Es stimmte. Gertrud war plötzlich ein ganz anderer Mensch, beinahe ohne Schmerzen und immer gut drauf. Sie hat dann immer wieder welche haben wollen, und Swantje hat ihr schließlich das Rezept gegeben."

„Das Rezept. Verstehe", nickte Büttner. „Und den Stoff gleich dazu?"

„Ich … Das weiß ich nicht."

„Na ja, irgendwoher muss er ja gekommen sein", stellte Hasenkrug fest.

„Ja, sicher. Aber ich weiß es nicht. Wirklich nicht."

„Na gut", meinte Büttner und stand auf, „dann werden wir uns diese Swantje jetzt mal vorknöpfen. Hat sie derzeit Dienst?"

„Nein, sie kommt erst morgen wieder, soviel ich weiß", antwortete Jurine. Sie sah den Hauptkommissar mit verhangenem Blick an. „Bitte tun Sie ihr nichts, sie ist ein gutes Kind."

„Erstmal müssen wir der Sache nachgehen, dann gucken wir weiter", erwiderte Hasenkrug diplomatisch. „Vielen Dank, Frau Tamminga, Sie haben uns wirklich sehr geholfen."

„Da nich für", murmelte die alte Dame, auch wenn sie nun alles andere als glücklich aussah.

„Swantje Klaaßen lebt hinter dem Mond", stellte Sebastian Hasenkrug fest, als er, wieder zurück im Kommissariat, ihre Adressdaten in der Hand hielt und über Google Maps versuchte, diese geografisch einzuordnen.

„Und wo genau muss ich mir dieses *hinter dem Mond* vorstellen?", fragte Büttner, der an seinem Schreibtisch saß und sich zur Entspannung einen Schokoriegel gönnte.

„Im Rheiderland. An der niederländischen Grenze. Irgendwo im Nirgendwo."

„Dann sollten wir uns das mal angucken", nuschelte Büttner. „Ich für meinen Teil wollte schon immer wissen, wie es hinter dem Mond so aussieht. Sie hingegen sind da ja sowieso gerne mal unterwegs", neckte er seinen Assistenten und lachte schallend über seinen eigenen Scherz.

„Haha. Ihre Witze waren auch schon mal besser", verzog Hasenkrug sein Gesicht, während er einen Anruf auf seinem Festnetzanschluss entgegennahm. „Ja, Frau Weniger, was gibt es denn? Ach ja, gut ... Ach nee, ehrlich? Das ist ja interessant ... Ja, so ergibt vieles einen Sinn. Danke, das werde ich gleich mal so weitergeben."

„Neue Leiche oder neue Erkenntnisse?", fragte Büttner.

„Die KTU lässt mitteilen, dass man die DNA des Haares, das man auf Waltraud Habers' Sarg gefunden hat, analysiert habe."

„Und?"

„Es gibt einen Treffer in der Datei."

„Ach was." Büttner vergaß vor lauter Überraschung, in seinen Schokoriegel zu beißen. „Und dürfte ich erfahren, zu wem das Haar gehört?"

„Zu einem gewissen Andreas Florian Kammler."

„Sagt mir nichts."

„Mir aber."

„Sie sind ein echter Streber, Hasenkrug. Und hätten Sie vielleicht die Güte, mich an Ihrem Wissensvorsprung teilhaben zu lassen?"

„Na gut." Hasenkrug machte eine rhetorische Pause. „Ich sag mal so, es ist kein Unbekannter."

„Nun lassen Sie sich mal nicht so feiern", grunzte Büttner. „Sie kriegen Ihren Sterne-Stempel im Klassenbuch, versprochen."

„Andreas Florian Kammler haben die Kollegen vor gut

einem Jahr drangekriegt wegen Verstoßes gegen das Betäubungsmittelgesetz. Er hat mit synthetischen Drogen gedealt, und das nicht zu knapp. Er wurde verurteilt."

„Aber eingefahren ist er deshalb anscheinend nicht, sonst könnte er jetzt ja keine Särge klauen", schlussfolgerte Büttner messerscharf.

„Richtig. Er ist auf Bewährung draußen und leistet Sozialstunden ab."

„Na guck. Dann dürfte er ja nicht allzu schwer aufzutreiben sein."

„Es kommt noch besser", grinste Hasenkrug.

„Sie machen mir Angst."

„Sie hatten mich beauftragt herauszubekommen, was der Bruder von Christopher Mettler so treibt."

„Und? Was treibt er so?"

„Er ist auf Bewährung draußen und leistet Sozialstunden ab."

„Nee!" Büttner ließ den Aktendeckel, den er gerade in die Hand genommen hatte, wieder auf den Schreibtisch zurückfallen. „Nun sagen Sie nicht, dass ..." Er stutzte. „Aber Christopher heißt nicht Kammler, richtig?"

„Richtig. Der heißt Mettler. Macht aber nichts."

„Weil?"

„Die beiden sind Halbbrüder."

„Na, das ist ja mal 'n Ding. Und jetzt?"

„Es kommt noch besser." Hasenkrugs Grinsen wurde noch eine Spur breiter.

„Ein echter Feiertag also."

„Sie sagen es. Dieser Andreas Florian Kammler leistet seine Sozialstunden im Seniorenheim in Hinte ab."

„Wow! Jetzt überraschen Sie mich aber wirklich, Hasen-krug! Heißt das, wir haben unseren Täter?"

„Kommt darauf an, von welchem Fall wir reden. Aber es kommt noch besser."

„Ich ertrag es kaum noch."

„Dieser Andy, wie sich unser Mann nennt, hat dieselbe Meldeadresse wie Swantje Klaaßen."

„Hinter dem Mond." Büttner war baff.

„Richtig. Hinter dem Mond."

„Dann nichts wie los, Hasenkrug, nichts wie los!" Nur selten hatte man den Hauptkommissar derart behände von seinem Stuhl aufspringen sehen.

28

„Gar nicht so schlecht hier hinter dem Mond", bemerkte David Büttner, als sie vor dem Tor zu Swantjes heruntergekommenen Anwesen stehenblieben. „Ein bisschen zu naturbelassen für meinen Geschmack, aber das hat man ja heute so."

„Mir wäre es zu einsam", erwiderte Hasenkrug. „Außerdem kann ich mir nicht vorstellen, dass wir hier richtig sind. Ich glaube kaum, dass hier so jemand wie Swantje Klaaßen wohnt."

„Und was für ein Jemand sollte hier sonst wohnen?"

„Gar kein Jemand. Eher niemand, würde ich sagen."

„Dann machen Sie bitte mal eine Halterabfrage", meinte Büttner.

„Verstehe ich jetzt nicht."

Büttner deutete auf einen SUV, der gleich hinter der Toreinfahrt versteckt unter einem Baum stand.

„Ach so. Den hatte ich noch gar nicht gesehen." Hasenkrug stieg aus, notierte sich das Kennzeichen und startete sogleich die Abfrage. „Doktor Christian Roelfes", sagte er wenig später.

„Nicht Ihr Ernst."

„Doch. Kein Zweifel. Dieser Straßenpanzer mit Luxusausstattung gehört dem Doktor. Fragt sich nur, was er hier zu suchen hat. Vielleicht wollte er sein Offroad-Fahrzeug ja einfach nur mal Offroad-Erfahrung sammeln lassen."

„Wohl kaum", knurrte Büttner, „dann würde das Offroad-Fahrzeug hinterher ja womöglich aussehen wie ein Offroad-Fahrzeug, und das ginge natürlich gar nicht." Er deutete aufs Wohnhaus. „Wir gehen jetzt einfach mal klingeln und gucken, ob uns jemand öffnet."

Sie ließen ihren Wagen vor dem Grundstück stehen. Noch während sie sich zu Fuß dem Haus näherten, hörten sie das aufgeregte Kläffen eines Hundes, ansonsten aber blieb es ruhig.

„Man sollte doch meinen, dass man bei seinem Haus wenigstens mal die Ranken über den Wegen entfernt", brummte Büttner ungehalten, als er über die dornigen Auswüchse eines Strauches stolperte und erst im letzten Moment an dem Ast eines Baumes Halt fand, der unter seinem Gewicht jedoch bedrohlich knackende Geräusche von sich gab.

„Wenigstens ist man auf diese Art weitgehend vor Besuch gefeit", entgegnete Hasenkrug. „Es gibt ja Leute, denen alleine der Anblick anderer Menschen schon zu viel ist."

„Dafür hätte Swantje Klaaßen dann aber definitiv den falschen Job. Mir schien sie eher der gesellige Typ zu sein. Na ja, irgendeinen Grund wird sie schon haben, hier zu wohnen. Geht uns ja auch eigentlich nichts an."

„Ich frage mich nur … ach du Scheiße!", entfuhr es Hasenkrug. Reflexartig brachte er seinen Chef zum Stehen, indem er ihn nicht eben sanft am Arm packte und hinter einen völlig verwachsenen Busch zurückkriss.

„Aua, was soll denn …!"

„Psssst! Nun seien Sie doch mal still!" Hasenkrugs Körperhaltung verriet höchste Anspannung. Büttner war mitten in seinem Protest verstummt und folgte dem Finger seines Assistenten, der zwischen dünnen Zweigen hindurch auf eine vielleicht fünfzig Meter entfernt stehende Personengruppe zeigte. Sie befand sich unmittelbar neben einem alten Brunnen, über dem ein alter Blecheimer an einem rostigen Gestänge im Wind schaukelte.

„Ach du Scheiße!", entschlüpfte es nun auch ihm, als er sah, warum Hasenkrug plötzlich alles andere als gelassen wirkte. „Ist das ein Gewehr?", raunte er hinter vorgehaltener Hand.

„Eindeutig", wisperte Hasenkrug zurück. „Eine Schrotflinte, würde ich sagen."

Das Bild, das sich ihnen bot, war tatsächlich alles andere als beruhigend. Vor ihnen stand eine Gruppe aus fünf Menschen, die ihnen bis auf einen alle bekannt waren. Die einzige Frau unter ihnen war Swantje Klaaßen, auch erkannten sie Andreas Kammler.

„Ist das nicht der verschwundene Pfleger?", wunderte sich Büttner und kniff die Augen zusammen, um die einzelnen Personen besser fokussieren zu können.

„Eindeutig", nickte Hasenkrug. „Der verlorene Sohn Daniel Kieglitz ist wieder heimgekehrt. Ich frage mich, wo der so plötzlich herkommt."

„Der seltsam aussehende Kerl bedroht ihn offenbar mit der Waffe", bemerkte Büttner, „ach, und genauso wie den armen Dr. Roelfes."

„Sollen wir Verstärkung anfordern?", wisperte Hasenkrug.

„Hierher? Und wann soll die eintreffen? Nein, irgendwie müssen wir das Ding alleine lösen", entschied Büttner und zermarterte sich das Hirn, wie sie gleichzeitig den Mann mit der Waffe sowie auch Swantje Klaaßen und Andreas Kammler überwältigen könnten. Er kam zu dem Ergebnis, dass ihnen allenfalls das Überraschungsmoment blieb.

„Wir versuchen uns soweit es eben geht heranzuschleichen", sagte er und taxierte Hasenkrugs Körpermitte. „Haben Sie keine Waffe dabei?"

„Im Auto."

„Dann würde ich vorschlagen, dass Sie sie holen."

„Bin gleich zurück. Soll ich Ihre mitbringen?"

„Nee. Der Weg ins Kommissariat würde uns zu viel Zeit kosten."

Hasenkrug verdrehte die Augen. Er hätte es wissen müssen. Noch nie hatte er erlebt, dass sein Chef seine Dienstwaffe mit sich führte, was sich ab und zu als äußerst fahrlässig herausstellte. So wie jetzt.

So schnell es die Wegverhältnisse zuließen, sprintete er zum Auto zurück, mit jedem Schritt darauf bedacht, sich nicht mit einer der Unebenheiten unterschiedlichster Art anzulegen oder unnötig Geräusche zu verursachen. Gott sei Dank rauschte der Wind so laut in den Bäumen, dass das Rascheln der Blätter alles andere übertönte.

Büttner beobachtete derweil konzentriert, was sich in der kleinen Gruppe abspielte. Nach wie vor standen sich zwei Parteien gegenüber, auf der einen Seite Swantje, Andreas und der Mann mit der Schrotflinte, auf der anderen Dr. Roelfes und Daniel. Andreas fuchtelte gerade wild mit den Armen umher. Er schien eine Schimpftirade vom Stapel zu lassen, was die anderen, soweit er es erkennen konnte, beachtlich regungslos über sich ergehen ließen.

„Okay, kann losgehen", raunte Hasenkrug, der nun mit seiner Dienstpistole in der Hand wieder hinter das Gebüsch trat.

Büttner nickte nur, und in den nächsten Minuten hangelten sie sich von Baum zu Baum und von Busch zu Busch, immer darauf achtend, dass man sie nicht frühzeitig herannahen sah. Mit abnehmendem Abstand gestaltete sich dieses Vorgehen schwieriger.

Im Haus war immer noch das aufgeregte Kläffen des Hundes zu hören. Büttner war froh, dass keiner Anstalten machte, ihn nach draußen zu lassen. Auch gratulierte er sich zu der Entscheidung, Heinrich bei Frau Weniger im Kommissariat gelassen zu haben, obwohl er zwischenzeitlich überlegt hatte, ihn mit auf die Landpartie zu nehmen.

Er schätzte den verbliebenen Abstand zur Gruppe auf circa fünfzehn Meter, als er seinem Assistenten mit einer Geste bedeutete, stehen zu bleiben. Schnell schlüpften sie hinter eine freistehende Mauer und warteten ein paar Augenblicke ab, ob sich in der Gruppe etwas tat. Offensichtlich wurde der Mann mit der Waffe nervöser, denn er tänzelte jetzt mit ein wenig seltsam anmutenden Schritten vor Daniel und Dr. Roelfes hin und her. Dabei fingerte er nervös an dem Abzug der Schrotflinte herum, als würde er nur darauf warten, abdrücken zu können.

„Verdammt", presste Büttner zwischen den Zähnen hervor, „bei dem Kerl scheinen die Nerven blank zu liegen! Nicht mehr lange und er drückt ab."

„Das fürchte ich auch", nickte Hasenkrug und biss sich

auf die Lippen. „Ich glaube, es wird Zeit einzugreifen. Ich hoffe nur, dass er die Nerven behält."

„Im Zweifelsfall müssten Sie einfach schneller sein als er", erwiderte Büttner sarkastisch und deutete dabei auf dessen Waffe.

Hasenkrug antwortete nicht darauf, sondern versuchte zu verstehen, was in der Gruppe gesprochen wurde. Leider stand der Wind ungünstig, sodass er nur ein paar Satzbrocken aufschnappen konnte. Ihm fiel auf, dass weder der Doktor noch Daniel besonders eingeschüchtert aussahen und auch kaum auf das sie bedrohende Gewehr achteten, doch das konnte natürlich Fassade sein. Wie auch immer, er musste der Gefahrensituation ein Ende bereiten.

Kurz nickte er seinem Chef zu. Als der kaum merklich zurücknickte, sprang Hasenkrug mit einem Satz hinter dem Gebüsch hervor und schrie: „Polizei! Waffe runter und Hände hoch!"

Er sah, wie alle in der Gruppe kurz zusammenzuckten und sich dann langsam und mit sichtlich verblüfften Gesichtern zu ihm umdrehten. Zu seiner Überraschung reagierte ausgerechnet der Mann mit der Waffe sehr verlangsamt. Mit zeitlupenähnlicher Verzögerung war er der letzte, der ihm das Gesicht zuwandte, in seinen Augen las Hasenkrug eine Mischung aus Verwirrung und … Freude?

Ja, tatsächlich baute sich um die Mundwinkel des Mannes so etwas wie ein glückseliges Lächeln auf, was Hasenkrug für einen Moment verwirrte. Schnell aber hatte er sich wieder im Griff und hielt seine Pistole auf ihn gerichtet. „Waffe runter!", rief er erneut, doch nichts geschah.

„Lassen Sie das doch!", rief Swantje ihm jetzt zu. „Glauben Sie mir, Friedrich wird nicht ..."

Zu spät. Noch ehe sie ihren Satz beenden konnte, hob der Mann wie der Blitz seine Schrotflinte auf Augenhöhe, zielte und ... ein Schuss zerfetzte die Luft.

Hasenkrug nahm aus den Augenwinkeln einen Schwarm Vögel wahr, der aus den Bäumen aufstob und krakeelend davonflog. Dann ließ er mit plötzlich zitternden Händen seine Waffe sinken.

„Oh mein Gott!", hörte er seinen Chef neben sich rufen. Im nächsten Moment schon stürzte Büttner nach vorne, als könne er damit das Unvermeidliche verhindern.

Sechs entsetzte Gesichter konnten nur noch zusehen, wie die siebte Person mit weit aufgerissenen Augen in der Bewegung erstarrte, sich die Hand auf den Bauch presste, dann wie eine Ziehharmonika Gelenk für Gelenk in sich zusammenklappte und schließlich röchelnd am Boden liegen blieb.

„Oh mein Gott!", stieß Büttner erneut hervor und bückte sich über den von der Pistolenkugel Getroffenen.

„Er ist einfach nach vorn gesprungen", stammelte Hasenkrug, „einfach nach vorn. Ich ... ich wollte das nicht!"

„Was haben Sie getan?", jammerte Swantje und drehte sich zu Hasenkrug um. „Um Gottes willen, was haben Sie denn bloß getan?", schrie sie nun aus Leibeskräften und deutete auf Dr. Roelfes, der, die Hand auf seine stark blutende Bauchwunde gepresst, am Boden lag und mit Panik in den Augen Richtung Himmel stierte.

„Aber er ..." Hasenkrug schluckte schwer und deutete auf Friedrich, der seine Schrotflinte nun wieder auf den

Arzt richtete und in militärischem Stakkato rief: „Melde gehorsamst, Feind aufgebracht und in Gewahrsam genommen!"

„Schnell, Hasenkrug, wir brauchen einen Notarzt! Lassen Sie den Rettungshubschrauber kommen! Schnell, verdammt!", brüllte Büttner gegen den rauschenden Wind an. Er hatte sich sein Oberhemd vom Leib gerissen und presste es auf die Wunde des Doktors, um das Blut zu stoppen.

„Ist schon unterwegs", vermeldete Andy und wedelte mit seinem Smartphone in der Luft herum, noch bevor Hasenkrug seines aus der Tasche ziehen konnte.

Swantje erwachte aus ihrer Starre und rannte ins Haus, um gleich darauf mit einem Stapel sauberer Geschirrtücher zurückzukommen. Sie kniete sich nun ebenfalls neben das Opfer und reichte Büttner eines der Tücher, sodass er die provisorische Kompresse erneuern konnte. „Hol den Verbandskoffer! Er steht in meinem Schlafzimmer, gleich an der Tür!", herrschte sie Andy an und wandte sich dann an Daniel: „Und du holst Kühlakkus aus dem Gefrierschrank, vielleicht können wir den Blutverlust damit ein wenig eindämmen!"

Während alle anderen beschäftigt waren, stand Hasenkrug wie versteinert da und konnte nicht glauben, dass alleine er schuld an dem ganzen Schlamassel war. „Ich dachte, er schießt auf uns", stammelte er und deutete auf Friedrich. „Er hat sein Gewehr angelegt und ... der Doktor ist einfach vorgesprungen."

„Es ist nicht geladen, Mann", keuchte Swantje. „Es ist Friedrichs Spielzeug, verdammte Hacke!"

„Melde gehorsamst, Feind aufgebracht und in Gewahrsam genommen!", verkündete Friedrich erneut, als er seinen Namen hörte.

„Aber …" Hasenkrug spürte, wie seine Knie unter ihm nachgaben. Er holte ein paarmal tief Luft, um nicht an Ort und Stelle einen Schwächeanfall zu erleiden.

„Tun Sie mir einen Gefallen und bringen Sie Friedrich in die Küche", japste Swantje, die nun dem herbeigeeilten Andy diverse Kompressen aus der Hand riss, die er bereits von ihrer Verpackung befreit hatte.

„Scheiße", rief sie nach einem Blick auf das Gesicht des Doktors, „er sackt mir weg! Scheiße, Scheiße, Scheiße!" Sie hob seinen Kopf an und schlug ihm ein paarmal kräftig auf die Wangen. „Hey, bleib hier, Mann, bleib hier, verdammt!", rief sie flehend. Dann drehte sie sich gehetzt zu Friedrich um und deutete auf Hasenkrug. „Friedrich, geh mit diesem Mann in die Küche, er gibt dir Buttermilch aus dem Kühlschrank. Das ist doch toll, oder?"

Sofort ging ein Strahlen über Friedrichs Gesicht. Er ließ seine Schrotflinte fallen, trat ein paar Schritte auf Hasenkrug zu, nahm ihn bei der Hand und zog ihn mit sich fort.

„Gott sei Dank", seufzte Hasenkrug, als er nun das unverkennbare Dröhnen des Rettungshubschraubers vernahm. Bevor er mit Friedrich im Haus verschwand, sah er, wie der Helikopter auf einer Wiese in unmittelbarer Nachbarschaft zum Grundstück zur Landung ansetzte.

29

Als der Hubschrauber mit dem verletzten Dr. Roelfes unterwegs ins Krankenhaus war, gingen sie gemeinsam in die Küche des kleinen Hauses. Büttner hatte kurz überlegt, ob er alle mit ins Kommissariat nehmen sollte, sich dann jedoch dagegen entschieden. Die Vernehmungen, die jetzt anstanden, waren an diesem Ort unter Zuhilfenahme der Gruppendynamik besser aufgehoben. Er hoffte, dass er von den unter Schock stehenden jungen Leuten jetzt mehr erfahren würde, als wenn er ihnen Zeit ließ, wieder zu sich zu kommen.

Mit skeptischem Blick betrachtete er Andy. In einer Art Übersprunghandlung hatte dieser offensichtlich beschlossen, dass sie nach dem Schrecken alle eine gute Tasse Tee vertragen könnten, und machte sich mit zittrigen Händen am Wasserkocher zu schaffen. Währenddessen stellte Daniel Tassen und Stövchen auf den Tisch.

„Wird er überleben?", fragte Swantje kleinlaut.

„Der Notarzt konnte nicht sagen, ob der Doktor überleben wird", antwortete Büttner und fuhr sich mit den Händen erschöpft übers Gesicht. Er fühlte sich völlig ausgelaugt. Zudem spannte das Oberhemd, das Andy ihm zum Überziehen gegeben hatte, unangenehm über seinem Bauch. In der Sorge, die Knöpfe könnten sich verabschieden, zwang er sich, keine zu tiefen Atemzüge zu machen. „Sie müssen ihn notoperieren und hoffen, dass er den Eingriff übersteht. Er hat sehr viel Blut verloren. Die Chancen stehen nicht allzu gut." Er hob den Kopf und sah erst Friedrich und dann Swantje müde an: „Gibt es einen Grund, warum Sie ihn mit einer Schrotflinte spielen lassen?"

„Will noch eine", sagte Friedrich, als er bemerkte, dass ihn alle ansahen. Mit einem Lächeln deutete er auf sein geleertes Buttermilchbehältnis. Swantje stand seufzend auf, ging zum Kühlschrank und holte eine weitere Fruchtbuttermilch heraus. Als diese zusammen mit einem Strohhalm vor ihm stand, machte er einen zufriedenen Gesichtsausdruck. „Danke schön, da nicht für", sagte er wild nickend dreimal nacheinander, dann steckte er sich den Strohhalm in den Mund und begann geräuschvoll zu schlürfen.

„Er liebt Gewehre", antwortete Swantje auf Büttners Frage, nachdem sie sich wieder gesetzt hatte. „Ich hab es mit Spielzeugpistolen versucht, aber die wollte er nicht haben. Da hab ich eine der Flinten aus dem Waffenschrank genommen. Der Bauer, der hier gelebt hat, war anscheinend Jäger. Alle anderen Waffen habe ich ordnungsgemäß abgegeben."

„Ihre Fahrlässigkeit wird Dr. Roelfes womöglich das Leben kosten", stellte Büttner mit einem Blick auf seinen Assistenten fest, der blass und schweigsam am Tisch saß und nicht in der Lage war, sich an dem Gespräch zu beteiligen.

„Ja. Ich weiß. Aber ich konnte doch nicht ahnen, dass … ach was!" Swantje machte eine wegwerfende Handbewegung. „Es war fahrlässig, ja", nickte sie dann.

Büttner schaute von einem zum anderen. „Wenn Sie nichts dagegen haben, würde ich jetzt gerne mal ein paar

Sachen klären", sagte er. Als keiner etwas erwiderte, wandte er sich an Andy: „Zunächst zu Ihnen: Die KTU hat Ihre DNA am Sarg Ihrer Großmutter gefunden. Also gehen wir davon aus …"

„Wovon gehen Sie aus?", wurde er von Swantje unterbrochen, die plötzlich wieder einen hellwachen Eindruck machte. „Natürlich stand er am Sarg seiner Großmutter, eben weil es seine Großmutter ist. Er wollte sich von ihr verabschieden. Oder ist das auch schon verboten?"

„Nein. Natürlich nicht." Wenn Büttner ehrlich war, dann hatte er an diese Möglichkeit gar nicht gedacht. Insofern würde es schwer werden, ihm in Sachen Sargentführung irgendetwas nachzuweisen. „Weiß Ihr Bruder von der Sache?", fragte er an Andy gewandt.

„Hä?" Andy war gerade dabei Tee einzuschenken und schüttelte den Kopf. „Keine Ahnung, was Sie meinen." Für einen Moment schien er zu überlegen, ob er den nächsten Satz wirklich sagen sollte, entschied sich dann aber offensichtlich dafür und verkündete: „Ich weiß gar nicht, warum Sie hier noch so ein Geschiss machen. Auch wenn es dem Doc jetzt dreckig geht und man über ihn in diesem Zustand vielleicht nichts Schlechtes sagen sollte …" Er hob den Kopf und schaute Büttner direkt in die Augen. „Es ist doch wohl klar, wer für alles verantwortlich ist, oder? Ich habe die ganze Zeit über nicht verstanden, warum Sie ihn nicht längst verhaftet haben."

„Und um dem ein bisschen nachzuhelfen, haben Sie den Sarg in seinem Haus versteckt", startete Büttner einen neuen Versuch.

„Quatsch!"

„So. Und damit, dass wir in dem Haus des Doktors Daniels Blut gefunden haben, haben Sie wohl auch nichts zu tun." Büttner musterte Daniel von oben bis unten. „Sieht mir gar nicht so anämisch aus, der junge Mann. Hat den immensen Blutverlust wohl gut verkraftet."

„Sie haben doch keine Ahnung, Mann …!", fuhr Daniel aus der Haut. „Wenn ich …!"

„Sie halten jetzt mal schön die Klappe, bis Sie dran sind!", fiel ihm Büttner mit donnernder Stimme ins Wort und wandte sich sogleich Swantje zu: „Nach allem, was passiert ist, dachte ich eigentlich, dass Sie sich ein klein wenig ko-operativer zeigen würden."

„Kooperativer! Pah!" Swantje schnitt eine Grimasse. „Klar, es tut uns leid, was mit dem Doc passiert ist. Aber er ist immer noch ein Mörder, okay? Und nur weil Sie das nicht begreifen wollen …"

Büttner schnitt ihr mit einer Geste das Wort ab, beugte sich vor und sah sie aus schmalen Augen an. „Ich glaube, *Sie* begreifen hier so einiges nicht, Frau Klaaßen. Und um Ihnen das zu sagen, sind wir eigentlich hergekommen. Ich wünschte, wir hätten es gelassen und Sie stattdessen ins Revier vorgeladen, denn dann ginge es Dr. Roelfes noch gut und meinem Kollegen auch." Er machte eine rhetorische Pause, lehnte sich mit vor den Bauch verschränkten Armen in seinem Stuhl zurück und sagte ruhig: „Ubbo Mannsen starb an einer Überdosis THC. Fällt Ihnen dazu vielleicht etwas ein?"

Während Andy und Daniel hörbar nach Luft schnappten, stieß Swantje einen kurzen, spitzen Schrei aus und schlug sich erschrocken die Hand vor den Mund.

„Kam die Torte, die er am Abend vor seinem Tod gegessen hat, von Ihnen?", ließ sich Büttner nicht von den plötzlich kreidebleichen Gesichtern um ihn herum irritieren. „Und wenn ja, woher haben Sie das Zeug?"

Andy schien sich als erster wieder zu fangen, denn er sagte nun: „Ich glaube, wir wissen nicht, wovon Sie reden, Herr Kommissar."

„So." Büttner sah zum Fenster hinaus, vor dem es von Menschen in weißen Schutzanzügen nur so wimmelte. „Ich schätze mal, dass unsere Leute irgendwas finden. Sie finden immer irgendwas, denn das ist ihr Job. Wenn Sie ihnen die Arbeit ein wenig erleichtern würden, wären sie Ihnen gewiss auf ewig verbunden."

„An Cannabis stirbt man doch nicht", sagte Swantje kaum hörbar und sah Büttner beschwörend an. „An Cannabis stirbt doch keiner. Es hilft gegen die Schmerzen, aber es macht nichts kaputt."

„Das ist im Normalfall richtig", bestätigte Büttner. „Nur litt Ubbo Mannsen an einem schwachen Herzen. Da können ein paar Stücke Torte mit hochdosiertem THC schon mal ein Kreislaufversagen auslösen. Haben Sie das nicht gewusst?" Er räusperte sich, dann fragte er: „Wie lange versorgen Sie die Bewohner des Heims schon damit?"

„Swantje hat den Stoff nie mit ins Heim genommen", sprang Andy seiner Mitbewohnerin zur Seite. „Oder, Swantje, das stimmt doch?"

Als sie nicht antwortete, sondern ihn nur aus tränenverhangenen Augen ansah, packte er sie bei den Schultern und schob sein Gesicht ganz nah an das ihre heran. „Swantje, sag, dass es so ist!", beschwor er sie eindringlich. „Sag es doch einfach, Swantje! Mir selbst hast du doch gesagt, dass du das Zeug nie mit ins Heim nimmst! Also sag, dass es so ist, verdammt!" Den letzten Satz hatte er herausgeschrien und begann jetzt, sie zu schütteln.

Swantje ließ es wehrlos mit sich geschehen, doch wurde Andy nun von Daniel zurückgerissen. „Lass sie in Ruhe!", rief er aufgebracht. „Siehst du denn nicht, dass sie völlig fertig ist!?"

„Vielleicht setzen Sie sich jetzt alle mal hin und beruhigen sich wieder." Büttner schnaubte ungehalten, griff nach der Kanne und schenkte allen am Tisch noch einmal nach. Er fürchtete, dass er ansonsten keinen Tee mehr bekommen würde. Was schade gewesen wäre, denn der tat ihm gerade richtig gut.

„Sind die anderen auch am Cannabis gestorben?", hörte er Swantje in das heimelige Knistern der Kluntjes hinein fragen.

Nun hielt selbst Büttner den Atem an. In der Küche herrschte auf diese Frage hin für einen langen Augenblick ein spannungsgeladenes Schweigen. Selbst Sebastian Hasenkrug, der bislang nur schweigsam vor sich hin gestarrt hatte, schenkte dem Geschehen nun wieder seine Aufmerksamkeit.

„Wäre es denn möglich?", fragte der Hauptkommissar schließlich betont ruhig, nachdem er einen kräftigen Schluck Tee genommen hatte.

„Ich ... Aber es war doch der Doc. Der Doc hat sie alle umgebracht, ich weiß es genau!" Swantje klang nun so trotzig wie ein kleines Kind. Dann schlug sie die Hände vors Gesicht und fing bitterlich an zu weinen. „Das habe ich nicht gewollt", schluchzte sie immer wieder, „oh mein Gott, das habe ich nicht gewollt! Ich hab den Kuchen … Ich wollte Frau Sanders doch nur ein Stück geben, weil sie solche Schmerzen hatte. Jeden Tag ein kleines Stück. Ich … ich hab den Kuchen dann im Schrank vergessen, einfach vergessen."

Friedrich, der sich inzwischen seinen Zinnsoldaten zugewandt hatte und voller Hingabe militärisches Vokabular vor sich hin brabbelte, schaute seine Nichte erschüttert an und strich ihr dann tröstend über den Kopf. „Ist doch noch Buttermilch da", sagte er und strahlte dann so erleichtert, als wären nun alle Probleme gelöst.

Andy, der die ganze Zeit gestanden hatte, fluchte kopfschüttelnd vor sich hin und ließ sich dann schwer in einen Sessel fallen. Er starrte Büttner fassungslos an. „Alle?", fragte er mit bebender Stimme. „Sind sie alle an einer Überdosis gestorben?"

„Wir wissen es nicht", antwortete Büttner wahrheitsgemäß. „Wir werden es in jedem Einzelfall rekonstruieren müssen."

„Shit!"

„Sie sagen es. Bleibt immer noch die Frage, woher Sie das Zeug hatten."

„Waltraud Habers ist aber nicht an einer Überdosis gestorben", stellte Daniel fest, ohne auf Büttners Bemerkung einzugehen. „Sonst hätte man es doch spätestens bei der Obduktion bemerkt."

„Ganz sicher", stimmte Büttner ihm zu. „Bei ihr stehen wir tatsächlich noch vor einem Rätsel."

„Und wenn es in ihrem Fall doch der Doc war?"

Der Hauptkommissar zuckte die Schultern. „Wir haben dafür keinerlei Beweise. Ich glaube auch nicht daran."

„Warum?", wollte Andy wissen, der bei der Nennung seiner Großmutter sichtlich zusammengezuckt war.

„Vielleicht, weil Ihr Bruder anderer Meinung ist?" Büttner formulierte diesen Satz bewusst als Frage, um herauszufinden, in welchem Kontakt die beiden Brüder zueinander standen. Andy nickte nur stumm, doch sah es nun so aus, als würde es hinter seiner Stirn kräftig arbeiten.

Büttner fand, dass dies ein guter Augenblick war, die drei alleine zu lassen. Zwar hatte er eigentlich noch herausfinden wollen, was es mit Daniels ominösem Verschwinden auf sich hatte, doch konnte er sich darum auch am nächsten Tag kümmern. Für heute hatten die drei an genügend Nüssen zu knacken. „Sie halten sich bitte alle zu unserer Verfügung", sagte er und tippte zum Gruß an eine imaginäre Mütze. „Morgen früh um neun möchte ich Sie im Kommissariat sehen. Alle. Außer Friedrich. Um ihn wird sich ein Sozialarbeiter kümmern." Er war sich sicher, dass sich keiner von ihnen aus dem Staub machen würde, auch wenn er nicht zu sagen wusste, warum. Es war so ein Bauchgefühl.

„Melde gehorsamst, Feind festgesetzt und eingekerkert!", hörte er deutlich Friedrichs Stakkato, als er die Tür hinter sich geschlossen hatte, gleich gefolgt von einem glücklichen: „Es ist ja noch Buttermilch da!"

Büttner ging gefolgt von Hasenkrug nach draußen und klopfte einem Mann im Schutzanzug auf die Schulter. „Guckt euch bitte auch mal die Stallgebäude an", sagte er und deutete mit dem Kopf in Richtung einer der scheinbaren Ruinen. „Irgendwas blitzt da immer aus dem Dach heraus."

30

„Ein ganzes Gewächshaus voller Hanf. Haben Sie irgendeine Vorstellung, wie Sie das dem Richter erklären wollen?" Hauptkommissar David Büttner trommelte nervös mit den Fingern auf die Schreibtischplatte. Immer wieder ging sein Blick zum Telefon. Der Zustand von Dr. Roelfes war auch an diesem Morgen unverändert kritisch gewesen. Sein Leben hing am seidenen Faden. Es war die reinste Zitterpartie.

Zudem hatte Sebastian Hasenkrug just in diesem Moment eine Sitzung bei der Polizeipsychologin. Büttner hoffte, dass sein Assistent sich schon bald aus dem Schockzustand, in dem er nach wie vor verharrte, würde befreien können. Die internen Ermittlungen liefen und würden unvermeidlich zu der einzig richtigen Einschätzung kommen, nämlich dass Hasenkrug in Notwehr geschossen hatte. Doch so lange die Untersuchungsergebnisse nicht vorlagen, blieb auch das eine Belastung. Büttner hätte sie Hasenkrug gerne erspart, doch ihm waren die Hände gebunden.

Swantje saß mit gesenktem Kopf vor ihm und schwieg. Seit ihr klargeworden war, dass sie womöglich die Schuld am Tod ihrer eigenen Schützlinge trug, hatte sie kaum noch ein Wort gesprochen. Die ganze Nacht hatte sie dumpf vor sich hinbrütend in der Küche gesessen und niemanden an sich herangelassen. Entsprechend mitgenommen sah sie nun aus, selbst ihre sonst so lustig vom Kopf abstehenden Zöpfe wirkten an diesem Morgen kraftlos.

Dabei hatte sie es doch nur gut gemeint. Sie hätte niemals damit anfangen sollen, ihr Cannabis auch im Seniorenheim zu verteilen. Alles begann mit der ersten Patientin, dann ergab eins das andere. Am Ostersonntag dann hatte Hannelore Wirtjes aufgrund ihrer fortgeschrittenen schweren Arthritis so starke Schmerzen gehabt, dass sie nicht mehr schlafen konnte. Swantje, die ihr Leid kaum ertragen konnte, gab ihrem Flehen nach Hilfe nach.

Natürlich war es unmöglich, im Heim Joints zu rauchen, sie wäre sofort aufgeflogen. Entsprechend hatte sie damit begonnen, mal Kuchen, mal Kekse zu backen. Irgendwann aber brachte sie auch heimlich die Blütenstände der Hanf-pflanzen mit, weil die Patienten gerne selber backen wollten.

Vielleicht hätte Swantje ahnen müssen, dass es nicht beim Eigenverbrauch bleiben würde. Zwar hatte sie ihren Patienten eingeschärft, sie dürften niemandem von dem Cannabis erzählen, geschweige denn andere damit ver-sorgen. Aber vermutlich war es ihnen gegangen wie ihr selbst. Um andere von ihren Schmerzen zu erlösen, hatten sie das Zeug womöglich unkontrolliert auch an Mit-bewohner verteilt, die es aufgrund ihrer Vorerkrankungen nie hätten nehmen dürfen.

Angesichts ihrer Todesumstände war es gut möglich, sogar sehr wahrscheinlich, dass Hannelore Wirtjes sich irgendwann selbst eine zu hohe Dosis genehmigt hatte, dadurch von Panikattacken und Wahnvorstellungen heim-gesucht wurde und schließlich kollabierte.

Der Hauptkommissar hatte bereits angekündigt, dass auch ihr Leichnam nun obduziert würde. Swantje war sich sicher, das Ergebnis bereits zu kennen. Sie hatte die Gefahren ihrer vermeintlichen Wohltätigkeit unterschätzt. Dafür würde sie jetzt bitterlich büßen.

„Ich wollte doch nur helfen", murmelte sie kaum hörbar vor sich hin, hob dann jedoch den Kopf und sagte: „Bitte, Herr Kommissar, ich wollte doch nur helfen. Das müssen Sie mir glauben."

„Vor allem muss es Ihnen der Richter glauben", antwortete Büttner. „Was ich glaube oder nicht, ist hier überhaupt nicht von Belang."

Die junge Frau tat ihm leid. Sie hatte in bester Absicht gehandelt, doch leider auch sehr naiv. Er hoffte, dass der Richter es genauso einschätzen würde. Doch da konnte man sich nie sicher sein.

Er atmete einmal tief durch, dann wandte er sich an Daniel, dem es nicht viel besser ging als seiner Kollegin.

„Vorgetäuschte Entführungen sind eine Straftat", sagte er ohne Umschweife. „Ich hoffe, Sie haben eine gute Erklärung dafür."

„Es war nicht vorgetäuscht. Man hat mich wirklich entführt."

Büttner sah Daniel nun mit einer Mischung aus Überraschung und Misstrauen an. „Ach ja. Und warum haben Sie die Entführung dann nicht angezeigt?", fragte er pragmatisch.

Daniel biss sich auf die Lippen, dann räusperte er sich. „Ich hatte angenommen, dass Dr. Roelfes da mit drinhängt. Gleichzeitig wusste ich aber, dass man ... dass Sie es mir nicht glauben würden. Also musste ich dafür sorgen, dass man mir glaubt."

„Deswegen haben Sie Ihr Blut im Ferienhaus von Dr. Roelfes verteilt und grob weggewischt, damit es so aussah, als habe er Sie nicht nur gekidnappt, sondern womöglich auch getötet."

Büttner wandte sich erneut an Swantje: „Haben Sie ihm das Blut abgezapft?"

„Nein!", rief Daniel schnell. „Ich hab mir das Blut selbst abgenommen. Es war kein Problem. Ich hab es ja gelernt. Swantje hat damit nichts zu tun. Mit der ganzen Sache nicht."

„Stimmt das?", fragte Büttner, aber Swantje zuckte nur mit den Schultern.

„Okay." Büttner lehnte sich in seinem Stuhl zurück und verschränkte die Arme hinter dem Kopf. „Dann erzählen Sie mal, wer ein Interesse daran haben könnte, Sie zu entführen."

„Man wollte mich töten", erwiderte Daniel.

„Ach! Töten auch noch! Nun wird es ja spannend!" Büttner verzog höhnisch das Gesicht.

Sein Spott verging ihm aber schon sehr bald, als Daniel nun detailliert zu erzählen anfing. Von Berlin, als er auf einen Verdacht hin begann, die Computer unterschiedlichster Ärzte zu hacken, um herauszufinden, ob sie an illegalen Medikamententests beteiligt waren. Davon, dass der Doc in Berlin davongekommen war, er jedoch nach wie vor nicht an seine Unschuld glaubte und ihm nach Hinte folgte. Von der Nacht, als er im Rechner des Docs nach belastendem Material gesucht hatte und dabei von ihm erwischt worden war. Von seinem Blackout, bis er in einem Kofferraum erwachte. Vom knappen Entkommen auf der Jann-Berghaus-Brücke und davon, dass Andy ihn gerettet und auf dem Hof versteckt habe. Und von dem Plan, den Doc, wenn schon nicht auf die eine, dann eben auf die andere Art als Verbrecher zu entlarven.

„Ich wollte doch nur, dass Sie endlich gegen ihn ermitteln", beendete er seine Ausführungen und schaute Büttner vorwurfsvoll an. „Ich wollte doch nur Gerechtigkeit für die Menschen, die er skrupellos in den Tod geschickt hat."

Büttner schwieg. Die Sache nahm Dimensionen an, die mit einem Dummejungenstreich so gar nichts mehr zu tun hatte. Es war ein Fall mit Brisanz. Er würde den Staatsanwalt darüber informieren müssen. Vor allem aber würde er Daniel, der, wenn seine Story stimmte, nach wie vor zweifelsohne in Lebensgefahr schwebte, unter Polizeischutz stellen lassen.

„Haben Sie Beweise dafür, dass Dr. Roelfes an der Sache beteiligt war?", fragte er, nachdem er das soeben Gehörte verdaut hatte.

„Nein." Daniel senkte den Blick. „Ich … vielleicht habe ich … haben wir uns da auch in was verrannt."

„Sie glauben nun nicht mehr daran, dass der Doc … also Dr. Roelfes an Ihrer Entführung und dem geplanten Mord an Ihnen beteiligt war?", fragte Büttner überrascht.

„Ich habe ihn auf Swantjes Hof zur Rede gestellt. Er meinte, er könne beweisen, mit der Sache nichts zu tun zu haben. Weder damals noch heute."

„Damals? Sie meinen Berlin?", hakte Büttner nach.

„Ja. Und hier kam es dann auch plötzlich zu ominösen Todesfällen. Ich dachte, er macht einfach so weiter wie bisher. Also wollte ich ihn endgültig festnageln."

„Was Ihnen nicht gelungen ist." Büttner nickte innerlich. Es wurde tatsächlich Zeit zu handeln.

„Richtig."

„Weil der Doktor unschuldig ist."

„Kann sein. Ja, wahrscheinlich ist es so. Vermutlich war es auch schon in Berlin so. Ich hab mich getäuscht. Tut mir leid", sagte Daniel zerknirscht.

„Es tut Ihnen leid, soso." Büttner rang um Fassung. „Ein Mensch, der sich nichts hat zuschulden kommen lassen, kämpft wegen Ihres unverantwortlichen Handelns um sein Leben, und Ihnen tut es leid", stellte er kopfschüttelnd fest. „Das wird ihm bestimmt ein Trost sein, wenn er seinen schweren Verletzungen womöglich doch noch erliegt."

Statt einer Erwiderung schlug Daniel die Hände vors Gesicht und brach in Tränen aus.

31

Erstmals seit zwei Wochen regnete es. Vermutlich hatten an diesem Morgen zahlreiche Menschen aus ihren Fenstern geschaut und verstehend genickt. Natürlich regnete es an einem solchen Tag, denn wie konnte es anders sein, als dass die Engel bei der Beerdigung Waltraud Habers' bittere Tränen weinten?

Während vor dem Friedhofstor ein Streifenwagen mit zwei Kollegen wartete, stand Hauptkommissar David Büttner vor dem Regen leidlich geschützt unter einer Weide auf dem Friedhof Tholenswehr und beobachtete aus circa dreißig Metern Entfernung die aus vielleicht vier Dutzend Personen bestehende Trauergemeinde. Soeben brachte Jurine Tamminga der Verstorbenen ein Ständchen auf der Mundharmonika, und es klang tatsächlich so melodiös, wie eine Mundharmonika eben melodiös klingen konnte.

Zu Lebzeiten, so war ihm unlängst gesagt worden, hatte sich Waltraud Habers eine feierliche Beerdigung mit viel Musik auf genau diesem Friedhof gewünscht. Zwischenzeitlich hatte man in ihren Hinterlassenschaften auch eine diesbezügliche handschriftliche Notiz gefunden, und selbst ihr stets griesgrämiger Sohn Rainer hatte sich dem ausdrücklichen letzten Wunsch der Verstorbenen nun nicht mehr verschließen können. In einem Anfall von

Sentimentalität hatte er bei einer erneuten Vernehmung zu Büttner gesagt: „Machen wir es einfach so, wie sie es sich gewünscht hat. Es wird Zeit, dass Mama ihre Ruhe findet."

Büttner war in diesem Moment jedoch klar gewesen, dass die ewige Ruhe der alten Dame noch warten musste, solange die Umstände ihres Todes nicht geklärt waren. Also hatte er bei der Staatsanwaltschaft die Wiederaufnahme des Verfahrens beantragt, und nicht zuletzt aufgrund der zahlreichen, durch Cannabis ausgelösten Todesfälle grünes Licht bekommen. Interessanterweise begründete der Staatsanwalt dieses Umdenken mit den Worten: „Wenn unsere Gerichtsmedizin da mal nicht geschlampt hat."

Nein, das hatte sie nicht. Zumindest nicht offensichtlich. Allenfalls hatte sie nach bestimmten Stoffen gar nicht erst gesucht, weil sie nicht zum Standardprogramm der Rechtsmedizin gehörten.

Acokanthera oppositifolia. Noch immer gelang es Büttner nicht, diesen Namen fehlerfrei auszusprechen. Da war es nur gut, dass es zu ihm eine deutsche Entsprechung gab: *Buschmanns Schöngift.* Was natürlich nicht halb so akademisch klang. Aber immerhin konnte er sich diesen Namen mittels der einen oder anderen Eselsbrücke merken, wenn auch mit Mühe.

Eigentlich hatte Büttner angenommen, dass die Kinder Waltraud Habers' deren spärlichen materiellen Nachlass aus dem Seniorenheim rasch der Vernichtung hatten zuführen lassen, so wie sie es mit ihrer verstorbenen Mutter ebenfalls planten.

Doch da hatte er die Rechnung ohne seine Kollegin Sophie Reimers gemacht, die, als die erste Obduktion der

Leiche von der Staatsanwaltschaft angeordnet worden war, alles, was im Zimmer der Verstorbenen nicht niet- und nagelfest war, aus ermittlungstaktischen Gründen sicherstellen ließ und bisher mangels Nachfrage auch nicht wieder herausgerückt hatte.

So auch eine Flasche Kräuterschnaps.

Darauf, dass diese für den Todesfall von Bedeutung sein könnte, war Büttner durch ein Gespräch gekommen, das er im Anschluss an die Vernehmung von Swantje und Daniel mit den Brüdern Andy und Christopher geführt hatte. Angesprochen auf das schäbige Verhalten ihrer Eltern der Oma gegenüber, sagte Letzterer voller Wut: „Nicht ein einziges Mal haben sie Oma im Heim besucht, nicht ein einziges Mal! Ihr schlechtes Gewissen haben sie dadurch beruhigt, dass sie ihr zum Geburtstag und zu Weihnachten ein Päckchen schickten. Ein Päckchen mit einer Schachtel Pralinen und einer Flasche Kräuterschnaps. Von Ursula und Rainer gemeinsam. Gemeinsam! Pah! Nur um Harmonie vorzugaukeln, die es nicht gab. Deswegen legten sie auch eine Karte dazu: *Herzlichen Glückwunsch, liebe Mama, wir denken an Dich. Deine Uschi, Dein Rainer.* Jahrelang. Immer dasselbe. Pralinen und Kräuterschnaps und Karte. Echt widerlich."

Auf Büttners Frage hin, wann die Oma Geburtstag hatte, antwortete Christopher schlicht: „Drei Tage vor ihrem Tod."

Drei Tage vor ihrem Tod. Waltraud Habers bekam ein Päckchen mit Pralinen und Kräuterschnaps und war drei Tage später tot. Dieser Gedanke hatte Büttner nach jenem Gespräch nicht mehr losgelassen. Immer und immer wieder wälzte er ihn in seinem Hirn hin und her. Schließlich hatte er seine Kollegin Sophie Reimers angerufen und sie gebeten, Pralinen und Kräuterschnaps in einem Speziallabor auf Inhaltsstoffe untersuchen zu lassen, die dort nicht hingehörten. Vor allem solle man auf exotische Gifte achten. Was man dann auch tat.

Acokanthera oppositifolia. Bei ausreichender Dosierung führte es innerhalb weniger Minuten zu Tod durch Herzversagen.

Für eine Botanikerin wie Ursula Mettler und einen Chemiker wie Rainer Habers kein Hexenwerk.

Büttner bemerkte, dass plötzlich Bewegung in die Trauergemeinde kam. Offensichtlich war die Beisetzung beendet, denn die Beerdigungsgäste blickten der Reihe nach ein letztes Mal ins Grab, warfen gegebenenfalls eine Blume hinein oder verneigten sich vor der Toten.

Die engsten Familienmitglieder strebten nun, die Gesichter von Regenschirmen halb verborgen, dem Ausgang des Friedhofs zu. Allen voran Ursula Mettler am Arm eines Mannes, den Büttner nicht kannte. Vermutlich Christophers Vater. Hinter ihr liefen Rainer Habers und seine Frau, und mit deutlichem Abstand folgten Andy und Christopher, die ihre Eltern während der gesamten Zeremonie stoisch ignoriert hatten.

Als Ursula Mettler und Rainer Habers an ihm vorbeiliefen, trat Büttner unter den hängenden Zweigen der Weide hervor und sagte laut, deutlich und zu seiner eigenen Überraschung fehlerfrei: „Acokanthera oppositifolia."

Während ihn fünf Personen daraufhin nur verständnislos ansahen, fuhr die sechste erschrocken zusammen, versuchte dann jedoch, ihre Fassung wiederzuerlangen, indem sie ihn abschätzig ansah und sagte: „Was soll das, Herr Kommissar, können Sie uns nicht mal hier in Ruhe lassen?"

„Nicht, wenn es um Mord geht." Büttner zog die Flasche Kräuterschnaps, die er hinter seinem Rücken versteckt hielt, hervor und sagte: „Frau Ursula Mettler, ich verhafte Sie wegen des Verdachts, Ihre Mutter Waltraud Habers vergiftet zu haben."

Für einen kurzen Moment blickte sie den Hauptkommissar fassungslos an, dann aber senkte sie den Blick und sagte: „Dann haben Sie es also doch herausbekommen. Ich wusste, es wäre besser gewesen, Mama verbrennen zu lassen."

„Warum haben Sie es getan?", fragte Büttner. „Ging es um das Vermögen, das Ihre Mutter geerbt hatte?"

Ursula Mettler nickte und sah ihren Mann, der ganz offensichtlich fassungslos war, mit entschuldigendem Blick an. „Ja. Wir sind pleite. Ich habe mich verspekuliert. Mutter war die Einzige, die uns hätte helfen können. Aber als ich sie anrief, um sie um ihre Unterstützung zu bitten, hat sie einfach aufgelegt. Können Sie sich das vorstellen? Sie hat ihre einzige, in Not geratene Tochter ignoriert und einfach aufgelegt."

„Na sowas, und das nach allem, was Sie all die Jahre für sie getan haben. Wenn das mal nicht undankbar ist", ätzte Büttner und musste an sich halten, nicht eine ganze Schimpfkanonade auf sie hinabregnen zu lassen. Bevor er aber Gefahr lief, sich zu vergessen, gab er seinen uniformierten Kollegen Zeichen, die Frau abzuführen. Zur

Sicherheit ließ er auch ihren jetzt lautstark in Richtung seiner Schwester zeternden Bruder festnehmen, bei dem er nicht sicher war, ob er nicht vielleicht doch seine Finger mit im Spiel hatte.

Als Büttner sich gleich darauf zum Gehen wandte und in der Trauergemeinde nach Minuten angespannter Stille ein unüberhörbares Getuschel einsetzte, versperrten ihm plötzlich Andy und Christopher den Weg, gaben ihm die Hand, und Christopher sagte mit Tränen in den Augen: „Danke. Danke für alles. Jetzt kann Oma endlich ihren Frieden finden."

Epilog

Gemeinsam mit vier jungen Leuten standen Sebastian Hasenkrug und Sophie Reimers drei Wochen nach Abschluss der polizeilichen Ermittlungen im Flur des Leeraner Borromäus-Hospitals und warteten auf David Büttner. Bevor der nicht da war, konnten die jungen Leute das Krankenzimmer von Dr. Christian Roelfes unmöglich betreten. Sie wären sich ohne Geschenk, das Büttner zu ihrer Verwunderung unbedingt für sie hatte besorgen wollen, irgendwie nackt vorgekommen. Also warteten sie.

„Hat er vielleicht die Uhrzeit falsch verstanden?", fragte Sophie Reimers und runzelte die Stirn.

„Nein, hat er nicht", tönte es von der aufschwingenden Glastür her, die den Stationskorridor vom Treppenhaus trennte.

„Was ist denn das?", fragte Hasenkrug, als Büttner vor ihm stand und hinter einem riesigen Präsentkorb, den er auf den Armen hielt, hervorlugte. Allem Anschein nach hatte sein Chef das Geschenk beim Metzger gekauft, denn der Korb quoll über vor Wurst, Schinken und Fleischkonserven.

„Er ist ganz schön schwer", keuchte Büttner und bedeutete seinem Assistenten, ihm den Korb abzunehmen. Kaum, dass dessen Gewicht nun auf Hasenkrugs Armen lastete, zog er ein Papiertaschentuch hervor und wischte sich damit den Schweiß von der Stirn, wobei ein kleiner Fetzen des Zellstoffs an seiner Schläfe kleben blieb.

„Finden Sie, dass das ein gutes Geschenk für jemanden ist, der gerade erst wieder feste Nahrung zu sich nehmen kann?", hielt Sophie Reimers mit ihrer mangelnden Begeisterung nicht hinter dem Berg.

Daniel, Swantje, Andy und Christopher prusteten los. „Auf die Idee wäre ich jetzt auch nicht gekommen", kicherte Swantje. „Aber trotzdem danke, dass Sie es für uns besorgt haben."

Büttner musterte intensiv seine Errungenschaften, bevor er eingeschnappt erwiderte: „Also ich würde mich darüber freuen."

„Zweifelsohne", seufzte Hasenkrug, der immer noch einen angeschlagenen Eindruck machte, inzwischen jedoch wieder im Dienst war. Es war ihm ein Anliegen gewesen, sich bei Dr. Roelfes persönlich zu entschuldigen, sobald es dem wieder besser ging, und alle anderen hatten mehr oder weniger freiwillig beschlossen, sich ihm anzuschließen. „Dürfte ich vielleicht ein paar Minuten mit dem Doc alleine sprechen?", fragte er in die Runde. „Es wäre mir wichtig."

Als alle zustimmend nickten, drückte er Andy den Präsentkorb in den Arm, räusperte sich kurz, klopfte an die Tür und trat nach einem etwas dünn klingenden *Herein!* ins Zimmer.

„Ich hab ja echt Schiss, dem ins Gesicht zu gucken", gestand Swantje, sobald Hasenkrug verschwunden war, und ihre Freunde nickten zustimmend. Bis auf Christopher warteten sie alle auf ihren Prozess, schienen jedoch bereit, die Konsequenzen ihres Handelns zu tragen. Für Andy sah es am brenzligsten aus. Da er vorbestraft war, saß er bereits in Haft, und das würde sich so schnell wohl auch nicht ändern. Vor der Stationstür warteten zwei Polizisten auf ihn, um ihn nach dem Besuch bei Dr. Roelfes wieder in Gewahrsam zu nehmen.

Daniel und Swantje konnten damit rechnen, mit einer Bewährungsstrafe davonzukommen. Ungeachtet ihres eigenen Schicksals setzte Swantje derzeit allen erdenklichen Ehrgeiz darein, trotz allem die Vormundschaft für ihren Onkel Friedrich behalten zu dürfen, damit dieser nicht ins Heim musste.

Wie all die Verfahren letztlich ausgingen, stand in den Sternen. Büttner jedenfalls wünschte den jungen Leuten Glück.

Letzteres konnte vor allem Daniel gebrauchen. Um ihn machte sich Büttner wirklich Sorgen. Wie die Ermittler inzwischen herausgefunden hatten, hatte der junge Mann mit seiner Computerhackerei in der Pharma- und Pflegebranche in ein Wespennest gestochen – an dem Dr. Roelfes nach Analyse aller Ermittlungsergebnisse jedoch völlig unbeteiligt gewesen war. Einige Verantwortliche der Vorfälle in Berlin saßen inzwischen im Gefängnis, so manchem wurde nicht zuletzt durch Daniel das lukrative Geschäft des illegalen Medikamentenhandels vermasselt. Vermutlich war das auch der Grund, warum man ihm ans Leder wollte. Alles deutete auf einen Rachefeldzug hin, wie er in Mafiakreisen nicht selten vorkam. Wer genau Daniel auf dem Kieker hatte, galt es nun herauszufinden, was gewiss nicht einfach werden würde. Auch hatte man noch keinerlei Ahnung, wie man in den kriminellen Kreisen überhaupt auf Daniel hatte aufmerksam werden können. Gut möglich, dass es in seiner Hackerszene einen Maulwurf gab. Auf alle Fälle schwebte der junge Pfleger mit jedem Schritt, den er machte, in Gefahr. Er stand unter Polizeischutz, doch war das keine Garantie dafür, dass ihm nichts zustieß. Ja, Büttner machte sich wirklich Sorgen um ihn.

„Dr. Roelfes wird euch nicht mehr böse sein, ihr werdet sehen", munterte Sophie Reimers gerade die Gruppe auf.

„Dann muss er aber ein großes Herz haben", seufzte Andy, auf den vor der Tür zwei Polizisten warteten, um ihn nach dem Besuch wieder zurück in die Haftanstalt zu bringen. „Also, ich wäre uns böse, wenn ich er wäre. Ich kann mir nicht vorstellen, dass er uns plötzlich toll findet, nur weil wir einen Präsentkorb voller Fleischkonserven dabei haben und nett Entschuldigung sagen." Der Blick, den er nun auf das fragwürdige Geschenk warf, sprach Bände. „Genau genommen würde ich uns wegen dieses Affronts aus totem Tier noch mehr hassen." Er grinste breit und brach dann in Gelächter aus, in das seine Freunde befreit mit einstimmten.

„Passt bloß auf, dass ich euch nicht doch noch wegen dieser Geschichte mit dem geklauten Sarg drankriege", maulte Büttner beleidigt, provozierte dadurch jedoch lediglich einen erneuten Heiterkeitsausbruch.

„Welche Geschichte mit dem Sarg?", fragte Christopher und blinzelte seinem Bruder verschwörerisch zu.

„Ich wusste, ihr wart es!" Büttner schlug mit der flachen

Hand gegen die Wand. „Ich wusste die ganze Zeit, dass ihr es wart!"

„Dann beweisen Sie es uns", grinste Christopher.

„Komm du mir noch mal ins Haus", brummte Büttner. „Ich glaube, es wird Zeit, dass ich mal mit Jette rede und ihr sage, was für einen schönen Freund …"

Der unausgesprochene Rest des Satzes wurde von den jungen Leuten mit einer beschwichtigenden Geste beiseite gewischt, als vor ihnen jetzt die Tür aufschwang und Sebastian Hasenkrug mit ernstem Gesichtsausdruck zu ihnen sagte: „Ihr könnt reinkommen, der Doc erwartet euch."

Bevor Andy allerdings mit dem Korb hinter der Tür verschwand, zog Büttner noch schnell eine luftgetrocknete Mettwurst heraus, biss herzhaft hinein und sagte: „Ihr habt recht, die verträgt er ganz bestimmt noch nicht."

DANKE!

Noch bevor ich „Seelenrausch" ins Lektorat gab, haben mir meine Testleserinnen Katrin Fritzsching, Ira Podewin und Sabine Kern sowie mein ständiger Berater Volker Behnecke bereits wertvolle Hinweise zu Logik und Aufbau der Geschichte gegeben, die mich zum erneuten Nachdenken angeregten. Vielen Dank dafür, Ihr Lieben, Ihr seid die Besten! Richtig auf Trab aber brachte mich danach mein Lektor Hagen Schied (www.lektorat-buchwaerts.de), der mit professionellem Auge auch das sah, was Laien (und mir) gemeinhin verborgen bleibt. Ich danke ihm von Herzen für seine wertvollen Anmerkungen, Einwände, Ergänzungen und die konstruktive Kritik. Den allerletzten Schliff gab der Story Corinna Rindlisbacher (www.ebokks.de) im Korrektorat. Sie konvertierte auch die Textdatei ins richtige Format. Auch dafür ein großes Dankeschön!

Wie immer freue ich mich sehr über das gelungene Cover, das auch diesmal wieder von Susanne Elsen (www. mohnrot.com) gestaltet wurde.

Liebe Leserin, lieber Leser,

ich freue mich sehr, dass Sie „Seelenrausch" als Lektüre ausgewählt haben und hoffe, dass ich Ihnen mit dieser Geschichte ein paar angenehme Stunden bereiten konnte. In diesem Fall würde ich mich über eine Rezension in den Online-Shops oder ein Feedback auf meiner Homepage (www.elke-bergsma.de) oder per E-Mail (mail@elke-bergsma.de) sehr freuen. Sollten Sie Lust haben, mehr von Büttner und Hasenkrug zu lesen, darf ich Ihnen an dieser Stelle meine weiteren Ostfrieslandkrimis ans Herz legen, die in dieser Reihenfolge erschienen sind:

„Windbruch"

„Das Teekomplott"

„Lustakkorde"

„Tödliche Saat"

„Dat witte Lücht" (Kurzkrimi)

„Puppenblut"

„Stumme Tränen"

„Schweigende Schuld"

„Fluchträume"

„Brandwunden"

„Strandboten"

„Maskenmord"

„Eisige Spuren"

„Seelenrausch"

„Scheinwelten"

„Dunstkreise"

„Zornesbrut"

„Sippenverfall"

„Todesgruft"
„Bitteres Erbe"
„Lodernde Wut"
„Dünennebel"
„Meeresklagen"
„Herbstzeittode"
„Schwarze Lettern"
„Hetzjagd"
„Platzverweis"
„Abschiedsklänge"
„Lebensfesseln"
„Klosterchoräle"
„Späte Reue"
„Innerer Dämon"
„Tummelplatz"
„Wellenschlag"
„Froststarre"
„Siedepunkt"

Vielleicht haben Sie Lust, auch in meine historisch-zeit-genössische Ostfrieslandkrimireihe „Wibben und Weerts ermitteln" reinzuschnuppern? In dieser Reihe sind bisher erschienen:
„Moorsmaragd"
„Flutrubin"
„Inselsaphir"

Im Sommer 2018 erschien zudem der erste Band meiner ost-friesisch-niederländischen Krimireihe „Grenzfälle". Schauen Sie doch mal rein in: „Wie Mauern so kalt"

Im Herbst 2019 erschien mein Arktis-Thriller: „Verloren im Eis."

Mit meiner Kollegin Anna Johannsen veröffentlichte ich 2019 zudem den Ostfrieslandkrimi „Juister Mohn" sowie 2024 die Ostfrieslandkrimi-Trilogie mit den Bänden „Die Stille der Flut", „Die Gewalt des Sturms" und „Die Kraft der Ebbe".

Völlig neu erfunden habe ich mich 2022/2023 mit meiner historischen Trilogie „Wege in eine neue Zeit", die in der Weimarer Republik angesiedelt ist.
Band 1: „Die Bürde der Freiheit"
Band 2: „Die Kraft der Entbehrung"
Band 3: „Der Makel der Hoffnung"

Möchten Sie regelmäßig und unkompliziert über alles, was rund um meine Bücher herum passiert, informiert werden, dann abonnieren Sie doch einfach meinen Newsletter unter www.elke-bergsma.de/newsletter oder folgen Sie mir auf Facebook und Instagram.

Herzliche Grüße
Elke Bergsma

www.elke-bergsma.de
www.facebook.com/elkebergsmaautorin
www.instagram.com/bergsmaautorin